OGAWA Ito

La Papeterie Tsubaki

Roman traduit du japonais par Myriam Dartois-Ako

Éditions Picquier

DE LA MÊME AUTRICE
AUX ÉDITIONS PICQUIER

Le Restaurant de l'amour retrouvé

Le Ruban

Le Jardin arc-en-ciel

La République du bonheur

Titre original : *Tsubaki bunguten*

Mas de Vert
B.P. 20150
13631 Arles cedex

www.editions-picquier.com

Lettres en japonais : Kayatani Keiko

Conception graphique : Picquier & Protière

En couverture : © Flora Waycott / Lilla Rogers Studio

Mise en page : M.-C. Raguin, www.adlitteram-corrections.fr

ISBN : 978-2-8097-1549-1
ISSN : 1251-6007

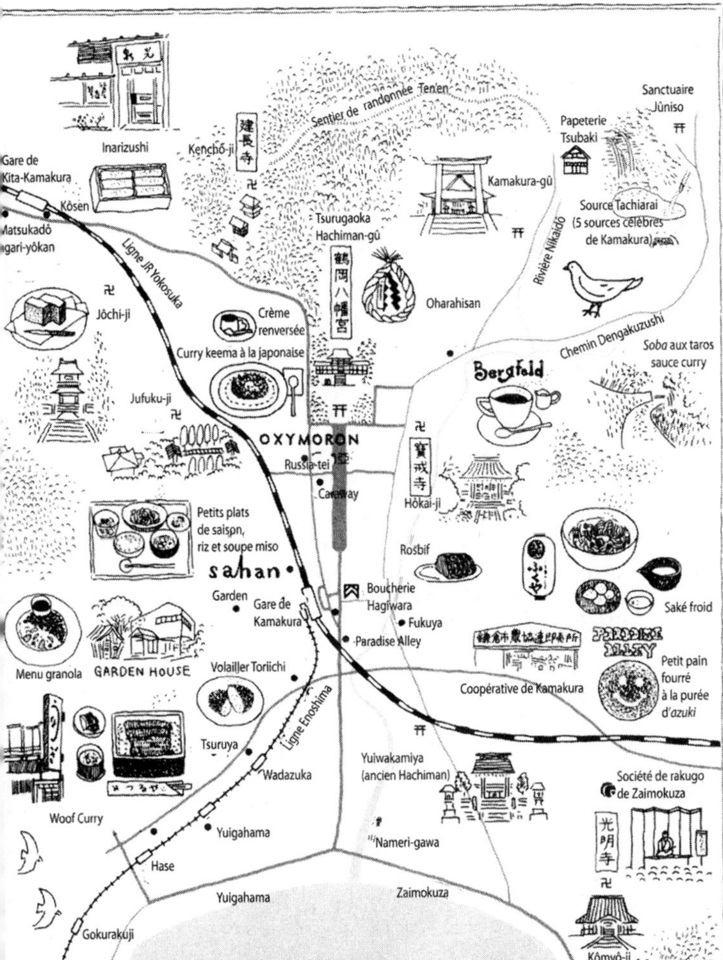
Inarizushi
Gare de
Kita-Kamakura
Kôsen
Matsukadô
agari-yôkan
Ligne JR Yokosuka
Jôchi-ji
Jufuku-ji
Kenchô-ji
建長寺
Sentier de randonnée Ten'en
Tsurugaoka
Hachiman-gû
鶴岡八幡宮
Crème
renversée
Curry keema à la japonaise
OXYMORON
Russia-tei
Caraway
Kamakura-gû
Papeterie
Tsubaki
Sanctuaire
Jûniso
Source Tachiarai
(5 sources célèbres
de Kamakura)
Rivière Nikaidô
Oharahisan
Chemin Dengakuzushi
Soba aux taros
sauce curry
Bergfeld
寶戒寺
Hôkai-ji
Petits plats
de saison,
riz et soupe miso
sahan
Garden
Gare de
Kamakura
Rosbif
Boucherie
Hagiwara
Fukuya
Paradise Alley
Saké froid
Menu granola
GARDEN HOUSE
Volailler Toriichi
Ligne Enoshima
Coopérative de Kamakura
Petit pain
fourré
à la purée
d'azuki
Tsuruya
Wadazuka
Yuiwakamiya
(ancien Hachiman)
Société de rakugo
de Zaimokuza
光明寺
Woof Curry
Yuigahama
Nameri-gawa
Hase
Yuigahama
Zaimokuza
Gokurakuji
Kômyô-ji
Inamuragasaki
Sources thermales
d'Inamuragasaki
Plan de Kamakura
N
drawing by shunshun

ÉTÉ

夏

J'habite une petite maison au pied d'une petite colline. C'est à Kamakura, dans la préfecture de Kanagawa, mais dans les terres, assez loin de la mer.

Avant, je vivais avec l'Aînée ; depuis sa disparition il y a trois ans environ, j'occupe seule cette vieille maison traditionnelle. Mais je ne me sens pas trop isolée car il y a toujours une présence aux alentours. Même dans ce quartier où, la nuit, c'est si calme qu'on se croirait dans une ville fantôme, au matin la vie reprend ses droits et l'on entend des voix s'élever ici et là.

Chaque jour, une fois que je me suis habillée et débarbouillée, je commence par mettre de l'eau à chauffer dans la bouilloire. Pendant ce temps, je passe un coup de balai dans la maison et je brique le parquet. Cuisine, véranda, salon, escaliers, je nettoie tous les sols les uns après les autres.

Lorsque l'eau se met à bouillir, je fais une pause pour remplir d'eau chaude la théière. Je me remets à frotter le parquet en attendant que le thé infuse.

Pendant que la machine à laver tourne, je m'assieds enfin dans la cuisine pour m'accorder un bon thé bien chaud. Un parfum aux notes fumées s'élève de ma tasse. Cela ne fait que très peu de temps que j'apprécie le thé vert *kyô-bancha*. Quand j'étais petite, je ne comprenais pas comment l'Aînée pouvait avaler une décoction de feuilles mortes. Maintenant, même en plein été, il me faut mon thé chaud le matin, sans quoi mon organisme n'arrive pas à se réveiller.

Je buvais mon thé en pensant à tout et à rien quand la petite fenêtre sur le palier de la maison d'à côté s'est lentement ouverte. C'était Madame Barbara, ma voisine de gauche. Elle a tout l'air d'être japonaise à cent pour cent, mais allez savoir pourquoi, tout le monde l'appelle ainsi. Peut-être a-t-elle vécu à l'étranger autrefois ?

— Bonjour Poppo !

Sa voix était aérienne, comme si elle surfait sur le vent.

— Bonjour ! ai-je répondu sur un ton plus aigu que d'habitude, comme elle.

— Encore une belle journée ! Viens donc prendre un thé, tout à l'heure. J'ai reçu du castella de Nagasaki.

— D'accord ! Bonne matinée à vous, Madame Barbara.

Se saluer d'une fenêtre à l'autre, entre le rez-de-chaussée et le premier étage, c'était notre rituel matinal. Chaque fois, je pense à Roméo et Juliette, et ça me fait sourire.

Au début, j'étais plutôt mal à l'aise. Parce que, imaginez un peu, j'entends tout ce qui se passe chez la voisine. Ses quintes de toux, ses conversations au téléphone et même, parfois, sa chasse d'eau. On croirait vivre ensemble sous le même toit. Pas besoin de tendre l'oreille pour tout savoir de l'autre.

Mais maintenant j'arrive à la saluer sans rougir. Cet échange avec Madame Barbara marque pour de bon le début de ma journée.

Moi, c'est Amemiya Hatoko.

C'est l'Aînée qui a choisi mon prénom.

Hatoko, « l'enfant des pigeons », à cause des pigeons du sanctuaire Tsurugaoka Hachiman-gû : le caractère chinois 八 *hachi* est censé représenter deux pigeons serrés l'un contre l'autre. Du coup, du plus loin que je me souvienne, tout le monde m'a toujours appelée Poppo – comme les enfants surnomment les pigeons.

Qu'est-ce qu'il fait lourd dès le matin ! A Kamakura, l'humidité est terrible.

Le pain fraîchement cuit devient tout de suite caoutchouteux, et il moisit aussi ; même l'algue *kombu*, normalement cassante, ramollit.

Après avoir étendu le linge, j'ai sorti les poubelles sans attendre. Le point de collecte, qu'on appelle ici une « station », est situé au pied du pont qui enjambe la Nikaidô, la rivière qui coule au cœur du quartier.

La collecte des ordures ménagères a lieu deux fois par semaine. A part cela, le papier et les textiles, les déchets verts et les bouteilles en plastique, le verre et les boîtes de conserve sont ramassés une fois par semaine, chacun un jour différent, sauf le samedi et le dimanche. Pour les déchets non valorisables, le ramassage est mensuel. Au début, je trouvais ça pénible de tout trier dans le détail, mais maintenant c'est devenu un plaisir.

Quand j'ai fini de sortir les poubelles, c'est l'heure à laquelle les écoliers, leur cartable sur le dos, passent en file indienne devant la maison.

Une bonne part de la clientèle de la papeterie Tsubaki vient de l'école primaire située à quelques minutes à pied.

J'ai contemplé la maison d'un œil neuf.

Sur la vieille porte à deux battants vitrés en haut figurent les mots *Papeterie* à gauche et *Tsubaki* à droite. Tsubaki, comme le grand camélia du Japon qui se dresse à l'entrée, véritable sentinelle chargée de protéger la maison.

ツバキ

文具店

La plaque en bois fixée à côté de la porte a beau être noircie, en regardant bien, on arrive à déchiffrer le nom d'*Amemiya*, tout délavé. Deux caractères d'une grande simplicité, mais magnifiques. Comme le nom de la boutique, c'est l'Aînée qui les a écrits.

La famille Amemiya est une lignée d'écrivains calligraphes qui remonte, paraît-il, à l'époque d'Edo, au XVIIe siècle.

Autrefois ils faisaient office de secrétaire et prenaient la plume pour les nobles et les seigneurs.

Evidemment, avoir une belle écriture était une condition fondamentale. Durant le shogunat de Kamakura, autour du XIIIe siècle, il y eut trois secrétaires célèbres.

Plus tard, à l'époque d'Edo, des femmes ont rempli ce rôle dans l'entourage féminin du shogun, au service de l'épouse officielle et des concubines aussi. L'une d'entre elles aurait fondé notre lignée.

Depuis, les femmes Amemiya sont écrivains publics et calligraphes de génération en génération. L'Aînée était la dixième du nom, et moi qui lui ai succédé – enfin, je me suis juste retrouvée à prendre sa suite –, je représente la onzième génération.

Soit dit en passant, en termes de filiation, l'Aînée était ma grand-mère. Mais pas une seule fois elle ne m'a laissée l'appeler familièrement mamie. Elle m'a élevée toute seule, en parallèle de son travail d'écrivain public.

A la différence d'autrefois, notre travail aujourd'hui consiste principalement à écrire un nom sur une enveloppe d'offrande, l'épigraphe d'une stèle ou le patronyme d'un nouveau-né, quand ce n'est pas une enseigne, la devise d'une entreprise ou une dédicace.

L'Aînée, si on le lui demandait, se chargeait de tous ces menus travaux d'écriture, qu'il s'agisse de calligraphier le nom du vainqueur de la compétition de croquet d'un club de seniors, le menu d'un restaurant japonais ou le curriculum vitae du fils d'une famille du quartier à la recherche d'un emploi. Bref, nous sommes les femmes à tout faire du pinceau, bien qu'en apparence notre commerce soit une simple papeterie de quartier.

En dernier, j'ai changé l'eau de la stèle épistolaire.

A première vue, on dirait une simple pierre, mais pour la famille Amemiya, cette stèle est plus importante que le Bouddha lui-même. C'est le mémorial des lettres. A cette saison, des iris du Japon fleurissent à foison tout autour.

C'est ainsi que s'achèvent mes occupations matinales.

Ensuite, jusqu'à l'ouverture de la papeterie Tsubaki à neuf heures et demie, j'ai un peu de temps libre. Aujourd'hui, je dois aller chez Madame Barbara prendre le thé du matin.

Quand j'y repense, ça fait six mois que je n'ai pas arrêté un instant. Même si Tante Sushiko s'était chargée du plus gros des formalités après le décès de l'Aînée, il y avait certaines choses qu'elle n'avait pas pu régler toute seule, et comme je m'étais enfuie à l'étranger, une montagne de tracasseries s'était accumulée. Je les ai lentement résorbées, petit à petit, comme on récure le fond d'une casserole carbonisée. Ce brûlé, c'était surtout des questions d'héritage et de droits.

Tout cela, du haut de mes vingt ans et quelques, me paraissait tout à fait dérisoire. Mais l'Aînée avait été adoptée par la famille Amemiya dans son enfance et cela compliquait tout. J'avais envie de chiffonner tout ça et de le balancer à la poubelle, mais à l'idée que certains adultes ne manqueraient pas de ricaner, une énergie inattendue a surgi en moi au dernier moment.

Et puis, si je plaquais tout, la boutique abandonnée serait vite démolie, transformée en un immeuble ou un parking. Et mon camélia adoré serait coupé.

Cet arbre que j'aime depuis mon enfance, j'ai décidé de le protéger, quoi qu'il arrive.

Cet après-midi-là, le tintement de la sonnette m'a réveillée en sursaut.

Je m'étais assoupie sans m'en rendre compte. Le chuchotis de la pluie qui mouillait le sol était la meilleure des berceuses. Cela faisait quelques jours qu'il pleuvait en début d'après-midi.

J'ouvre la papeterie Tsubaki à neuf heures et demie et, le midi, je déjeune toujours dans la cuisine attenante en gardant un œil sur la boutique. Le matin, je me contente d'un thé chaud, avec parfois un fruit ; du coup, je déjeune assez copieusement.

Ce jour-là, comme il n'y avait pas foule, j'ai fait la bêtise de m'allonger sur le canapé de l'arrière-boutique. Alors que je pensais juste me reposer un peu, je me suis profondément endormie. Au bout de six mois, j'ai pris mes marques ; la tension doit être retombée car j'ai souvent sommeil ces derniers temps.

— Bonjour ! a répété une voix de femme.

Je me suis précipitée dans le magasin.

Cette voix me disait quelque chose. J'avais vu juste : c'était la patronne de chez Uofuku, la poissonnerie du quartier.

— Ça alors, Poppo ! s'est-elle écriée dès qu'elle m'a vue, les yeux brillants. Quand es-tu revenue ? a-t-elle demandé, toujours du même ton enjoué.

Elle tenait à la main une énorme pile de cartes postales.

— Au mois de janvier, ai-je répondu.

En soulevant l'ourlet de sa jupe longue, elle a fait glisser un pied derrière l'autre et exécuté une petite révérence en minaudant, pour plaisanter. Ça, c'était elle tout craché, la voir réveillait des souvenirs qui me faisaient chaud au cœur.

Quand l'Aînée m'envoyait faire les courses pour le dîner, la poissonnière m'offrait toujours une sucrerie – un bonbon, un chocolat ou un *karintô* tout croustillant. Elle m'en donnait exprès, car elle savait bien que l'Aînée me les interdisait. Cela faisait rêver la fillette que j'étais : comme j'aurais été heureuse de l'avoir pour maman !

Nous étions voisines mais je ne l'avais pas vue pendant six mois. Pourquoi ? Cela me tracassait.

— Ma mère est devenue grabataire. Du coup, je suis restée à son chevet à Kyûshû. Nous nous sommes croisées, toi et moi, a-t-elle annoncé avec un sourire. Ça me fait plaisir de voir que tu as l'air en forme. Tu sais, avec Papa, on s'est souvent demandé ce que tu devenais.

Papa, c'était son mari. Il est mort il y a quelques années des suites d'une grave maladie. Tante Sushiko me l'avait appris par mail pendant que j'étais au Canada en programme vacances-travail.

— Je suis bien contente de te trouver ici. Parce que tous les ans, il y a plein de gens qui attendent nos vœux estivaux. Je me demandais comment j'allais faire cette année, et voilà que j'entends dire que la papeterie Tsubaki avait rouvert. Je suis venue voir en me disant que ce n'était pas possible, mais si ! Qu'est-ce que je suis contente ! a-t-elle répété en me tendant son paquet de cartes postales.

C'étaient les cartes de vœux d'été vendues par la Poste, avec chacune un numéro de loterie.

La poissonnière n'a pas une vilaine écriture, loin de là. Sa plume a la légèreté d'une belle étoffe flottant dans les airs. Malgré tout, chaque année, elle confiait sans faute la calligraphie de ses cartes postales à la papeterie Tsubaki. Simplement parce que l'Aînée et elle étaient de vieilles relations.

— Tu t'en occupes comme d'habitude, s'il te plaît ?

— A votre service.

En deux répliques, l'affaire était entendue.

Après avoir bavardé un moment, elle est repartie.

Son tablier à fleurs usé, ses socquettes blanches, la grosse barrette qui retenait sa frange, tout me rappelait des souvenirs. Elle avait désormais confié la poissonnerie à son fils et à sa belle-fille, et elle en profitait pour s'occuper de ses petits-enfants. Elle avait eu trois enfants, que des garçons ; c'était peut-être pour ça qu'elle me choyait comme sa fille, quand j'étais petite.

J'ai tourné la page du calendrier pour surligner en rose les jours qui délimitaient les grandes chaleurs dans l'ancien calendrier traditionnel : *shôsho* et *risshû*, aux alentours du 7 juillet et du 7 août. Avant *shôsho*, on envoie ses vœux pour la saison pluvieuse, jusqu'à *risshû* ce sont les vœux d'été, et après, c'est pour l'arrière-saison. De mon point de vue, c'était surtout un gros travail de calligraphie, comme on ne m'en avait pas confié depuis longtemps.

Je me suis passé de l'eau fraîche sur le visage pour me réveiller, avant de m'y mettre sans tarder.

Tout d'abord, avec le sceau à motif de poisson qu'on utilise depuis des années, j'ai apporté la touche finale au recto des cartes. C'est un travail simple dont je peux m'occuper pendant les heures d'ouverture de la boutique. Cela fait des années, que dis-je, des lustres que notre papeterie se charge des vœux estivaux de la poissonnerie Uofuku. Un travail qui n'a rien de compliqué, mais qui, vu le volume, ne doit pas être sous-estimé. Les multiples accessoires utilisés au fil des ans sont rangés en bon ordre dans des boîtes, comme les avait laissés l'Aînée. Vu que je connais la patronne depuis longtemps, je n'ai pas besoin de chercher très loin pour concocter en un tournemain une carte estivale typique de chez Uofuku.

Tout le problème réside dans le verso. Le dos de chaque carte est différent, on est loin du travail à la chaîne.

Quand on a le ventre vide, la main qui tient le pinceau manque de force ; une fois la boutique fermée, j'ai commencé par aller dîner.

Le soir, je mange presque toujours dehors. Cela fait grimper mon coefficient d'Engel mais je n'arrive pas à me motiver à cuisiner juste pour moi. Heureusement, à Kamakura, qui est aussi une ville touristique, les restaurants sont nombreux et le choix est vaste.

Après avoir savouré mon premier plat de *hiyashi chûka* de l'année, des nouilles froides accompagnées d'ingrédients variés coupés en lamelles, j'ai fait un petit détour par le sanctuaire Kamakura-gû. J'ai l'habitude de marcher seule, mais à Kamakura il fait drôlement sombre une fois la nuit tombée. Dans l'arrière-pays en particulier, les lampadaires sont rares. Il n'était pas encore vingt heures mais l'obscurité était déjà profonde.

Pour tromper ma peur, je marchais en faisant claquer exprès mes *geta* sur le sol. La pluie avait cessé en fin d'après-midi mais le ciel restait menaçant, je n'étais pas à l'abri d'une averse soudaine.

Si le sanctuaire Tsurugaoka Hachiman-gû honore le fondateur du shogunat de Kamakura, Minamoto no Yoritomo, le Kamakura-gû, lui, célèbre celui qui y a mis un terme : le prince Morinaga. Au fond de l'enceinte du sanctuaire se trouve encore la grotte où il a été emprisonné ; on peut la voir en payant pour visiter l'intérieur.

Du coup, j'éprouvais toujours une vague réticence à aller me recueillir dans ces deux sanctuaires, le Tsurugaoka Hachiman-gû et le Kamakura-gû, je ne voulais pencher ni d'un côté ni de l’autre ; au bout du compte, j’ai joint les mains comme d’habitude. En haut des escaliers trônait une énorme tête illuminée de lion *shishi-gashira*.

De retour à la maison, j’ai pris une douche pour me rafraîchir, puis j’ai sorti du placard l’écritoire qui y dormait en temps normal et j’en ai lentement soulevé le couvercle. La boîte en bois de paulownia, un cadeau de l’Aînée, contient des stylos-pinceaux et des stylos-plume, tout le nécessaire d’un écrivain calligraphe.

Le couvercle est orné d’un motif de pigeon en nacre. C’est une boîte réalisée sur mesure, commandée exprès par l’Aînée à un artisan de Kyoto, mais les pierres précieuses enchâssées dans les yeux du pigeon ont disparu et la queue de l’oiseau est retenue par du ruban adhésif. Pour moi, c’est le rappel d’un passé douloureux.

Les premiers mots que j’ai appris étaient, comment pourrais-je l’oublier ? ceux du poème *Iroha*, qui tient aussi lieu de syllabaire.

A un an et demi, je savais le réciter par cœur sans faire d’erreur, depuis *i-ro-ha-ni-ho-he-to* jusqu’au *n* final. Je me souviens qu’à trois ans, je savais l’écrire en hiragana, et vers quatre ans et demi, en katakana. C'était le résultat de la stricte éducation dispensée par l'Aînée.

J'avais six ans quand j'ai tenu un pinceau pour la première fois. Le 6 juin de l'année de mes six ans – jour supposé faste pour les progrès pédagogiques –, pour la première fois de ma vie, j'ai pris en main le pinceau qui m'était destiné. Il avait été fabriqué avec des mèches de ma chevelure de bébé.

Je m'en souviens comme si c'était hier.

Quand je suis rentrée de l'école après avoir mangé à la cantine, l'Aînée m'attendait, une paire de chaussettes neuves à la main. C'étaient des chaussettes toutes bêtes, simplement ornées d'un motif de lapin sur le côté, à hauteur du mollet. Je les ai enfilées et l'Aînée m'a dit d'une voix posée :

— Hatoko, assieds-toi là.

Elle avait l'air encore plus sévère que d'habitude.

Sur ses instructions, j'ai étalé un sous-main en feutrine sur la table basse et, dessus, j'ai posé une feuille de papier blanc que j'ai calée avec un presse-papiers. Tous ces gestes, je les ai accomplis moi-même, comme j'avais vu l'Aînée le faire. Sous mes yeux s'alignaient une pierre à encre, un bâton d'encre, des pinceaux et du papier. Ce qu'on appelle les « quatre trésors du lettré ».

J'écoutais les explications de l'Aînée en faisant de mon mieux pour contenir mon impatience. Je devais être surexcitée car ce jour-là, je ne sentais même pas les fourmis dans mes jambes.

Enfin, il a été temps de préparer l'encre. Avec la verseuse, j'ai déposé quelques gouttes d'eau sur le mont de la pierre à encre. Fabriquer de l'encre ! J'attendais ce moment depuis longtemps. J'adorais la sensation froide du bâton d'encre entre mes doigts. J'avais toujours rêvé d'essayer.

Jusque-là, l'Aînée ne m'avait jamais autorisée à toucher à ses affaires. Si j'étais surprise à jouer à me chatouiller les aisselles avec un pinceau, je me retrouvais sur-le-champ enfermée dans la remise. Parfois, j'étais même privée de repas. Mais plus il m'était interdit d'y toucher et plus j'en rêvais, follement.

Par-dessus tout, c'était l'encre qui me fascinait. Si je goûtais à ce bâton, quelle saveur aurait-il ? Ce serait bien sûr délicieux, encore plus que du chocolat ou un bonbon. J'en étais persuadée. J'adorais l'arôme léger et mystérieux qui flottait quand l'Aînée préparait de l'encre.

Donc, pour moi, ce 6 juin de mes six ans était le jour si attendu de mes débuts dans la calligraphie. Mais maintenant que je tenais entre mes doigts ce bâton d'encre qui m'avait tant fait rêver, je me débrouillais affreusement mal et l'Aînée fulminait.

Ce geste simple, frotter le sommet de la pierre pour obtenir une mer d'encre, était terriblement compliqué pour moi qui avais six ans. Si j'inclinais le bâton pour le broyer plus vite, j'héritais aussitôt d'une tape sur la main. Et il n'était pas question d'essayer d'en grignoter un bout pour savoir quel goût cela avait.

Ce jour-là, j'ai dû tracer une interminable série de ronds sur le papier. Comme si j'écrivais une enfilade de の *no* en hiragana, un trait en diagonale suivi d'une grande boucle, je me suis exercée sans fin à faire des loopings. Alors que j'y arrivais facilement quand l'Aînée soutenait ma main, toute seule, le trait s'échappait sans cesse, il dérapait à droite ou à gauche, devenait fin comme un ver de terre ou épais comme un serpent, grossissait parfois jusqu'à se transformer en un crocodile au ventre plein, il n'avait jamais la même largeur.

N'incline pas le pinceau, tiens-le bien droit.

Lève le coude.

Ne regarde pas ailleurs.

Tiens-toi face à la feuille.

Pense bien à ta respiration.

Plus j'essayais de tout faire en même temps, plus mon corps penchait d'un côté ou de l'autre, ma respiration était saccadée, mes gestes désordonnés. Sur la feuille s'étalaient des ronds pitoyables. Je commençais à en avoir assez de répéter toujours le même geste. Après tout, je n'étais qu'une petite fille en cours préparatoire.

Pour finir, ce 6 juin de mes six ans n'aura pas été le jour de mes brillants débuts. Mais pour faire plaisir à l'Aînée, j'ai continué à m'exercer de toutes mes forces.

Quand j'ai su tracer de gauche à droite des boucles de la même taille, j'ai dû m'entraîner à en faire autant de droite à gauche.

Les jours de semaine, après le dîner, c'était l'heure de la calligraphie. Une heure jusqu'à ma deuxième année à l'école primaire, une heure et demie jusqu'à ma quatrième année et deux heures jusqu'à ma sixième année, avec l'Aînée qui me guidait en permanence.

Pour les loopings de droite à gauche aussi, au début, j'étais complètement perdue, mais là encore, petit à petit, j'ai fini par tracer sans peine des boucles bien régulières, de la même taille et de la même épaisseur.

Les hiragana, c'est une succession de lignes courbes. Pour l'Aînée, cet entraînement était la base essentielle d'une belle écriture.

Mes efforts ont porté leurs fruits et je suis devenue capable de tracer avec aisance de belles courbes, sans un accroc, même les yeux fermés.

Une fois terminé l'apprentissage des ronds, je suis passée aux hiragana du syllabaire traditionnel, l'un après l'autre, jusqu'à les maîtriser parfaitement. Pour y arriver, j'inventais des images à ma manière.

い Le *i*, c'étaient deux amis qui bavardaient gaiement, assis face à face dans une prairie.

ろ Le *ro* représentait un cygne majestueux à la surface d'un lac.

は Le *ha* commençait comme un avion qui descend en piqué avant de faire des acrobaties dans le ciel.

Au début, je repassais l'exemple calligraphié par l'Aînée ; ensuite, je traçais le caractère en regardant l'exemple ; pour finir, je le reproduisais de tête, sans rien sous les yeux. Quand l'Aînée jugeait que c'était réussi, je pouvais enfin passer au suivant.

Chaque hiragana possède un contexte, un passé. C'était difficile à comprendre pour l'écolière que j'étais, mais parfois, connaître le caractère chinois dont il était issu me permettait de visualiser la forme à atteindre.

Le livre dont je m'inspirais était le *Kôyagire daisanshû*, la plus ancienne copie connue du recueil de poèmes *Kokinshû*. Puisque d'après l'Aînée, contempler de belles choses était un moyen de progresser, je passais mes journées à le feuilleter, au lieu de lire des livres pour enfants.

Même si on n'y comprend rien, ces calligraphies de la main du grand poète Ki no Tsurayuki sont d'une beauté féerique. Chaque caractère fluide m'apparaissait comme l'un des douze kimonos juxtaposés que l'on portait à cette époque lointaine, que l'on aurait effeuillés un à un.

Arriver à maîtriser l'écriture des cinquante hiragana et autant de katakana m'a bien demandé deux ans, je crois. C'est à partir de l'été de ma troisième année d'école primaire que j'ai vraiment commencé à m'exercer à tracer des caractères chinois, des kanji.

Avec les grandes vacances, l'ardeur de l'Aînée redoublait. Je n'avais pas le temps d'aller à la piscine ou de sortir manger une glace pilée avec des camarades. Du coup, je n'ai jamais réussi à me faire une vraie copine, quelqu'un que j'aurais pu fièrement appeler « ma meilleure amie ». En classe, j'étais une élève sombre et réservée, presque invisible, je crois.

永 Le premier kanji que j'ai appris à tracer, c'est celui de l'éternité. Puis ceux des quatre saisons

春夏秋冬

et de mon nom, Amemiya Hatoko,

雨宮鳩子

que j'ai copiés jusqu'à savoir les calligraphier correctement.

A la différence des hiragana et des katakana dont le nombre est limité, il y a une infinité de kanji. C'est comme un voyage sans fin ni but. Et en plus, on les décline en plusieurs styles de calligraphie : régulier, semi-cursif ou cursif, en fonction duquel l'ordre des traits peut varier. Il fallait mémoriser un nombre incommensurable de choses.

C'est ainsi que j'ai passé mes années d'écolière à calligraphier sans arrêt.

Quand j'y repense, je n'ai pas un seul bon souvenir de cette période. Comme l'Aînée me serinait qu'une journée de repos, c'étaient trois jours de travail pour se remettre à niveau, même pendant les classes vertes et le voyage de fin d'année, j'emportais un stylo-pinceau pour m'entraîner en cachette des enseignants. Je trouvais ça normal, il ne me venait même pas à l'idée de me rebeller.

La tête pleine de ces souvenirs, je me suis redressée et je me suis mise à préparer de l'encre.

Je ne faisais plus déborder l'eau de la pierre à encre. Je n'inclinais plus le bâton.

On dit que la préparation de l'encre a un effet apaisant. J'ai goûté de tout mon être, pour la première fois depuis longtemps, cette agréable sensation d'abandon.

Ce n'est pas qu'on s'endort, plutôt que l'esprit s'enfonce progressivement, à reculons, dans des profondeurs obscures, insondables. J'étais à deux doigts de plonger dans l'extase.

Après avoir tracé quelques traits pour juger de la densité de l'encre, j'ai calligraphié les adresses au dos des cartes postales.

Ecrire le nom du destinataire sans faire d'erreur est la première des règles de correspondance que l'Aînée m'a enseignées.

L'adresse est le visage d'une lettre, répétait-elle. C'est pourquoi il faut y apporter un soin particulier, la tracer d'une belle main claire.

J'ai écrit l'adresse sur chaque carte, avec le nom du destinataire bien au centre.

L'Aînée plaçait la beauté de l'écriture au-dessus de tout et elle y est restée attachée jusqu'à son dernier souffle. Toutefois, elle refusait de sombrer dans l'artifice.

Si tu as une belle plume mais que personne n'arrive à te lire, ça n'a rien d'élégant, c'est juste impoli, martelait-elle.

Une écriture magnifique, ça n'a aucun sens si le destinataire ne parvient pas à la déchiffrer. Alors, même s'il lui arrivait de s'exercer au style cursif, en pratique, elle ne l'utilisait presque jamais dans son travail.

La clarté et la précision sont essentielles, car un écrivain public n'est pas un artiste calligraphe : ces principes m'ont été inculqués dès ma plus tendre enfance. Donc, en vertu des préceptes de l'Aînée, je m'efforçais à mon tour d'écrire les adresses dans un style régulier et clair, parfaitement lisible, pour que n'importe quel facteur puisse les déchiffrer.

Pour les numéros, la règle de l'Aînée était de s'en tenir aux chiffres arabes afin d'éviter toute erreur.

Il m'a fallu presque une semaine pour préparer les cartes de vœux d'été pour la patronne de la poissonnerie Uofuku. Par bonheur, je n'en ai pas raté une seule.

Pendant que j'étais ainsi occupée, le mois de juin s'est achevé. La saison des pluies, de courte durée cette année, touchait déjà à sa fin.

Tous les ans, le 30 juin, il y a un grand rite de purification au sanctuaire Hachiman.

L'après-midi, je suis partie un peu plus tôt de la maison pour m'accorder une petite balade avant de rejoindre le sanctuaire. La papeterie Tsubaki étant fermée le samedi après-midi, le dimanche et les jours fériés, je suis libre de sortir.

Je partais chercher un nouvel *oharahisan*.

L'*oharahisan*, c'est cette décoration faite d'une torsade de paille de riz tressée et reliée aux extrémités qui orne souvent le porche des maisons de Kamakura. On peut en obtenir une neuve à l'occasion des rites de purification, deux fois par an.

La décoration distribuée lors de la purification estivale, le 30 juin, a des zigzags en papier bleu, tandis que pour le rite hivernal, le 31 décembre, le papier est rouge. A la devanture de la papeterie Tsubaki trônait encore le vieil *oharahisan* d'il y a un an.

Je ne suis pas très pieuse, mais pour cette coutume-là, je préférais respecter scrupuleusement la tradition. L'Aînée allait elle aussi sans faute aux deux rites annuels, même si elle croulait sous le travail.

Sans attendre, j'ai versé mon obole de trois mille yens contre une nouvelle décoration. Comme je tombais juste au bon moment, j'en ai profité pour assister à la cérémonie.

A l'instant où j'ai franchi le *chinowa*, un grand anneau de plusieurs mètres de haut en chaumes de graminées, j'ai nettement senti l'été arriver. Le ciel a pris un éclat lumineux, il m'est apparu plus bleu.

A Kamakura, l'année commence avec l'été, j'en suis intimement convaincue. De l'autre côté du *chinowa*, haut dans le ciel, planaient majestueusement deux milans.

Après avoir franchi trois fois le *chinowa* en tournant une fois à gauche puis à droite en décrivant un huit, j'ai bu le saké sacré offert par une prêtresse et les tensions qui m'habitaient se sont dénouées. Je me sentais comme enveloppée dans le bleu du ciel encore plus profond.

De retour à la maison, un peu enivrée par l'alcool, j'ai accroché sous le porche mon nouvel *oharahisan*. Comme ça, j'étais enfin prête à accueillir l'été, le cœur tout neuf.

Il n'y avait personne dans les parages ; j'en ai profité pour discrètement murmurer : « Bonne année ! » Avais-je été entendue ? Au même moment, une bourrasque d'air chaud a fait danser les bandelettes de papier bleu clair.

Comme pour prouver que l'été était bien là, dès le lendemain, les cigales se sont mises à chanter.

Elles étaient pourtant encore muettes la veille ; à peine le mois de juillet entamé, voilà qu'elles se manifestaient, c'était étrange. Avec la saison des pluies qui s'était achevée tôt cette année, l'été s'installait pour de bon.

Mais pour être honnête, l'été, c'est la morte-saison pour la papeterie Tsubaki. Non seulement pour la boutique, mais pour Kamakura dans son ensemble. Les visiteurs se font rares. Il y a un peu d'animation autour de la gare, mais la plupart des gens vont à la mer, du côté de Yuigahama et de Zaimokuza.

Il y a aussi moins d'endroits à visiter ; même le temple Meigetsu-in de Kita-Kamakura, réputé pour ses hortensias, les coupe tous dès le mois de juillet. En plus, comme il fait terriblement chaud, cela décourage sûrement les touristes.

Vu le peu d'activité dans la boutique, je me suis affairée à mettre de l'ordre dans la maison. Tante Sushiko avait fait du rangement, mais il restait encore un peu partout des affaires ayant appartenu à l'Aînée.

S'il s'était agi d'objets de prix, j'aurais pu les vendre à un antiquaire, mais les possessions de l'Aînée n'avaient pas la moindre valeur historique. Pour la plupart, c'étaient de vieux chiffons de papier sans intérêt. Dans le tas, j'ai même découvert des exercices de calligraphie, a priori de ma main. J'ai rassemblé et fourré le tout dans des sacs-poubelles. Si par hasard un client venait, il pouvait utiliser la sonnette installée dans la boutique pour signaler sa présence.

La papeterie est ouverte de neuf heures et demie jusqu'au coucher du soleil ; au crépuscule, alors que je songeais à bientôt fermer, la sonnette a faiblement retenti.

J'ai couru vers le magasin, où se tenait une dame dans les soixante-cinq à soixante-dix ans, typique de la bourgeoisie locale. Mais je ne la connaissais pas.

Petite et frêle, elle portait une robe à manches bouffantes bleu marine à pois blancs et tenait à la main une ombrelle à pois coordonnée. Sa tête était couronnée d'un magnifique chapeau de paille orné d'une fleur artificielle, et ses mains gantées de dentelle blanche. On aurait dit l'image d'une bouteille de Calpis.

Lorsque je l'ai saluée, Madame Calpis s'est exclamée :

— Il paraît que Gonnosuke, de chez les Sunada, est mort ce matin.

C'était potentiellement un travail d'écrivain public. Cette cliente n'était pas venue acheter des articles de papeterie, je le sentais. En cette matière, mon instinct est aussi sûr que celui de l'Aînée.

La papeterie Tsubaki est, comme son nom l'indique, un petit commerce de papeterie qui n'affiche pas son activité d'écrivain public. Malgré tout, les gens du voisinage et les anciens clients ont de temps en temps recours à mes services.

— Monsieur Gonnosuke, dites-vous ?

Ni ce nom ni celui des Sunada ne me disaient quoi que ce soit.

— Vous ne le connaissez pas ? Il est pourtant célèbre par ici.

— Je suis désolée.

J'avais comme une idée que la conversation allait s'éterniser. J'ai attendu le bon moment pour proposer un tabouret à Madame Calpis. Elle s'est avancée en boitillant et s'est assise avec grâce.

J'ai apporté un verre de café d'orge frais, j'en avais au réfrigérateur dans l'arrière-boutique, et je le lui ai présenté, posé sur un plateau.

— Je savais depuis longtemps qu'il avait une maladie de cœur, a-t-elle repris. La chaleur soudaine des derniers jours a sans doute eu raison de ses forces. La veillée funèbre aura lieu demain et la crémation après-demain, m'a-t-on indiqué.

— Ah bon ? ai-je répondu sans trop m'engager.

Je ne saisissais pas encore bien la situation. Je n'avais entendu parler d'aucun décès dans le quartier.

— Je peine à marcher, voyez-vous… J'aurais préféré y aller, mais puisque c'est impossible, j'aimerais au moins faire une offrande.

En effet, Madame Calpis avait la cheville gauche bandée. Voilà qui expliquait sans doute pourquoi elle avait traversé la boutique en boitillant.

— Bien sûr, ai-je approuvé d'un ton pénétré.

— Pourriez-vous rédiger de toute urgence une lettre de condoléances pour accompagner mon offrande ?

— Bien entendu, ai-je répondu laconiquement, les yeux sur les mains de mon interlocutrice.

Il fallait éviter de dévisager les clients venus demander la rédaction d'une lettre, m'avait un jour appris l'Aînée. Chacun avait ses raisons bien à lui. Depuis, quand j'écoutais les explications d'un client, au lieu de le fixer dans les yeux, je m'efforçais de diriger mon regard vers ses mains.

Les bras de Madame Calpis étaient bien bronzés, étonnamment musclés et robustes.

— Quand je pense au chagrin que doit avoir Madame Sunada… a-t-elle dit.

Pleurait-elle ou transpirait-elle ? Impossible à dire, mais elle a sorti un mouchoir pour se tamponner le visage. Il était orné de pois, comme sa robe.

— Voulez-vous bien me raconter quelques-uns de vos souvenirs avec Monsieur Gonnosuke ? ai-je demandé.

Madame Calpis a saisi des deux mains son verre de café d'orge, qu'elle a bu d'un trait. Il était déjà plus de dix-huit heures, mais le thermomètre affichait encore près de trente degrés. Pour rédiger une lettre de condoléances, il me fallait quelques informations sur Monsieur Gonnosuke.

— C'était un petit très intelligent, a déclaré Madame Calpis avec fierté. Madame Sunada n'a pas eu d'enfants, vous savez. C'est pour cela qu'elle a recueilli Gonnosuke, en accord avec son mari. Leurs proches y étaient vivement opposés, m'a-t-elle dit.

— C'était donc le fils adoptif de Monsieur et Madame Sunada, c'est bien cela ? Ou il était en famille d'accueil ?

Si c'était le cas, ce lien inespéré qui se brisait, quelle tristesse cela devait être pour les Sunada.

— C'est possible, mais… a éludé Madame Calpis d'une drôle de voix avant de sortir son téléphone portable et de pianoter dessus. Ah, voilà, Gonnosuke, c'est lui, a-t-elle ajouté d'un ton qui semblait me reprocher mon ignorance.

Elle m'a montré une photographie un peu floue. Au début, je n'ai pas bien saisi ce que je voyais mais, pour sûr, ce n'était pas un être humain.

— C'est… un singe ? ai-je demandé, hésitante.

Avec un hochement de tête, elle a refermé son téléphone portable d'un geste sec.

— Il avait perdu son maître et vivait dans un refuge quand Madame Sunada l'a découvert, paraît-il.

Tout en parlant, elle a extirpé de son sac à main une enveloppe pour offrande funéraire et l'a posée sur la table. Dessus, un papillon autocollant portait son nom.

— Je suis désolée de vous presser, mais faites le plus vite possible, s'il vous plaît.

— C'est entendu.

— Je vous paierai la prochaine fois. Vous serez gentille de préparer une facture.

Sur ces mots, appuyée sur l'ombrelle qui lui tenait lieu de canne, Madame Calpis a quitté la papeterie Tsubaki. Elle avait le pas un peu plus léger qu'à son arrivée.

J'ai fermé la boutique et me suis mise au travail sur-le-champ.

Comme les lettres de condoléances sont régies par de nombreuses règles, j'ai ouvert le vade-mecum laissé par l'Aînée pour me les remémorer.

Après avoir pris une profonde inspiration, j'ai commencé à préparer l'encre.

Pour des condoléances, la règle veut qu'on broie l'encre à l'envers, de droite à gauche.

Comme je faisais presque toujours le geste de gauche à droite, j'étais un peu malhabile dans le sens inverse. En faisant bien attention de ne pas frotter trop fort le bâton, j'ai fait couler l'encre dans le réservoir de la pierre. Dans ces cas-là, on prépare une encre assez délayée.

Pour ce qui est des formules à éviter, on fait en sorte de ne pas utiliser des mots tabous comme *encore une fois, à nouveau, une fois de plus*. De même, pour éviter d'attirer la mort une nouvelle fois, on n'ajoute pas de post-scriptum. On peut également se dispenser des titres honorifiques et des formules de politesse.

J'ai posément soulevé mon pinceau.

En un instant, j'ai rassemblé en moi toute la tristesse du monde, comme si mes glandes lacrymales étaient aimantées. Dedans, il y avait mon chagrin d'enfant à la mort de mon poisson rouge, et la peine que m'avait causée la disparition de Tante Sushiko.

L'annonce du décès soudain de Gonnosuke m'a laissée désemparée, les yeux perdus dans le ciel.

Quelle tristesse !

Je savais qu'il était malade, mais jamais je n'aurais imaginé qu'il nous quitterait si tôt.

Je peine à y croire.

Je me souviens de Gonnosuke, de son beau regard et de la sérénité avec laquelle il m'accueillait toujours.

Paix à son âme.

Votre tristesse est sans doute insondable, mais je vous en prie, soyez forts.

J'aurais aimé vous rendre visite dans les meilleurs délais, mais ma santé me l'interdisant

権之助様のとつぜんのご訃報に
ただ茫然と空を見上げて
しまいました
本当に悲しいですね
ご病気で療養中とは
うかがっておりましたが
まさかこんなに早く旅立って
しまわれるとは
信じたくない気持ちで
いっぱいです
思えば権之助様はいつも
美しい瞳と静かな心で
私に対しても優しく接して
くださいました
権之助様のご冥福を心より

お祈り申し上げます
お悲しみは決してつきない
でしょうがどうかお心を
強く持ってくださいね
すぐにお伺いしたいところですが
あいにく足の調子が悪いので
まずはささやかながら
香料を同封させていただき
ます
どうかご霊前にお供え
くださいませ
略儀ながら書中をもちまして
取急ぎのお悔みとさせて
いただきます

malheureusement, veuillez accepter une offrande symbolique.

Déposez-la sur son autel, s'il vous plaît.

Permettez-moi, par la présente, de vous adresser mes plus sincères condoléances.

Ce message de sympathie, je l'ai rédigé avec une encre beaucoup plus pâle que d'habitude.

Délayer l'encre, c'est le signe d'une grande tristesse : les larmes tombées sur la pierre à encre en ont éclairci la couleur. Pendant que j'écrivais, l'image de Madame Calpis m'est apparue à plusieurs reprises. Un bref instant, il m'a semblé que sa main se superposait à la mienne, que nous tenions le pinceau ensemble.

Après avoir calligraphié à l'encre pâle sur un rouleau de papier blanc, j'ai plié la feuille à l'envers, de façon à ce que l'écriture soit apparente. Normalement, pour une correspondance formelle, on utilise une enveloppe doublée, mais pour les messages de condoléances, on choisit au contraire une enveloppe simple pour éviter de redoubler le malheur. Bien entendu, celle-ci doit être d'un blanc immaculé, comme le papier, de même qu'on évite de porter du maquillage ou des accessoires trop voyants lors de funérailles.

Une fois séchée l'encre pâle de l'adresse et du nom du destinataire au centre de l'enveloppe, j'y ai glissé le message de condoléances et je l'ai déposée bien en vue sur l'autel bouddhique de l'Aînée et de Tante Sushiko. Cela éviterait de la salir. Seulement, l'enveloppe n'était pas encore cachetée. Même pour la lettre la plus convenue qui soit, la règle est de la sceller le lendemain matin. Cela permet de la relire à tête reposée après une bonne nuit de sommeil.

Le diable se cache dans les missives nocturnes, disait souvent l'Aînée de son vivant. Voilà peut-être pourquoi elle évitait généralement de s'atteler à ses travaux de calligraphie à la tombée de la nuit.

Quand j'ai eu fini, la pendule indiquait presque vingt et une heures. Les cigales déchaînées dans la journée avaient fini par se taire pour la nuit, le calme régnait aux alentours. Le silence était tel qu'on se serait cru au fin fond des montagnes. Mais il faisait encore lourd.

Décidée à dîner léger, je suis sortie avec seulement mon portefeuille. A Kamakura, la journée commence tôt et du coup, le soir, les commerces ferment de bonne heure, mis à part quelques restaurants qui restent ouverts un peu plus tard. Je m'étais tellement concentrée sur le message de condoléances que j'avais l'esprit en ébullition, j'aurais eu du mal à fermer l'œil sans l'aide d'un verre d'alcool.

Je suis entrée dans un bar à vin proche de la gare, où j'ai bu un verre de rosé aux jolis reflets à la mémoire de Gonnosuke. Qu'il repose en paix ! ai-je souhaité en picorant du pâté à la pistache et aux haricots blancs. C'était ma première lettre de condoléances. Je devais être soulagée de m'en être acquittée sans difficulté, car l'alcool m'est monté à la tête plus vite que d'habitude. J'ai quitté le bar à vingt-deux heures trente pour attraper le dernier bus à destination du sanctuaire Kamakura-gû.

Le lendemain matin, j'ai relu la lettre comme si je découvrais chaque mot. J'ai bien vérifié qu'il n'y avait ni faute ni tournure maladroite. J'ai méticuleusement cacheté l'enveloppe avec de la colle et, pour finir, je l'ai estampillée du caractère « rêve ».

J'ai joint le message à l'offrande et envoyé le tout par lettre recommandée. Bien entendu, je n'avais pas oublié d'écrire le nom de Madame Calpis sur l'enveloppe contenant son offrande.

Ce matin-là, en fin de semaine, j'étais en train d'étendre la lessive dans le jardin quand Madame Barbara m'a interpellée :

— Et si on sortait prendre le petit-déjeuner ?

— Bonne idée !

On était dimanche, la papeterie Tsubaki était fermée pour la journée.

Je n'avais rien de prévu ; j'aurais pu participer à la séance de méditation du temple voisin, mais le soleil tapait si fort de bon matin que le simple fait de sortir ma lessive m'avait découragée. Ce ne serait peut-être pas mal de prendre le petit-déjeuner à l'extérieur, histoire de se changer les idées ; cela ne m'était pas arrivé depuis longtemps.

— Où voulez-vous aller ?

J'ai parlé un peu fort pour que Madame Barbara m'entende bien.

Elle était de l'autre côté de la haie d'hortensias, en train d'appliquer son rouge à lèvres avec soin. A cause de la chaleur des derniers jours, les hortensias étaient complètement à plat. Il n'y a rien de plus triste que des fleurs d'hortensia fanées ; mais nous avions beau être amies, je ne pouvais tout de même pas me permettre de couper des fleurs qui poussaient chez elle.

— Appelle-moi quand tu seras prête, veux-tu ? a-t-elle lancé, les lèvres élégamment maquillées de rose, alors que j'étendais un dernier soutien-gorge.

Celle à qui il fallait toujours du temps pour se préparer, c'était elle, mais je n'ai pas relevé. Elle était encore devant son miroir à pincer les lèvres pour uniformiser son rouge à lèvres.

Décider d'une sortie à l'improviste, sans en convenir par avance, est le privilège des relations de voisinage. A vrai dire, quand j'étais petite, on ne se fréquentait pas tant que ça. Je n'ai pas le souvenir que l'Aînée ait été proche de Madame Barbara, ni qu'elles aient au contraire entretenu de mauvaises relations. Au mieux, on se voyait pour faire circuler la feuille d'information sur la vie du quartier.

Mais maintenant que je suis une adulte, depuis mon retour à Kamakura, nous nous entendons plutôt bien, Madame Barbara et moi, et nous nous voyons régulièrement. J'ai avec elle une relation agréable, ni trop proche ni trop distante.

Nous avons démarré un peu après huit heures, avec Madame Barbara juchée sur le porte-bagages de mon vélo. Cela m'inquiétait un peu de la prendre ainsi sur ma bicyclette à son âge, mais elle était très agile et elle me tenait fermement par la taille. Assise en amazone, elle avait la fraîcheur d'une étudiante.

Nous descendions à vive allure la rue Komachi-dôri presque déserte encore quand elle a proposé :

— Si on allait chez Garden, puisqu'il fait beau aujourd'hui ?

Au fond de moi, je l'avais espéré.

Nous avons traversé les voies au passage à niveau, pour prendre derrière la gare. Le long de la ligne Yokosuka s'épanouissaient de superbes fleurs blanches, un spectacle qui me rappelait immanquablement que l'été était bien là.

Nous avons pris la rue Ima-kôji, en direction de chez Garden.

Le restaurant Garden House est situé près du supermarché Kinokuniya qui fait le coin, juste avant le Starbucks. En cette saison, c'est agréable de manger en terrasse devant les collines qui s'étendent à l'horizon.

Nous avons commandé un petit-déjeuner, avec des toasts pour moi et du granola pour Madame Barbara, que nous avons tranquillement dégusté en bavardant de tout et de rien. Surtout de potins locaux : telle nouvelle boutique s'était ouverte ici ou là, tel restaurant avait baissé en qualité depuis l'ouverture d'une annexe, le patron de tel café avait fait des avances à l'étudiante qu'il avait embauchée… Quand la conversation roule sur ce genre de sujets anodins, le temps passe toujours à toute allure.

Il était déjà presque onze heures lorsque nous avons fini notre café. Madame Barbara a sorti un iPhone flambant neuf de son panier en rotin préféré.

— Vous en avez acheté un nouveau ? lui ai-je demandé en lorgnant vers son téléphone avec insistance.

— C'est un garçon qui me l'a donné. Comme ça, il peut me joindre à toute heure.

Sur l'écran de veille de l'iPhone s'affichait la photo d'un de ses chevaliers servants, plus jeune qu'elle. Si c'était « un garçon » à ses yeux, pour moi, c'était clairement un papy, mais bon.

Tout de même, combien d'amoureux pouvait-elle bien avoir ? J'ai ressenti une pointe d'envie.

La très recherchée Madame Barbara, invitée à nombre de rendez-vous galants, était fort occupée.

Au bout d'un moment, son téléphone a sonné. Rien que son « allô » était sexy, c'était renversant. Sans doute était-ce ainsi qu'elle ensorcelait l'autre sans le vouloir. Moi qui l'entendais, à ses côtés, je commençais à me sentir toute chose, comme si j'étais amoureuse.

Après avoir raccroché, elle a haussé les épaules d'un air comique.

— Figure-toi qu'il est déjà au Starbucks d'à côté. Il était pressé de me voir, alors il est venu avant l'heure pour m'attendre. Il a l'oreille fine : si ça se trouve, il a entendu toute notre conversation, a-t-elle chuchoté en tirant la langue.

Ce qui ne l'a pas empêchée de sortir avec empressement son poudrier et de rectifier son rouge à lèvres d'un geste vif.

Le Starbucks d'Onarimachi, de l'autre côté de la palissade, occupe l'ancien jardin du mangaka Yokoyama Ryûichi, qui n'a pas changé avec ses cerisiers et la pergola de glycine autour d'une petite piscine. Moi aussi, j'aime bien y aller, par exemple quand j'ai envie de lire tranquillement toute seule. On peut rester aussi longtemps qu'on veut sans que le personnel fasse grise mine, c'est appréciable.

Ce jour-là, au programme de la sortie en amoureux de Madame Barbara figuraient une balade en voiture du côté de Hayama, la visite d'un musée et un dîner de tempuras avant de rentrer. Elle a eu la gentillesse de m'inviter, mais j'avais mon vélo, et puis, j'aurais tenu la chandelle ; j'ai préféré refuser en la remerciant poliment.

Elle est partie d'un pas vif en me disant : « A la prochaine ! » Sur la note reposaient pile les cinq cent cinquante yens de son menu granola. Le secret des bonnes relations de voisinage, c'est de payer chacun sa part, j'en suis secrètement convaincue.

Comme il commençait à y avoir beaucoup de touristes, je suis partie à mon tour.

On distingue au premier coup d'œil les habitants de Kamakura des autres. Au cœur de l'été, la ville est envahie d'une foule de jeunes Tokyoïtes légèrement vêtus, parés pour la plage.

Pendant les grandes vacances, la papeterie Tsubaki, déjà calme en temps normal, avait encore moins de travail. L'Aînée, pour qui cette oisiveté était insupportable, avait tenté d'installer des tables dans la boutique pour donner des cours de calligraphie, mais sa sévérité avait vite découragé les élèves et plus personne n'était venu.

Sinon, la gamme d'articles de la papeterie Tsubaki était tout ce qu'il y a de plus classique.

Cahiers, gommes, compas, règles, marqueurs, colles, crayons à papier, ciseaux, punaises, élastiques, papier à lettres, enveloppes : on y trouvait les plus communs de chacun de ces articles.

C'est important d'avoir les fournitures de base, mais tout cela manquait cruellement de fantaisie. Et de couleurs, aussi. J'aurais bien aimé vendre de jolis articles de papeterie, des choses plus stylées qui pourraient plaire aux jeunes femmes de mon âge et pas seulement aux écoliers et aux collégiens du quartier, mais je n'avais pas encore franchi le pas.

Un autre problème était l'absence de porte-mines. Ne pas vendre de porte-mines, c'était un principe sur lequel jamais l'Aînée n'avait transigé.

Pour elle, le bon outil pour écrire, c'était le crayon à papier.

Elle trouvait parfaitement inadmissible qu'un enfant écrive au porte-mine, et si l'un d'entre eux s'aventurait à en demander un, elle s'emportait et lui faisait la leçon. Et puis, dire critérium au lieu de porte-mine avait le don de la hérisser, parce que c'était un nom de marque.

A la place, et bien qu'ils ne se vendent guère, nous proposions un choix de crayons à papier plutôt vaste pour une petite papeterie. Le chiffre accolé au B détermine la noirceur de la mine, plus il est grand et plus elle est tendre et foncée. Ceux qui se vendent le mieux sont les crayons HB et 2B, à la mine moyennement grasse, mais on trouve aussi des crayons à papier rares, comme le 10B. Avec sa mine deux fois plus grosse que la normale, cet article de luxe qu'on appelle aussi un « crayon-pinceau » coûte quatre cents yens.

La chaleur était telle que j'ai remis le rangement à plus tard et, un œil sur la boutique, je me suis exercée à tracer des hiragana avec ce fameux crayon-pinceau.

En effet, l'unique climatiseur de la maison était cassé et l'électricien du quartier, à qui j'avais demandé de venir, m'avait annoncé qu'il était impossible de le réparer : on ne trouvait plus de pièces de rechange.

Du coup, l'arrière-boutique avait tout d'un sauna. Seule la papeterie était équipée d'un ventilateur en hauteur, près du plafond : je me retrouvais donc bloquée dans le magasin. C'est ainsi que depuis quelques jours, j'y passais mes journées, le menton appuyé sur la main.

J'avais écrit les hiragana du poème *Iroha* jusqu'à *wa-ka-yo-ta* lorsque je me suis assoupie, le crayon-pinceau à la main. Depuis que le climatiseur était cassé, j'avais encore plus souvent envie de dormir. Il paraît que dormir est une stratégie de survie pour supporter la chaleur, alors je ne luttais pas.

Quand j'ai rouvert les yeux, mon regard a croisé celui d'une fillette, à ma grande surprise.

Un instant, je suis restée sur mes gardes : j'ai cru que c'était un fantôme. Il n'y a pas de quoi s'en vanter, mais à Kamakura, les histoires de revenants sont nombreuses, surtout dans le quartier où je vis. La ville, autrefois le théâtre de violents combats, regorge de sites où des gens ont été assassinés, voire des clans entiers exterminés. Bref, c'est un des hauts lieux hantés du Japon.

Mais je n'avais pas affaire à un fantôme, semblait-il. Le visage de cette fillette me parlait vaguement, mais qui était-ce ? Avec sa coupe au carré parfaite, elle avait tout d'une poupée *kokeshi*.

Sans même me saluer, Mademoiselle Kokeshi a lancé :

— T'écris drôlement bien, madame.

Aux yeux d'une écolière, mes vingt-cinq ans passés faisaient sans doute de moi une véritable *madame*. Ce jour-là en particulier, comme je n'avais plus rien à me mettre, j'avais tiré des affaires de l'Aînée une de ces robes amples à la mode dans les années 1930 qu'elle affectionnait, et qui contribuait peut-être à me vieillir.

— Tu cherches quelque chose ? ai-je demandé.

J'ai failli ajouter que si c'était un porte-mine, je n'en vendais pas, mais l'effort était trop grand. Mon corps était encore tout endormi.

Mademoiselle Kokeshi, la mine toujours aussi grave, a mollement joué de l'éventail qu'elle tenait à la main. Un peu d'air a trouvé son chemin vers moi. C'était agréable, j'ai failli me rendormir.

— Tu écris des lettres, n'est-ce pas ? a demandé la fillette en me lançant un œil noir.

J'étais persuadée qu'elle était venue acheter des articles de papeterie. Jamais une écolière n'avait sollicité l'écrivain public que j'étais !

— S'il te plaît, écris une lettre pour moi.

Elle avait complètement changé d'attitude et me regardait maintenant avec des yeux implorants.

— Mais… ai-je murmuré.

— Je te paierai, tu sais.

Là n'était pas la question.

— Elle est pour qui, cette lettre ? Tu veux bien me le dire ? ai-je demandé par acquit de conscience, histoire de l'écouter.

— Pour mon instit, a-t-elle répondu avec réticence.

— Pourquoi veux-tu écrire à ton instit ?

A cette question, elle a affiché une mine boudeuse, tête basse.

A la papeterie Tsubaki, la coutume est de servir une tasse de thé ou une boisson aux clients venus s'adresser à l'écrivain public. J'ai abandonné Mademoiselle Kokeshi pour aller chercher de la limonade au *yuzu* dans le réfrigérateur du fond. Madame Barbara avait partagé avec moi le traditionnel cadeau estival envoyé par son chevalier servant de Kôchi.

— Tiens.

J'ai décapsulé la bouteille de limonade et je l'ai posée devant Mademoiselle Kokeshi. J'en avais apporté une autre pour moi. Il faisait tellement chaud, la sueur me ruisselait dans le dos. Incapable de résister, j'ai bu une gorgée de limonade sur-le-champ ; les bulles froides frétillaient comme des petits poissons sur mon palais. Quand j'ai dégluti, un tunnel de fraîcheur s'est ouvert au centre de mon corps.

— C'est un billet.

Mademoiselle Kokeshi avait enfin ouvert la bouche.

— Un billet ? ai-je répété, pas certaine d'avoir bien entendu. Tu veux dire, un message ?

Elle a hoché la tête.

— Quel genre de billet ?

Comme si je démêlais une pelote de fil, je l'ai interrogée sans me presser pour en savoir plus. Je lui ai arraché une autre réponse laconique :

— D'où.

D'où ? D'août ? Doux ?

A coup sûr, la bonne réponse était en un seul mot : doux.

— Pour résumer, tu veux envoyer un billet doux à ton instit, c'est ça ?

J'avais soigneusement choisi mes mots pour m'assurer de la chose.

Mademoiselle Kokeshi s'est enfin décidée à porter la bouteille de limonade à ses lèvres. S'est-elle laissé entraîner par la première gorgée ? Elle a tout bu d'un coup. De près, on voyait le fin duvet autour de sa bouche. De son haleine sucrée, elle a débité d'une traite :

— Si je l'écris moi-même, on verra que c'est une écriture d'enfant. Je veux juste pouvoir dire mes sentiments. C'est ma mamie qui m'a parlé de toi. Elle m'a dit que la vieille dame d'ici écrivait de belles lettres.

Me faire traiter de vieille dame m'a un peu froissée, mais j'ai vite réalisé qu'elle voulait parler de l'Aînée. Donc, la grand-mère de Mademoiselle Kokeshi avait autrefois eu recours à ses services.

— C'est grâce à elle que mamie s'est mariée avec papy, il paraît. Alors, s'il te plaît, madame !

Elle s'est inclinée devant moi, quasiment prosternée. Elle était bien gentille, mais que faire ?

— Je vais réfléchir un peu, d'accord ? lui ai-je proposé avec toute la sincérité dont j'étais capable.

Ce n'était pas une mission qu'on acceptait à la légère. La fillette sous mes yeux était sans doute une élève de cours moyen. Pas encore adulte, mais plus tout à fait une enfant non plus. Si elle envoyait une lettre d'amour à son enseignant et qu'il survenait un problème...

A cette idée, j'étais incapable de prendre une décision pour l'instant. C'est le genre de situation où il vaut mieux avancer avec prudence.

— Merci pour la limonade ! a-t-elle lancé en se levant soudain, puis elle a quitté la papeterie Tsubaki.

En silence, je l'ai regardée s'éloigner d'un pas sautillant.

Le soleil couchant aux couleurs de l'été teintait d'orange la ruelle devant la boutique.

C'est ce soir-là que Madame Calpis est revenue.

Une fois la boutique fermée, j'étais partie manger des nouilles *sômen* chez Madame Barbara qui m'avait invitée à dîner. Ce jour-là, son rendez-vous galant avait été annulé à la dernière minute et, pour une fois, elle passait la soirée chez elle. Quand j'ai entendu une voix du côté de la boutique, je suis allée voir : une petite femme se tenait près du camélia.

A cause de son ensemble de golf, je ne l'ai pas reconnue tout de suite, mais au motif sur ses chaussettes, j'ai compris qu'il s'agissait de la dame de l'autre jour. Jouer au golf ne risquait-il pas de raviver sa blessure ? Cela m'a tracassée mais je n'ai rien dit.

— Bonsoir ! ai-je lancé dans son dos.

Elle s'est retournée, surprise. Une BMW rouge vif était stationnée dans la rue étroite. Dans l'obscurité, le visage de Madame Calpis faisait une tache blanche, peut-être à cause de son écran solaire.

— Je suis venue vous payer pour l'autre jour, vous permettez ?

L'heure de fermeture de la boutique était passée depuis longtemps, mais puisqu'elle avait fait le déplacement, je n'allais pas l'éconduire froidement. Je me suis dépêchée de regagner la maison par le jardin de derrière pour déverrouiller la boutique de l'intérieur.

J'ai fait entrer Madame Calpis.

— Vous m'avez été d'une grande aide, je vous en remercie. Madame Sunada m'a même téléphoné exprès, des larmes dans la voix, pour me remercier de ce beau message de sympathie, m'a-t-elle rapporté d'un ton enjoué.

— Je suis heureuse de l'entendre.

J'étais simplement contente que mon travail ait été utile à quelqu'un.

— Ma facture est-elle prête ?

En acquiesçant, j'ai sorti du tiroir où elle était rangée la facture à son nom et je la lui ai tendue.

— Voilà.

— Mais…

A peine avait-elle déplié la feuille mise sous enveloppe que Madame Calpis a poussé un cri de surprise. Je me suis raidie, allait-elle protester que c'était trop cher ?

— Vous êtes sûre que c'est assez ? a-t-elle murmuré.

Ensuite, d'un geste élégant, elle a extrait un billet de dix mille yens d'un magnifique portefeuille en cuir.

— Gardez la monnaie, a-t-elle dit comme si c'était trois fois rien.

Le billet était neuf, à croire qu'il venait tout juste d'être imprimé.

J'hésitais quand elle a eu ces paroles incompréhensibles :

— Si je mène cette vie aujourd'hui, c'est grâce à votre maman.

Je n'avais personne que j'aurais pu appeler maman. Je suis restée bouche bée.

— La dame qui était toujours ici. C'était bien votre maman ?

C'était maintenant au tour de Madame Calpis de se montrer surprise. J'ai enfin compris ce qu'elle voulait dire.

— Ah, vous voulez parler de la personne qui était là avant moi. C'était ma grand-mère.

Moi-même, pendant une partie de ma vie, j'avais cru que l'Aînée était ma mère ; cette méprise n'avait rien d'étonnant.

— Vous savez, c'est grâce à la lettre d'amour qu'elle a écrite pour moi que mon mari, tombé sous le charme, m'a épousée.

Je cherchais mes mots quand elle a dit avec étonnement :

— Vous n'étiez pas au courant ?

— Voilà donc comment vous saviez que j'étais écrivain public.

Le mystère était enfin résolu.

— Oui. A l'époque, j'habitais du côté de Kotsubo et je venais souvent à pied jusqu'ici, en toute discrétion. C'est que votre mère, enfin, votre grand-mère, était célèbre dans la région de Shônan. Je ne l'avais jamais remerciée, et quand j'ai appris le décès du Gonnosuke des Sunada, je me suis dit, tiens… Je suis donc venue voir et, surprise, la boutique existait encore ! Et en plus, tenue par une jeune femme qui a rédigé pour moi un message de condoléances dans les règles de l'art. J'en ai parlé à ma petite-fille, qui s'est paraît-il empressée de vous rendre visite ; je n'en revenais pas.

C'était donc ça. Voilà pourquoi dans l'après-midi, quand Mademoiselle Kokeshi avait fait irruption dans la boutique, son visage m'avait paru familier.

— Sans cette vieille dame, tu ne serais pas de ce monde, lui ai-je dit, et ces mots ont suffi à titiller son intérêt. Pardonnez-la si elle s'est montrée impolie.

A cet instant, un coup de klaxon a retenti dehors. Une camionnette de livraison était arrêtée derrière la voiture de Madame Calpis.

— Je suis trop bavarde, désolée ! Je vous laisse, maintenant.

Elle a quitté la papeterie Tsubaki d'un pas vif, sans boitiller, s'est installée au volant et m'a adressé une courbette avant de partir en trombe. Il ne restait derrière elle que la nuit profonde.

Un jour, j'ai défié l'Aînée. J'étais en seconde au lycée.

— N'importe quoi ! Tu me racontes des histoires, c'est que des mensonges, tout ça !

Jusque-là, j'avais docilement respecté et appliqué toutes ses instructions. Pour la première fois, je me rebiffais.

— Très bien, tu trouves que c'est n'importe quoi. Mais tu sais, il y a des gens incapables d'écrire une lettre malgré tous leurs efforts. Etre écrivain public, c'est agir dans l'ombre, comme les doublures des grands d'autrefois. Mais notre travail participe au bonheur des gens et ils nous en sont reconnaissants, a-t-elle affirmé.

Ensuite, pour me convaincre, elle a pris cet exemple :

— Ecoute-moi bien, Hatoko, a-t-elle dit en me regardant droit dans les yeux. Imagine que pour remercier quelqu'un, tu lui offres des gâteaux. En général, dans ces cas-là, on choisit un assortiment dans une pâtisserie qu'on aime, n'est-ce pas ? Les plus doués, eux, peuvent offrir des biscuits faits maison. Mais est-ce que cela veut dire que quand on achète des gâteaux tout prêts, on n'est pas reconnaissant ?

Malgré sa question, j'ai attendu en silence qu'elle poursuive.

— Bien sûr que non ! Même s'ils ne sont pas faits maison, les gâteaux choisis avec soin dans une pâtisserie expriment notre gratitude de la même façon.

Un écrivain public, c'est pareil.

Les gens capables de mettre en mots leurs sentiments n'ont pas de problèmes, mais nous, nous prenons la plume pour les autres. Parce que cela peut les aider à mieux s'exprimer.

Je comprends ce que tu veux dire, Hatoko, mais ton argument rétrécit le monde.

On dit bien « à chacun son métier », n'est-ce pas ? Tant qu'il y aura des gens qui nous demanderont d'écrire pour eux, nous serons écrivains publics, c'est tout.

Je sentais qu'à sa manière, l'Aînée faisait tout son possible pour me transmettre quelque chose d'important. Certains détails m'échappaient mais, en gros, je voyais ce qu'elle voulait dire.

J'avais trouvé l'exemple des petits gâteaux très parlant, à l'époque. Un écrivain public, c'était comme une pâtisserie de quartier, avais-je conclu à ma manière.

Quand j'ai relevé la tête, mon regard s'est posé sur les photos de l'autel bouddhique.

L'Aînée et Tante Sushiko, côte à côte, m'observaient. Celle avec l'air renfrogné, c'était l'Aînée, et celle qui souriait comme quelqu'un qui vient de manger quelque chose de bon, c'était Tante Sushiko. C'étaient de vraies jumelles, mais d'un caractère totalement différent.

Comme l'Aînée avait été adoptée par la famille Amemiya peu avant son premier anniversaire, du plus loin qu'elles se souviennent, jamais elles n'avaient joué, mangé ou pris leur bain ensemble. L'Aînée restait muette à ce sujet, et même Tante Sushiko, pourtant volubile, n'en parlait guère.

C'est après mon entrée au collège qu'elles ont recommencé à se voir. L'Aînée, si sévère d'habitude, changeait du tout au tout en présence de Tante Sushiko. Quand elle était là, on mangeait des sushis et de la pizza ; je l'accueillais à bras ouverts.

Les soirs où elle dormait à la maison, j'étais dispensée de mes exercices de calligraphie, ce qui me réjouissait. Et j'avais exceptionnellement le droit de regarder la télévision. Chaque fois, Tante Sushiko apportait des tonnes de gâteaux que je prenais plaisir à grignoter en bavardant après le dîner.

Toutes deux reposent désormais en bonne entente dans la concession à perpétuité achetée par l'Aînée. Partie en premier, elle y a en quelque sorte attendu sa sœur.

Elles se l'étaient promis de leur vivant. Elles avaient grandi à deux dans l'utérus maternel mais, séparées peu après leur naissance, elles n'avaient guère passé de temps ensemble. Alors sans doute voulaient-elles profiter l'une de l'autre après leur mort.

— Poppo !

C'était la voix de Madame Barbara.

— Oui ?

— Il reste des *sômen* !

— J'arrive !

Pas besoin de se téléphoner, il suffisait d'élever un tout petit peu la voix pour se parler, comme c'était pratique !

J'ai vite sorti des pêches du réfrigérateur. Je les avais achetées quelques jours plus tôt chez le marchand des quatre-saisons du quartier pour les déguster avec Madame Barbara. Pour moi qui n'avais pas de copines à Kamakura, elle était la seule personne que je pouvais considérer comme une amie.

Les pêches, juste à point, dégageaient un parfum discret mais sucré.

Pour tout vous avouer, j'ai un passé honteux. Chacun a sûrement un ou deux épisodes de sa vie qu'il préférerait oublier, mais dans mon cas, c'est beaucoup plus.

En dehors de quelques impertinences ici et là, c'est l'été de ma deuxième année de lycée que je me suis rebellée pour de bon contre l'Aînée. J'ai fait ma crise d'adolescence, un peu tardivement. Jusque-là, l'Aînée régentait tout dans les moindres détails, de ma façon de tenir les baguettes jusqu'à mon langage, en passant par mon comportement. Et de mon côté, je me démenais pour répondre à ses attentes. Mais un jour, soudain, j'ai craqué :

— Tu m'emmerdes, la vieille, ta gueule !

Les gros mots que j'avais jusque-là tant bien que mal réussi à retenir avaient franchi mes lèvres malgré moi. J'en ai été la première surprise, mais les paroles prononcées un jour ne peuvent jamais être effacées.

— Arrête de m'imposer ta façon de vivre ! ai-je crié en balançant de toutes mes forces sur les tatamis le pinceau que je tenais – celui fabriqué avec mes mèches d'enfant. Un écrivain public, de nos jours ? Non mais je rêve !

Pour faire bonne mesure, j'ai flanqué un coup de talon bien senti sur l'écritoire posée juste à côté de moi. C'est là que le pigeon incrusté sur le couvercle s'est cassé.

Mes camarades de classe allaient s'amuser à la mer ou à la montagne. Même le groupe de lycéens plutôt sages avec qui je m'entendais assez bien était surexcité à l'idée d'aller passer une nuit à Disneyland. Parmi eux, il y avait un garçon du club d'arts plastiques qui me faisait craquer. J'avais été invitée mais évidemment j'avais dû refuser.

Pourquoi devais-je être la seule à m'escrimer sur des exercices de calligraphie par cette chaleur ? Je m'étais froidement posé la question. La colère et les interrogations qui grondaient en moi depuis ma naissance ont fusé d'un coup, comme un jet de lave que rien ne pouvait endiguer, pas même moi.

J'ai aussitôt quitté la maison et, à bicyclette, je me suis réfugiée au fast-food devant la gare. Dès que j'ai eu mon hamburger entre les mains, j'ai mordu dedans avec rage. J'ai à peine mâché avant de l'avaler, arrosé de coca. Fidèle aux préceptes de l'Aînée, jamais de ma vie je n'avais mangé de fast-food ni bu de coca.

A compter de ce jour, j'ai mal tourné, et en beauté : je repliais ma jupe d'uniforme à la taille pour la raccourcir au maximum, j'avais de grosses chaussettes tire-bouchonnées, je me teignais les cheveux en châtain et je m'étais fait percer les oreilles. Je portais mes mocassins le talon écrasé pour avoir l'air encore plus débraillé et je mettais du vernis à ongles flashy. C'était la grande époque des *ganguro*, ces filles à la peau cuite aux UV, aux cheveux décolorés et au maquillage outrancier.

Moi qui étais toujours restée dans l'ombre, sage et insignifiante, je m'étais soudain métamorphosée. Mes camarades de classe et mon entourage étaient estomaqués, ce qui n'avait rien d'étonnant. En termes d'image, j'avais effectué un virage à cent quatre-vingts degrés pour me précipiter tout droit dans la voie des *ganguro*.

Cela m'a valu plus d'une dispute musclée avec l'Aînée. Il m'est arrivé de la repousser physiquement, de lui griffer les bras. C'étaient les premiers actes de résistance de ma vie. Un combat pour la justice.

Durant cette période, il me fallait absolument me venger, d'une façon ou d'une autre, de l'Aînée qui m'avait volé ma jeunesse. En même temps, j'avais envie de rattraper le temps perdu. Je voulais porter les vêtements qui me plaisaient, me maquiller comme ça me chantait et manger ce qui me passait par la tête.

Devenue un électron libre, loin de me rapprocher des autres, j'ai joué les loups solitaires, j'étais une vraie rebelle. Sans doute mes camarades de classe posaient-ils sur moi, de loin, un regard plein de curiosité. Quand j'y repense, je suis morte de honte, mais à l'époque, je ne voyais pas ce que ma conduite avait de gênant.

Quand, après le bac, j'ai intégré une école de design, j'ai dit adieu au style *ganguro*.

Du coup, rencontrer aujourd'hui des gens qui ont connu cette période de ma vie me met mal à l'aise. Je préférerais, s'ils me reconnaissent, qu'ils ne m'adressent pas la parole et me laissent en paix.

Le lendemain du feu d'artifice de Kamakura, j'ai reçu une nouvelle commande d'écrivain public.

Ce qu'on me demandait, c'était de rédiger un faire-part de divorce.

Je voyais très bien comment annoncer un mariage, mais un divorce, c'était autre chose. Le vade-mecum de l'Aînée ne contenait aucune indication à propos d'un avis de divorce. Il ne me restait plus qu'à innover.

Vu le contenu, mieux valait ne pas trop verser dans l'émotion ; mais un ton excessivement administratif aurait été une faute de goût. D'après l'ex-mari, dans la mesure où le mariage avait été célébré en grande pompe, il convenait de prévenir par écrit tous ceux qui avaient béni leur union. Accessoirement, le couple n'avait pas d'enfants. Ils divorçaient parce que l'ex-épouse était tombée amoureuse d'un autre.

— Mais elle n'a pas tous les torts, a affirmé l'ex-mari en buvant à petites gorgées un verre d'eau gazeuse.

— Dans ce cas, souhaitez-vous que la lettre précise les circonstances qui vous ont menés au divorce ? Ou vaut-il mieux éviter de s'attarder sur ce point ?

J'ai posé la question, car c'était important. Il a poussé un grognement et s'est tu, la tête basse. On aurait pu enrober la réalité, l'édulcorer avec une formule passe-partout, en évoquant par exemple une « incompatibilité d'humeurs ». Mais il a pris une décision courageuse.

— Faites-le. Mais avant tout, précisez bien que nous avons été un couple heureux, a-t-il plaidé d'une voix rauque après un long silence.

Je lui ai demandé quels étaient ses meilleurs souvenirs avec sa femme.

Je prenais des notes en l'écoutant, et je me suis surprise à avoir les larmes aux yeux.

Eh oui, parce que malgré de si beaux moments partagés, il suffisait d'un minuscule coup du sort pour qu'un couple qui s'était juré de passer toute sa vie ensemble se défasse en un clin d'œil. Pour moi qui n'ai connu ni mariage ni divorce, c'est un curieux univers. Je n'ai encore jamais rencontré quelqu'un avec qui j'aurais envie de rester jusqu'à ma mort.

Pour finir, l'ex-mari m'a expliqué avec un regard pénétrant :

— On dit souvent « tout est bien qui finit bien », n'est-ce pas ? C'est le sens que je veux donner à ce message. Mais je n'arrive pas à l'écrire, l'émotion est trop forte. C'est pourquoi je fais appel à vous.

Pour choisir d'annoncer son divorce par courrier alors qu'il aurait pu facilement le faire par voie électronique, cet homme devait être d'une grande honnêteté.

Il avait trente-neuf ans, elle quarante-deux, et ils se séparaient après quinze ans de mariage.

Devant mon ordinateur, j'ai réfléchi au contenu du faire-part.

Une lettre facile, je l'aurais écrite tout de suite au propre, cela donne une impression de proximité, mais pour ce genre de courrier, il fallait choisir ses mots et polir son texte. L'Aînée, elle, rédigeait ses brouillons sur du papier – elle n'utilisait pas d'ordinateur.

L'important était de transmettre la gratitude des ex-époux à ceux qui avaient béni leur union. De leur faire comprendre que leur bénédiction n'avait pas été vaine. De présenter des excuses sincères car, au bout du compte, leur couple n'avait pas tenu. Et d'espérer garder leur soutien, bien que leurs chemins se séparent désormais.

Je voulais faire preuve d'exigence non seulement pour le contenu, mais aussi pour le papier et l'enveloppe, sans oublier le stylo avec lequel j'écrirais.

Pour une missive formelle adressée à un particulier, la règle est de la rédiger verticalement, au pinceau, sur un rouleau de papier. Mais en l'occurrence, il s'agissait, comme pour un carton d'invitation à un mariage, d'un envoi simultané à plus d'une centaine de personnes. J'aurais pu photocopier le texte calligraphié au pinceau, mais à la place du destinataire, j'aurais trouvé cela impoli.

Une lettre, tout en exprimant avec exactitude la pensée de l'expéditeur, doit aussi éviter d'indisposer celui qui la reçoit.

Après avoir hésité, j'ai opté pour l'impression au lieu de la calligraphie manuelle. Vu qu'ils signeraient tous deux ce courrier, cela porterait peut-être mieux leurs deux voix. En choisissant une police de caractères relativement chaleureuse, j'arriverais sûrement à transmettre des émotions subtiles, même avec des caractères d'imprimerie. J'avais envie, tout en gardant une certaine distance, d'en faire une lettre douce et pleine d'émotion.

Au fil de plusieurs échanges avec l'ex-mari, nous avons décidé du texte. L'ex-femme, qui vivait déjà avec son nouvel amoureux sur une petite île d'Okinawa, n'est pas venue une seule fois à la papeterie Tsubaki. Mais comme le faire-part serait envoyé en leur nom à tous deux, il fallait qu'elle en valide le contenu ; son ex-mari s'est chargé de me communiquer son avis.

J'ai donné le texte à un imprimeur. Comme l'ex-mari souhaitait en faire un message d'une sincérité marquante, quitte à débourser une certaine somme, j'ai opté pour une impression typographique composée à la main qui refléterait leurs sentiments. Mais il ne fallait pas trop en faire, sous peine de donner l'impression qu'ils prenaient plaisir à divorcer. Un juste équilibre devait être trouvé.

L'impression typographique, une technique à l'ancienne, consiste à assembler un à un les caractères – les types – pour imprimer les mots. Aujourd'hui, on a surtout recours à l'impression offset, mais autrefois, l'impression typographique servait pour tous les imprimés, y compris les livres. Les caractères laissent une légère trace en relief à la surface du papier et ce côté artisanal a quelque chose de chaleureux.

J'ai hésité jusqu'à la fin sur le sens de l'écriture, horizontal ou vertical. En fin de compte, j'ai opté pour un texte horizontal. Avec l'écriture verticale, au fil des salutations d'usage, des formules de politesse, des civilités et du post-scriptum, on finit par se retrouver avec une lettre formatée. De ce point de vue, écrire horizontalement permettait, dans une certaine mesure, de se dispenser de tout cela pour mettre l'annonce du divorce au cœur du message. Et à la différence d'autrefois, moins de gens éprouvent aujourd'hui de la réticence devant une lettre écrite horizontalement.

Les faire-part composés par l'imprimeur étaient d'une telle beauté qu'on avait envie d'y frotter sa joue. Sur le papier chiffon de chez Crane & Co, les caractères s'alignaient, pleins de modestie.

Puisque la lettre était écrite horizontalement, j'ai choisi des enveloppes à rabat à l'occidentale. Comme le papier à lettres, elles venaient de chez Crane & Co. Leur fine doublure intérieure, d'un bleu nuit semblable au ciel d'hiver, laissait entrevoir – je l'espérais – une lueur d'espoir, telle une étoile dans les ténèbres.

Sur chacune, j'ai écrit à la main l'adresse et le nom du destinataire. La liste des invités au mariage avait été reprise telle quelle pour annoncer le divorce, à un détail près : certaines personnes avaient changé de nom et d'adresse pour cause de séparation.

Puisque les enveloppes seraient libellées horizontalement, j'ai opté pour le stylo-plume plutôt que le pinceau, avec de l'encre traditionnelle de chez J. Herbin. Parmi les trente coloris disponibles, j'ai choisi le gris nuage.

J'ai tracé quelques lignes sur le papier chiffon pour voir : l'encre était trop pâle, on aurait dit une lettre de condoléances. Pour la faire foncer, je l'ai laissée s'évaporer toute une nuit, la bouteille ouverte. On peut y arriver encore plus vite en plaçant le flacon dans une boîte hermétique en plastique avec un absorbeur d'humidité.

L'encre, plus épaisse et plus profonde, se mariait à merveille avec le papier chiffon de Crane & Co, elle dégageait une impression d'élégance et de sobriété. Avec ce gris, je souhaitais exprimer la réserve des expéditeurs. Mais cette couleur n'avait rien de triste. De l'autre côté des nuages se déployait sûrement un beau ciel bleu.

Pour le timbre, j'ai eu beaucoup de mal à me décider, jusqu'à la dernière minute.

Si l'enveloppe est un visage, le timbre est le rouge à lèvres qui donne le ton. En se trompant de rouge à lèvres, on fiche en l'air le reste du maquillage. Ce n'est qu'un petit timbre, mais tellement important. Dans son choix se concentre, dit-on, la sensibilité de l'expéditeur.

C'était une lettre à part, une annonce ni heureuse ni malheureuse. Coller un timbre illustré évoquant la saison à venir aurait été le plus simple, mais je trouvais ça trop banal. Un timbre commémoratif de la ville de Kamakura, où ils avaient vécu ensemble de longues années, aurait manqué d'élégance, vu l'issue de leur union et le contenu de la lettre. J'ai écumé le classeur de timbres laissé par l'Aînée, sans rien trouver qui fasse tilt.

Puisque je n'avais rien d'approprié sous la main, j'ai commandé sur Internet des timbres mis en vente quinze ans plus tôt.

Il y a quinze ans, ils se mariaient.

Choisir un timbre du même âge que leur union avait du sens, me semblait-il.

Chers tous,

Kamakura est entré dans le plein de l'été, vif et verdoyant.

Nous espérons que cette lettre vous trouvera en bonne santé.

Quinze années se sont écoulées depuis notre mariage au sanctuaire Tsurugaoka Hachiman-gû.

Avec le recul, ces années sont passées en un clin d'œil.

Cela a été un grand bonheur, ce jour-là, de célébrer notre union en votre compagnie, sous une majestueuse pluie de pétales de cerisier.

Pris par le travail la semaine, nous profitions des week-ends pour aller à la mer ou faire des randonnées en montagne, rien que de très banal, mais dans ces moments passés ensemble, nous goûtions au bonheur simple du quotidien.

Au fil des jours, nous avons appris à mieux nous connaître, à resserrer nos liens.

Aucun enfant n'est né de notre union, mais nous avons eu la chance d'avoir Hanna, notre chienne, la prunelle de nos yeux.

Notre voyage à Okinawa avec elle est désormais l'un de nos précieux souvenirs familiaux.

Mais aujourd'hui, nous avons une triste nouvelle à vous annoncer.

Fin juillet, nous avons divorcé, mettant un terme à notre vie commune.

Nous avons longuement discuté, cherché comment continuer notre vie à deux.

Il nous est arrivé de demander à des amis proches de jouer les médiateurs, à la recherche d'une issue heureuse.

Cependant, ma femme souhaitant par-dessus tout refaire sa vie avec un nouveau partenaire, libre de tous regrets, nous avons décidé de suivre désormais des chemins séparés.

Notre vœu de vivre main dans la main n'aura en fin de compte pas été exaucé ; dorénavant, nous nous soutiendrons mutuellement dans cette nouvelle vie, un peu en retrait.

Nous espérons que vous verrez là une décision courageuse, une porte ouverte pour chacun vers une existence plus heureuse.

Nous regrettons de ne pas avoir su répondre à vos attentes, à vous tous qui avez partagé notre bonheur.

Merci de tout cœur pour votre bienveillance et votre amitié.

Votre présence nous a été d'un grand réconfort.

Nos chemins se séparent, mais nous espérons l'un comme l'autre maintenir nos liens avec chacun d'entre vous.

Dans l'espoir de partager de nouveaux moments souriants,

Avec toute notre gratitude.

お世話になった皆さまへ

鎌倉の夏の緑が、ひときわ元気よく輝く季節となりました。
皆さま、いかがお過ごしでしょうか？
鶴岡八幡宮で式を挙げてから、十五年が経ちました。
思えば、あっという間でした。
あの日、桜吹雪の舞う厳かな雰囲気のなか、皆さまの前で夫婦になれたことは、本当に幸運な出来事だったと思っております。
平日はお互い仕事に勤しみ、その分週末は、海へ行ったり野山をハイキングしたりと、ありきたりですが、夫婦の時間を重ね、日常の平凡な幸せを味わいました。
そんな日々を重ね、お互いに理解と愛情を深めてきたつもりです。
子宝には恵まれませんでしたが、その分、愛犬ハンナとの出会いがあり、夫婦でわが子のようにかわいがっておりました。
今となっては、ハンナを連れて沖縄に旅行したことが、私ども家族の、かけがえのない思い出です。
さて、今回は皆さまに残念なご報告をしなければなりません。
七月末をもちまして、私どもは夫婦関係を解消し、離婚するに至りました。
なんとかこのままふたりで一緒にいられる方法はないものか、お互いに時間をかけて話し合いました。

時には、親しい友人らに頼んで間に入ってもらい、幸福な結末が訪れるよう、最善の道を模索したつもりです。

けれど、もう一度新しい伴侶と共に人生を悔いることなく自分らしく生きていきたいと願う妻の意志に揺らぎはなく、結果として、これからは別々の道を歩むという結論に至った次第です。

お互い、手に手を取り合って添い遂げるという願いは叶えられなくなってしまいましたが、これからは、お互いの第二の人生を、一歩引いたところから応援しようということになりました。

ですので、これはふたりがより幸せな人生を送るための、勇気ある決断だと思っていただけますと幸いです。

私ども夫婦を温かく見守ってくださっていた皆さまには、期待を裏切る結果となり、心苦しく感じております。

これまで、たくさんの優しさや愛情をかけてくださり、本当にありがとうございました。

皆さまとのご縁に、どれだけ励まされ、癒されたことでしょう。

別々の道を歩む結果にはなってしまいましたが、皆さまとは、これからも、それぞれご縁を繋いでいきたいというのが、共通した願いでもあります。

いつかまた、笑顔で今日という日を語り合えますよう。

これまでの、感謝の気持ちを込めて。

J'ai inscrit la date et le nom des ex-époux pour conclure la lettre.

L'écriture verticale se dispense de ponctuation, mais pour ce faire-part écrit horizontalement, j'avais adopté les mêmes règles que pour un courrier d'affaires. En tout, il y avait deux pages. J'ai glissé dans les enveloppes les feuilles pliées avec soin.

Pour finir, j'ai cacheté les enveloppes à la cire bleu turquoise, un bleu vif aux couleurs de la Turquie. L'ex-épouse, qui ne s'était pratiquement pas mêlée du contenu de la lettre, avait tenu à utiliser cette teinte.

J'ai disposé un morceau de cire dans la cuillère en argent que l'Aînée réservait à cet effet, et je l'ai fait lentement fondre au-dessus d'une lampe à alcool. Il en émanait une odeur sucrée comme du miel, tout à fait particulière.

Une fois la cire bien fondue, je l'ai fait couler sur le rabat de l'enveloppe pour la cacheter. Le sceau était marqué d'un M, l'initiale commune aux prénoms des deux ex-époux.

Ils l'avaient trouvé par hasard dans une papeterie italienne, pendant leur voyage de noces. Par une ironie du sort, sa première utilisation servait à annoncer leur séparation ; le cachet luisant, comme mouillé, était néanmoins tout simplement magnifique.

Je cachetais une enveloppe puis, quand la cire avait refroidi, j'imprimais à nouveau le sceau ; j'ai répété l'opération jusqu'à la dernière. Si le sceau était mal appliqué, une fois la cire refroidie, je la remettais à fondre dans la cuillère et je recommençais.

La livraison de ces lettres au bureau de poste de la gare, le lendemain matin, marquerait la fin d'un long mois de travail. Bien que le divorce ait déjà été prononcé, l'envoi de ce faire-part lui conférerait enfin sa réalité, me semblait-il.

Au dernier moment, soudain inquiète, j'ai pesé une des enveloppes sur ma balance, un vieil instrument qui datait d'avant l'Aînée, paraît-il.

Il n'y a rien de plus impoli qu'une lettre délivrée à son destinataire agrémentée d'un papillon pour affranchissement insuffisant. Un envoi ordinaire, jusqu'à vingt-cinq grammes, coûte quatre-vingt-deux yens ; au-delà, il faut ajouter un timbre à dix yens. Résultat des courses : dix-huit grammes, c'était bon.

J'ai jeté un coup d'œil au calendrier ; on était déjà au mois d'août. Bientôt, les vacances d'O-bon débuteraient.

La fête des lanternes était passée, tout comme celle du *jizô* noir. Comme si l'on m'avait soudain ôté des bouchons d'oreille, le chant strident des cigales a frappé mes tympans.

Pendant la semaine de la fête d'O-bon, la papeterie Tsubaki ferme pour les congés d'été.

Le dernier jour des vacances, j'ai pris la ligne Yokosuka à Kamakura en direction de la gare de Tokyo. A la maison, le temps filait à ne rien faire, alors j'avais décidé de partir à la chasse aux timbres. Kamakura a beau être une petite ville, comme on y trouve tout ce qu'il faut, cela faisait longtemps que je n'étais pas allée à Tokyo.

Le faire-part de divorce qui m'avait été commandé par l'ex-mari était arrivé sans encombre à ses destinataires. Sans qu'il soit besoin d'écrire noir sur blanc la raison directe de leur séparation, la plupart d'entre eux semblaient avoir compris.

Même des personnes avec qui il avait un peu perdu le contact lui avaient envoyé leurs encouragements, m'avait appris l'ex-mari d'une voix un peu plus gaie qu'avant. Si cette annonce officielle à leur entourage lui avait permis un nouveau départ, ce faire-part avait peut-être été utile, tant à lui qu'à son ex-femme.

Mais pour le timbre, j'aurais pu mieux faire. Peut-être aurais-je pu en trouver un plus adéquat ? Cela avait continué à me tracasser après avoir posté les lettres. Pour éviter de nouveaux regrets à l'avenir, je devais disposer d'un plus grand choix de timbres.

J'avais mené à bien cet important travail, la rédaction d'un faire-part de divorce ; je commençais à me sentir fière d'être un écrivain public.

A une époque, en opposition à l'Aînée, j'avais maudit mon sort, mais en fin de compte, c'était la seule chose que je savais faire. Mes études de design dans une école spécialisée, une fois mon bac en poche, avaient également eu leur importance. Après le décès de l'Aînée, quand j'avais tout lâché pour fuir à l'étranger, c'était mon talent de calligraphe qui m'avait sauvée.

Quand je commençais à manquer d'argent, je réalisais souvent des calligraphies pour les étrangers fascinés par les kanji et le japonais. A l'époque, c'était le boom de la culture asiatique. Les jeunes arboraient fièrement des tee-shirts portant des inscriptions en kanji ou s'en faisaient tatouer sur la peau, c'était à la mode. Mais dans la plupart des cas, soit il y avait des fautes, soit c'étaient des formules risibles bien que correctes.

Par exemple, avec un petit trait en trop, le mot « samouraï » se transformait en verbe « attendre », c'était fréquent. On voyait aussi des jeunes filles se promener, impassibles, avec un tee-shirt marqué « gratuit » sur la poitrine – sans doute croyaient-elles proclamer leur « liberté » en japonais. Les kanji étaient rarement employés à bon escient.

Mes calligraphies au stylo-pinceau avaient beaucoup de succès. L'art peut sauver, j'en faisais l'expérience dans ma chair. Pour la première fois, j'éprouvais de la gratitude pour l'Aînée. Mais il était trop tard pour lui dire merci.

Et puis, quand Tante Sushiko est morte, je suis rentrée à Kamakura pour reprendre la papeterie Tsubaki. Pendant mon séjour à l'étranger, quelque chose semblait s'être cristallisé en moi, une sorte de résignation – je deviendrais écrivain public.

De retour à Kamakura en fin d'après-midi après avoir acheté un bon paquet de timbres, toute guillerette, je venais de franchir les portillons de la sortie Est, la plus animée, quand on m'a interpellée :

— Poppo !

Un instant, je me suis raidie, j'ai cru que quelqu'un qui connaissait mon inavouable passé m'avait repérée, mais à l'intonation, j'ai deviné qui c'était. Et j'avais vu juste : quand je me suis retournée, de l'autre côté de l'attroupement de gens, Madame Barbara me faisait de grands signes.

J'ai fendu la foule et j'ai réussi, non sans mal, à la rejoindre. Elle revenait de chez le coiffeur, semblait-il. Sa chevelure, qui lui arrivait aux épaules, arborait une superbe permanente.

— Ça vous va bien, l'ai-je félicitée.

— Merci ! Mais dis-moi plutôt, Poppo, tu étais de sortie ? m'a-t-elle demandé d'un ton enjoué.

— Oui, je suis allée acheter des timbres à Tokyo.

— Tu n'as pas encore dîné ?

— Non, ai-je répondu.

— Et si nous allions dîner ensemble sur le front de mer ?

Sa voix resplendissait, aussi lumineuse qu'une ampoule de cent watts.

J'avais mangé toute seule pendant toutes les vacances, alors moi aussi, j'avais envie d'avoir de la compagnie ce jour-là. Et il n'y avait guère qu'avec Madame Barbara que je pouvais partager mes repas.

Nous avons pris l'avenue Wakamiya-ôji vers la mer. Un soleil couchant exceptionnel nous éblouissait, nous blessait presque les yeux.

En chemin, nous avons fait un crochet par la boulangerie de la coopérative, où j'ai acheté deux petits pains fourrés à la purée de haricots *azuki*. La coopérative, appelée le Potager de Kamakura, est un marché couvert ouvert dès huit heures presque toute l'année sauf les quatre jours de congé du jour de l'An ; c'est là que les maraîchers des environs de Kamakura viennent vendre leurs légumes. On y trouve aussi une petite boulangerie, baptisée Paradise Alley, dont les pains à la purée d'*azuki* sont à tomber.

Ils sont tout ronds avec un sourire dessiné en blanc à la farine, c'est mignon. A peine sortis du four, ils étaient encore tout chauds.

Quand nous sommes arrivées à la mer, une ribambelle de paillotes s'étirait sur la plage.

J'ai ôté mes escarpins dans les escaliers qui descendent vers le sable ; cela faisait longtemps que je n'avais pas marché pieds nus. Les orteils de Madame Barbara étaient joliment vernis de blanc. Nous avons descendu les marches en béton et j'ai senti mon talon s'enfoncer dans le sable frais.

— J'adore marcher pieds nus dans le sable ! s'est exclamée Madame Barbara, surexcitée comme une enfant de cinq ans.

— Oui, c'est agréable.

Je l'ai suivie. A chaque pas, le sable me recouvrait les orteils puis ruisselait, comme si des lutins me chatouillaient la plante des pieds.

La paillote thaïlandaise recommandée par Madame Barbara était particulièrement bondée. Nous avons réussi à trouver une table en terrasse, avec vue sur la mer, et chacune a commandé le plat de son choix dans l'une des diverses échoppes.

J'avais pris des rouleaux de printemps et un sauté de liseron d'eau, et Madame Barbara un *pad thaï*, des nouilles de riz sautées ; nous avons partagé.

J'ai réalisé que le soleil s'était couché. Sous nos yeux, la nuit s'installait, imposante. Comme pour nourrir l'être vivant qu'était la nuit tout juste tombée, des enfants s'amusaient à allumer des feux d'artifice sur la plage. Les vagues, avec la douceur d'une berceuse fredonnée, caressaient langoureusement le sable. Un chien nageait vers le large.

Je me suis laissée aller à contempler la mer enveloppée de nuit.

— Poppo, a murmuré Madame Barbara à mon oreille. C'est bien de t'abandonner au crépuscule, mais ton assiette refroidit.

Elle m'a resservi du *pad thaï*.

J'ai humé mon assiette, c'était un fumet asiatique complexe, aigre-doux, qui semblait réserver des surprises. J'ai saisi les nouilles avec les baguettes en plastique un peu difficiles à manier, et un nuage dansant de vapeur d'eau s'en est dégagé. Des cacahuètes frites bien croquantes relevaient agréablement le tout, c'était délicieux.

Entre les dents de Madame Barbara, les rouleaux de printemps frits émettaient des craquements appétissants. A force de traîner à l'étranger en aidant aux champs, j'avais fini par aimer la coriandre et le nuoc-mâm.

Le sauté de liseron d'eau était lui aussi bien assaisonné, pas trop salé. Ces plats copieux ont suffi à nous rassasier.

Quand j'ai de nouveau tourné les yeux vers la mer, il y avait des étoiles dans le ciel. Les constellations déployées au-dessus de l'eau m'apparaissaient plus vastes que d'habitude, plus grandes.

Je conversais muettement avec les étoiles au ciel quand Madame Barbara a soupiré, l'air vraiment triste :

— Ah, c'est déjà la fin de l'été.

La plage si animée à cet instant se viderait peu à peu après la fête d'O-bon et, en septembre, les paillotes seraient démolies.

— Quelle est votre saison préférée, Madame Barbara ? ai-je demandé sans quitter la mer des yeux.

— Toutes, a-t-elle répliqué du tac au tac. Au printemps, les cerisiers sont beaux et en été, on peut se baigner. A l'automne, on mange plein de bonnes choses, et l'hiver, le calme règne et les étoiles sont magnifiques. Moi, je suis une gourmande incapable de choisir. Alors printemps, été, automne et hiver, j'aime toutes les saisons.

C'était une réponse qui lui allait comme un gant.

— Et toi, Poppo ?

Elle m'avait retourné la question et j'ai répondu, gênée :

— Normalement, c'est l'été, mais…

— Tu n'as pas passé un bon été, cette année ?

— Ce n'est pas ce que je voulais dire, ai-je répondu en souriant.

Les enfants avaient fini leurs feux d'artifice et le chien était ressorti de l'eau. Depuis un moment, le vent avait brusquement forci. Même s'il faisait très chaud dans la journée, à la mer, la brise était fraîche le soir. J'ouvrais mon sac pour en sortir un gilet quand Madame Barbara a proposé :

— Si on allait prendre un thé chaud au café d'en face ?

En face, c'était la plage de Zaimokuza. L'été, un étroit pont de bois était dressé entre les deux plages, Yuigahama et Zaimokuza. Il permettait, en enjambant l'embouchure de la Nameri-gawa, de passer de l'une à l'autre sans avoir à remonter les escaliers jusqu'à la route qui longe la côte.

Nous avons traversé le pont, pieds nus, pour rejoindre la plage de Zaimokuza. A Yuigahama, il y a beaucoup de touristes, tandis que Zaimokuza est plutôt fréquentée par les gens du coin.

Par rapport au moment où nous étions arrivées, le sable avait beaucoup fraîchi. Nous avons siroté un thé au jasmin en écoutant des chansons du groupe Southern All Stars diffusées à plein volume. Je m'étais refroidie sans m'en rendre compte. Mon corps se réjouissait de toutes ses fibres de cette boisson bien chaude.

Le thé nous a engourdies, alors nous sommes vite reparties. La mer est tellement puissante que la côtoyer suffit à vous fatiguer.

Nous avons repris le chemin de la gare, cette fois-ci en direction du sanctuaire Hachiman. Avant l'entrée en service de la ligne Yokosuka, l'allée Dankazura qui mène au sanctuaire commençait au premier torii, paraît-il.

Nous approchions du deuxième torii lorsque la lune a enfin fait son apparition. Madame Barbara fredonnait les airs qui lui passaient par la tête, sans doute des comptines.

Elle voulait faire quelques courses avant de rentrer ; nous nous sommes séparées un peu avant la gare. Il n'était pas encore vingt heures, elle avait juste le temps de passer chez Kinokuniya. Comme je n'avais besoin de rien en particulier, j'ai pris le bus à destination du Kamakura-gû. Je n'avais plus la force de marcher jusqu'à la maison.

Le bus qui avançait au pas dans la journée à cause des embouteillages a remonté l'avenue Wakamiya-ôji à vive allure, c'était agréable.

A l'entrée de la pâtisserie Toshimaya était accroché, comme toujours, un immense *oharahi* pareil à un cerceau. Dans la nuit, le sanctuaire Hachiman m'évoquait immanquablement le Ryûgû-jô, le palais sous-marin du dieu dragon.

Je contemplais le sanctuaire illuminé, fascinée, quand j'ai soudain repensé aux petits pains à la purée d'*azuki*. Alors que je les avais achetés exprès pour les déguster avec Madame Barbara sur la plage, ils étaient encore tous les deux dans mon sac. J'avais beau savoir que c'était mal élevé, j'ai discrètement grignoté le mien dans le bus.

La croûte bien croustillante, à la manière du pain français, enveloppait la purée d'*azuki* toute moelleuse et lisse, sans morceaux, comme je l'aimais. Des fruits au goût légèrement âpre, peut-être des abricots sauvages, y étaient mélangés.

La part de Madame Barbara, je l'accrocherais à la poignée de sa porte, dans un sac. Le lendemain, la papeterie Tsubaki rouvrirait.

Quand j'ai déverrouillé la porte de la maison et que j'ai pénétré à l'intérieur, j'ai entendu un drôle de bruit venu de je ne sais où.

Un grillon s'était introduit dans la maison en mon absence. Son cri-cri rafraîchissant s'élevait sans relâche. Je pensais le chercher pour le libérer, mais j'ai décidé de profiter encore un peu de son chant.

J'avais envie de boire un verre, alors je me suis versé une rasade de l'alcool doux de prune laissé par Tante Sushiko. Dans l'espoir qu'elles aient toujours de quoi se nourrir, l'Aînée avait été prénommée Kashiko et sa jumelle Sushiko. Je n'étais pas certaine que ce vœu ait été vraiment exaucé. Les deux sœurs aux prénoms de gâteau et de sushi reposaient désormais en paix dans la même tombe.

J'ai soudain réalisé que c'était O-bon, la fête des morts, et j'ai déposé en offrande un verre d'alcool de prune sur l'autel bouddhique.

Tante Sushiko aimait boire un petit verre de temps en temps, tandis que l'Aînée était d'une sobriété à toute épreuve. Elles se ressemblaient comme deux gouttes d'eau, mais avec des caractères diamétralement opposés. Quand on lui offrait quelque chose, l'Aînée se répandait en excuses, toute gênée, tandis que Tante Sushiko remerciait avec un grand sourire.

En rythme avec le solo du grillon, j'ai frappé une fois le bol chantant puis j'ai joint les mains.

Le grillon avait fait venir l'automne.

Une brise fraîche soufflait de nulle part.

AUTOMNE

秋

L'automne, c'est peut-être une saison qui donne envie d'écrire.

Ces derniers temps, les commandes se succédaient.

Mes services d'écrivain public étaient sollicités, la plupart du temps, pour une lettre d'adieu, un mot de réconfort après une catastrophe naturelle, des encouragements à un étudiant qui avait échoué à un entretien d'embauche ou un message d'excuses après une bourde commise lors d'une soirée alcoolisée, bref, pour tout ce qui est difficile à dire en face.

Dans le lot, j'ai reçu commande d'une lettre ordinaire.

— Est-ce que vous rédigez aussi des lettres banales ? m'a demandé Monsieur Sonoda d'une petite voix. Je veux juste signaler que je suis en vie.

Sa voix calme et posée était comme une douce brise qui caresse une jolie colline.

— A qui voulez-vous écrire ? ai-je demandé à voix basse, en m'adaptant à son ton.

— A une amie d'enfance. Nous nous étions autrefois promis de nous marier, mais cela ne s'est pas fait. Plus tard, j'ai épousé quelqu'un d'autre et j'ai eu des enfants ; j'ai appris par une connaissance commune qu'elle s'était récemment mariée et qu'elle menait une vie heureuse dans le Nord. Donc, il ne s'agit pas de refaire l'histoire. De toute façon, cela fait plus de vingt ans que nous nous sommes perdus de vue. Je voudrais juste lui envoyer un mot pour lui dire que je vais bien.

Dans ce cas, pourquoi ne pas vous en charger vous-même ?

Les mots me brûlaient les lèvres, mais je les ai ravalés. Sans doute avait-il des raisons bien à lui.

— Je suis gêné de le dire, mais je l'aimais vraiment. Je n'envisageais ma vie avec personne d'autre qu'elle. Et pourtant…

Incapable de poursuivre, il a baissé la tête.

Depuis un moment, un oiseau gazouillait devant la boutique. Je le voyais sautiller en remuant la queue, c'était sans doute une bergeronnette.

Cela faisait quelques jours que le ciel affichait des couleurs d'automne. Il me faudrait bientôt allumer le poêle de la papeterie Tsubaki, sinon il ferait froid à l'intérieur.

Monsieur Sonoda ne paraissait pas ébranlé, mais pour lui laisser le temps de reprendre ses esprits, je suis passée du côté maison pour préparer du thé. J'avais des *daifuku* de la pâtisserie Nagashimaya, où j'avais fait un saut le matin en faisant mes courses ; je les ai servis avec le thé, sur une feuille de papier japonais pliée en deux.

J'ai versé le thé dans des tasses anciennes : un parfum embaumant, comme une flaque de soleil, a empli la boutique.

— Tenez, je vous en prie.

Je lui ai tendu une tasse et un *daifuku* à la châtaigne en priant pour que cela lui allège le cœur. Pourvu qu'il aime les sucreries !

Après avoir bu une gorgée de thé chaud, j'ai croqué dans mon *daifuku* aux haricots. La pâte de riz pilé qui l'enrobait était encore toute moelleuse et tendre.

Une lettre banale…

Effectivement, je rédigeais souvent des missives un peu spéciales ; du coup, une lettre normale, c'était déconcertant.

— Et pour le contenu ? Y a-t-il des points que vous souhaitez aborder en particulier ? ai-je demandé à Monsieur Sonoda en essuyant la poudre blanche collée à mes lèvres.

— Si je vous dis que le contenu importe peu, vous risquez de me trouver désinvolte, mais vraiment, quelques phrases banales feront l'affaire.

Elle adore les lettres.

Quand nous étions étudiants, à une période, nous avons vécu loin l'un de l'autre et elle m'écrivait presque tous les jours. Mais moi, je n'aime pas tellement écrire. Alors, justement, les rares lettres que je lui envoyais la réjouissaient. Dans les siennes, elle m'expliquait longuement à quel point cela lui faisait plaisir. Parfois, elle glissait une fleur séchée dans l'enveloppe.

Mais lui écrire moi-même aujourd'hui, ça me gêne un peu vis-à-vis de mon épouse…

— Je vois, ai-je acquiescé, et il a repris :

— Et puis, j'aimerais que la lettre soit rédigée d'une écriture féminine.

— De la main d'une femme ? ai-je répété.

Je ne comprenais pas. Quand un homme fait appel à un écrivain public, la règle est d'adopter une écriture masculine. Monsieur Sonoda a précisé :

— Il paraît qu'elle est heureuse. Je ne veux surtout pas risquer de ternir son bonheur. Si son mari découvrait qu'un homme lui écrit, il s'inquiéterait sûrement. Et encore plus si le correspondant lui est inconnu. Imaginez que cela crée des tensions dans leur couple, ce serait triste, vous ne trouvez pas ?

J'ai hoché la tête d'un air convaincu.

— Heureusement, je m'appelle Kaoru. Sonoda Kaoru.

Donc, même en admettant que son mari voie l'enveloppe en premier, si elle est de la main d'une femme, d'une certaine Sonoda Kaoru, il pensera qu'il s'agit d'une ancienne camarade de classe ou d'une amie, il ne soupçonnera sûrement rien. Mais Sakura, elle, devinera tout de suite que c'est une lettre de moi.

C'est son prénom, Sakura, c'est à elle que je souhaite écrire.

— En effet, vous avez raison.

Bizarrement, j'étais convaincue.

Il ne s'agissait ni de *récupérer* quelqu'un ni de lui déclarer sa flamme, mais juste de lui envoyer une lettre banale. Avec un sourire pareil à un bourgeon de camélia qui éclôt, Monsieur Sonoda a porté à ses lèvres la tasse de thé maintenant tiède.

— J'y ai pas mal réfléchi, à ma façon.

Il avait vraiment un doux sourire. Quelle chance avait Sakura d'être la destinataire d'une lettre banale de cet homme, ai-je songé.

Après lui avoir resservi du thé, je l'ai interrogé sur leurs souvenirs communs et sa vie de tous les jours.

Pour finir, je lui ai demandé de m'écrire l'adresse et le nom de Sakura.

— Depuis son mariage, elle s'appelle Sakura Sakura, a-t-il lâché avec un petit sourire en regardant la feuille sur laquelle il venait d'écrire.

Je l'ai examinée ; en effet, il était écrit *Sakura Sakura*, mais pas avec les mêmes kanji.

Madame Sakura Sakura, habitante d'une petite ville du Nord. Je me sentais proche d'elle, j'avais presque l'impression de la connaître.

Monsieur Sonoda a vidé sa tasse de thé puis il a demandé, un peu gêné :

— Je peux l'emporter ?

Son long doigt fin montrait le *daifuku* à la châtaigne sur la feuille de papier japonais.

— Ma fille adore ça.

Il avait une autre vie, un univers dans lequel Sakura n'existait pas. Et elle, de même, n'avait pas choisi de devenir Sonoda Sakura.

La fille de Monsieur Sonoda, friande de pâtisseries japonaises, attendait sûrement son retour.

— Je vous en prie. Je vais chercher du film alimentaire, ai-je proposé en me levant.

— Non, ce n'est pas la peine.

Il avait déjà déplié la feuille pour envelopper le *daifuku* à la châtaigne.

— Et pour le règlement ? m'a-t-il demandé.

— Cela ne presse pas, passez quand vous serez dans le voisinage, ai-je répondu en le raccompagnant à la porte.

A peine était-il parti qu'un petit groupe d'écolières est arrivé. Elles venaient souvent, ces derniers temps.

De nos jours, avec Internet, Monsieur Sonoda aurait eu l'embarras du choix pour contacter Sakura sans se compliquer la vie. C'est ainsi que certains reprennent contact avec leur premier amour perdu de vue et que des couples se reforment, ce n'est pas rare de nos jours.

Mais pas lui. Et sans doute n'était-ce pas non plus le genre de Sakura.

Cette lettre était pleine de délicatesse : la délicatesse de ne pas franchir certaines lignes, de faire preuve de retenue, de ne pas semer le trouble.

J'ai passé les quelques jours suivants en compagnie de Monsieur Sonoda.

Bien entendu, pas avec le vrai Monsieur Sonoda.

Simplement, je voulais tout transmettre de lui à Sakura, sa gentillesse, sa façon de s'exprimer, son image et jusqu'à son odeur. Parce qu'une lettre, c'est comme l'incarnation d'une personne.

Il serait bientôt hospitalisé, m'avait-il expliqué. Sans plus de détails, il avait spécifié que ce n'était rien de grave, mais pour la première fois de sa vie, cela l'avait fait sérieusement réfléchir à la mort. Il avait alors repensé à Sakura.

Il ne voulait pas avoir de regrets, si jamais il lui arrivait quelque chose, avait-il affirmé en me regardant droit dans les yeux.

Avec un petit sourire embarrassé, il avait souligné qu'à l'approche de l'opération, cela devait le travailler un peu.

Sans doute était-ce le cas. Même pour la plus bénigne des interventions chirurgicales, subir une anesthésie, se faire ouvrir le ventre, cela ne laisse pas indifférent. On pense forcément au pire. Dans d'autres circonstances, l'idée d'écrire à Sakura ne lui serait peut-être pas venue.

J'y songeais lorsque soudain, l'image de l'Aînée s'est imposée à moi.

Elle aussi, à la fin de sa vie, avait subi une intervention chirurgicale. Mais je n'avais pas été à ses côtés.

Une fois que je sais plus ou moins ce que je vais écrire, je commence par choisir mes outils d'écriture. Le même texte offre un visage totalement différent selon qu'il est rédigé au stylo-bille, au stylo-plume, au stylo-pinceau ou au pinceau. Ecrire une lettre au crayon à papier étant foncièrement malpoli, ce choix n'est même pas envisageable.

Après avoir hésité, j'ai décidé de rédiger la lettre à Sakura à la plume de verre. Car il me semblait que c'était le meilleur moyen pour exprimer la gentillesse de Monsieur Sonoda, sa délicatesse cristalline. Cette lettre devait être un petit cadeau de Monsieur Sonoda à Sakura.

J'ai sorti de l'écritoire héritée de l'Aînée la plume de verre qui y dormait depuis longtemps. C'est un instrument d'écriture entièrement fait en verre.

J'imaginais que la plume de verre avait été mise au point en Europe. Mais elle est née au Japon. C'est un artisan spécialisé dans la fabrication de clochettes en verre, Sasaki Sadajirô, qui l'a inventée en 1902. Elle a immédiatement été adoptée en France et en Italie.

Sa pointe est gravée de huit fines rainures qui retiennent l'encre. C'est un instrument peu utilisé, mais qui confère un charme réel aux grandes occasions. Et celle de l'Aînée, une fine plume rouge pâle, me semblait idéale pour calligraphier la lettre à Sakura.

Compte tenu des particularités de la plume de verre, j'ai choisi du papier lisse. Les fibres apparentes, et encore plus les textures proches du papier japonais, ne se prêtent pas à la calligraphie à la plume de verre. Avec sa pointe dure, elle accroche les fibres.

J'ai opté pour du vergé crème fabriqué en Belgique, un type de papier utilisé depuis longtemps par les familles royales et nobles d'Europe. Les vergeures – les marques laissées par les fils du tamis utilisé pour fabriquer le papier, qui lui donnent son nom – forment des aspérités ténues, pareilles à des rides, qui projettent de subtiles ombres sur la feuille blanche. Au toucher, ce papier a la chaleur du fait main, il en émane bienveillance et douceur. C'était parfait pour communiquer les sentiments de Monsieur Sonoda.

Pour la dimension, j'ai misé sur le format carte postale. Une lettre de plusieurs pages pourrait embarrasser Sakura, mais une carte postale risquerait d'être lue par un tiers. Les sentiments de Monsieur Sonoda méritaient mieux.

Donc, en une sorte de juste milieu, j'ai décidé d'envoyer une lettre au format carte postale, sous enveloppe. Ainsi, personne d'autre que Sakura ne la lirait et, en même temps, les sentiments de Monsieur Sonoda ne prendraient pas une trop grande importance.

Pour l'encre, j'ai choisi une couleur sépia. Dès le moment où j'avais écouté Monsieur Sonoda, cette couleur s'était imposée à mon esprit et ne m'avait plus quittée.

J'ai ouvert la bouteille d'encre sépia ; quand j'y ai plongé la plume de verre, les fines rainures se sont aussitôt emplies d'encre. La plume aussi transparente qu'une stalactite il y a un instant encore prenait à vue d'œil des nuances de feuilles mortes. J'ai écrit sur l'une des faces de la carte la formule d'appel : *Chère Sakura.*

Puis j'ai posé ma plume et attendu tranquillement que l'encre sèche.

Fallait-il écrire *Madame Sakura* ou *Chère Sakura*, ou encore un plus formel *Chère Madame Sakura Sakura* ? J'y avais réfléchi en faisant des essais. Pour *sama*, cette formule passe-partout de civilité, l'écrire avec un kanji aurait été le plus correct, mais cela aurait fait une ribambelle de kanji ;

佐倉桜様

l'écrire en hiragana était une possibilité.

En général, c'est quand on s'adresse à quelqu'un de plus jeune que soi qu'on l'écrit ainsi, mais entre personnes autrefois intimes, cela n'avait sûrement rien d'impoli. Au contraire, il en ressortait une certaine tendresse.

Madame Sakura,

佐倉さま

Chère Sakura,

桜さま

Chère Madame Sakura Sakura :

佐倉桜さま

j'ai essayé ces formules d'appel avec *sama* en hiragana. Mais non, c'était bien le kanji qui exprimerait le mieux la courtoisie de Monsieur Sonoda, je le sentais. En même temps, comme je souhaitais également communiquer sa gentillesse, afin d'équilibrer, j'ai opté pour *Sakura* en hiragana. De cette façon, ce Sakura désignait-il son nom de famille ou son prénom ? Sakura elle-même, la lettre entre les mains, serait libre de l'interpréter à sa guise, ce qui conférerait de l'ampleur aux sentiments de Monsieur Sonoda.

さくら様

Quand j'ai été certaine que la formule *Chère Sakura* en hiragana mais avec *sama* en kanji avait bien séché, j'ai délicatement retourné la carte. J'avais le contenu en tête dans les grandes lignes, mais je n'avais pas préparé de brouillon. Le premier jet serait définitif. En plus, comme ce serait lourdaud de glisser deux voire trois cartes dans l'enveloppe, j'avais l'intention d'écrire d'une traite un texte bien équilibré qui remplirait joliment la page. Pour moi, c'était la meilleure façon d'exprimer le fond de la pensée de Monsieur Sonoda.

J'ai pris plusieurs respirations calmes et j'ai replongé la pointe de la plume de verre dans l'encre sépia. Je serais Monsieur Sonoda, et j'écrirais en pensant au bonheur de Sakura.

Dans un crissement caractéristique, la plume pointue a dévidé ses mots couleur sépia.

Elle glissait aisément sur le papier, mieux que je ne l'aurais imaginé.

Loin de buter sur les vergeures, c'était comme si elle patinait gaiement sur de la glace sous les rayons d'un soleil matinal.

As-tu le sourire chaque jour ?

Comme je te connais, tu prends sûrement plaisir à chanter de temps en temps.

Je me porte bien.

En ce moment, le week-end, je pars en randonnée à la montagne avec ma fille, une petite écolière pleine de vie.

Avec toi aussi, j'en ai fait, des randonnées.

Sur le mont Gassan, dans la tempête, nous avons frôlé le pire.

C'est maintenant un bon souvenir.

Rien ne m'apporte plus de joie que de te savoir comblée.

Moi aussi, je coule des jours heureux.

Prends bien soin de toi.

Sous des cieux lointains, je prie pour ton bonheur.

Adieu

J'ai écrit sans m'interrompre, en faisant tourner la plume de verre de temps en temps. Je n'avais pas besoin de tellement appuyer sur la pointe, les mots venaient sans effort.

Quand j'ai écrit *Adieu*, l'encre commençait à manquer, alors j'ai replongé la plume dans la bouteille pour tracer distinctement le nom de Monsieur Sonoda.

毎日、笑っていますか？
きっとあなたのことだから、時々は楽しそうに
歌をうたっていることでしょう
僕は元気です
最近は毎週末、小学生になるお転婆娘を連れて、
山登りにはげんでいますよ
あなたとも、たくさん山を登りましたね
一緒に月山に登った時は、すごい悪天候で、命がけでした
今となっては、すべてがいい思い出です
あなたが幸せでいてくれたら、こんなにうれしいことはありません
僕も幸せに暮らしています
体にだけは、気をつけてください
遠くの空から、あなたの幸せを願っております　草々

Je voulais une enveloppe imperméable pour protéger de la pluie la précieuse carte à l'intérieur. La petite réserve de la papeterie Tsubaki regorgeait de papier à lettres et d'enveloppes que l'Aînée et moi-même avions rassemblés au fil du temps. J'y ai trouvé une enveloppe paraffinée juste à la bonne taille.

C'était un papier résistant, qui conduirait la carte à bon port. J'y ai écrit le nom et l'adresse de Sakura avec un fin feutre noir indélébile, au cas où il pleuvrait. Un timbre gommé classique risquait de se décoller de l'enveloppe paraffinée : j'y ai fermement apposé un timbre autocollant.

Il portait le dessin d'une pomme. Monsieur Sonoda m'avait appris qu'ils avaient passé leur enfance dans une ville de province réputée pour sa production de pommes.

Peut-être avaient-ils joué à grimper dans les pommiers, s'étaient-ils partagé la même pomme à croquer ? Comme c'était bientôt la saison, quelqu'un qui ignorait le lien entre eux n'y verrait rien de spécial.

J'ai cacheté l'enveloppe au miel, du bout des doigts. Pour être sûre que le rabat ne se décollerait pas, j'ai ajouté un autocollant. C'était un timbre de l'étranger, tiré de la collection amassée durant mon périple de par le vaste monde.

Pour finir, j'ai essuyé la plume de verre avec un coton, avant de laver à grande eau les dernières traces d'encre.

La couleur sépia a tout de suite disparu et la plume est redevenue aussi transparente qu'une stalactite. Le moindre choc risquait de la briser ; je l'ai enveloppée avec soin dans un mouchoir de gaze avant de la reposer délicatement dans l'écritoire.

Au Moyen Age, on appelait « billets doux » les lettres d'amour. Le message de Monsieur Sonoda à Sakura était-il, lui aussi, un billet doux ? Il était profondément imprégné de ses sentiments. Cette missive, banale à première vue, trouverait sans doute le chemin du cœur de Sakura.

Des lettres porteuses de si doux sentiments, j'aurais aimé en rédiger beaucoup.

Un typhon s'était enfin éloigné que le suivant s'annonçait déjà.

Celui-ci était censé frapper la région du Kantô de plein fouet ; par précaution, j'avais affiché dès le matin un avis de fermeture exceptionnelle de la papeterie Tsubaki.

Des bourrasques venaient par intermittence s'écraser sur la boutique. La pluie forcissait. Rien ne servait d'ouvrir à tout prix, personne ne serait assez fou pour braver la tempête dans le simple but d'acheter des articles de papeterie.

Malgré tout, il y a eu un client pour se manifester. Au début, je n'ai pas entendu les coups frappés à la porte, masqués par le rugissement du vent.

— S'il vous plaît ? Il y a quelqu'un ?

Un bref instant, le vent est retombé. J'ai entendu la voix d'une femme à la porte de la boutique. J'étais en train de faire du rangement dans le placard de la pièce japonaise à l'étage, autrefois la chambre de l'Aînée. J'ai passé la tête par la fenêtre. Une femme se tenait sur le pas de la porte, trempée jusqu'aux os.

— Qu'y a-t-il ? ai-je crié d'en haut.

— S'il vous plaît ! J'ai besoin de votre aide, a-t-elle lancé, les yeux rivés sur moi.

Ses cheveux, son visage, ses vêtements, tout dégoulinait d'eau. C'était peut-être une touriste, venue sans savoir qu'un typhon approchait et qui cherchait un endroit où se réfugier.

Zut alors, j'avais pourtant affiché un avis de fermeture, mais puisque je lui avais parlé, je ne pouvais pas la laisser à la porte. Je lui prêterais une serviette et elle pourrait attendre dans la boutique que la pluie faiblisse.

Je suis descendue ; de l'autre côté de la porte vitrée, la femme avait l'air perdue. L'avis de fermeture fixé avec des morceaux de masking tape avait disparu, sans doute arraché par le vent. Voilà qui expliquait pourquoi j'avais de la visite.

A peine avais-je déverrouillé et ouvert la porte que de grosses gouttes de pluie se sont bruyamment engouffrées à l'intérieur. J'ai vite fait entrer la femme, sans savoir ce qu'elle voulait. J'avais peur qu'elle s'enrhume.

Je m'apprêtais à aller chercher une serviette de toilette dans l'arrière-boutique pour qu'elle s'éponge quand elle a annoncé d'une voix tremblante :

— J'ai posté par erreur une lettre dans la boîte voisine.

Je me suis retournée ; elle a continué, les larmes aux yeux :

— Après l'avoir postée, j'ai réalisé que je n'aurais pas dû. Mais il était trop tard… Alors j'ai attendu que le facteur vienne relever la boîte. Mais on dirait qu'avec le typhon, il n'a pas pu passer à l'heure…

Elle semblait avoir dans les trente, trente-cinq ans, et elle était au bord des larmes. Elle avait de l'allure, impossible de ne pas le remarquer. Elle était toute mouillée, et ça lui donnait un petit air sexy.

— Mais, cette boîte aux lettres…

Personnellement, j'évitais le plus possible de l'utiliser. C'était une boîte rouge, à l'ancienne, aux airs de tirelire ; jolie à regarder, mais le courrier n'y était relevé que deux fois par jour, le matin et l'après-midi, c'est tout. Du coup, à part les courriers administratifs, j'évitais d'y déposer quoi que ce soit. Surtout les précieuses lettres dont on m'avait confié la rédaction, j'avais pour habitude d'aller les porter exprès à la poste centrale de Kamakura, devant la gare. Ainsi, elles arrivaient plus vite à bon port, comme l'Aînée le répétait souvent.

La femme ne cessait de regarder la boîte aux lettres par-dessus son épaule et de vérifier sa montre.

— Je ne peux plus attendre. Il faut que j'y aille…

Les yeux débordants de larmes, elle m'a suppliée :

— Je vous en prie ! J'ai bien conscience de la grossièreté de ma demande alors que nous ne nous connaissons pas, mais auriez-vous l'obligeance de récupérer la lettre que j'ai postée par erreur ?

Elle avait parlé d'une traite, prête à se jeter à mes pieds.

Avait-elle honte à ce point de sa missive ? Quelque part, je comprenais que cela puisse arriver. Après une dispute, on s'emportait et on écrivait une lettre de rupture, mais une fois calmé, on ne souhaitait plus rompre ; même pour un courrier purement administratif, on pâlissait en se rendant compte qu'on n'avait pas tout rempli ; il y avait tout un tas de possibilités. Son regard était empreint de la plus grande gravité.

Mais il n'y avait pas de quoi en faire une montagne. Parce que même après avoir posté une lettre, il y a des moyens officiels de la récupérer. Les cas sont rares, mais ils existent forcément ; une lettre postée n'est pas perdue à tout jamais, les services postaux ne sont pas si méchants.

En l'occurrence, l'enveloppe était sûrement encore dans la boîte. Dans ce cas, il ne serait pas très difficile de l'intercepter.

— Bien sûr ! De toute façon, avec ce temps, je ne suis pas très occupée, ai-je répondu du ton le plus nonchalant possible pour la rassurer.

Ne dit-on pas que le hasard fait bien les choses ? Et puis, ce qui était gravissime pour elle ne représentait pour moi qu'un effort minime. Après tout, la boîte aux lettres jouxtait la papeterie Tsubaki.

J'ai sorti d'un tiroir une feuille de papier et un stylo et je les ai tendus à la femme pour qu'elle m'écrive son nom et son adresse. Je lui ai aussi demandé ceux du destinataire de la lettre qu'elle souhaitait récupérer et, à tout hasard, le type d'enveloppe.

Quand elle a eu fini d'écrire, peut-être rassérénée, elle m'a expliqué la situation en quelques mots :

— Mon père est au plus mal. Je dois immédiatement me rendre à son chevet. Il faut que je prenne l'avion dans l'après-midi, sinon, je n'arriverai pas à temps.

Avec ce typhon, les avions décolleraient-ils ? La question m'a traversé l'esprit, mais je n'ai rien dit. A la place, j'ai déclaré en soutenant son regard sans fléchir :

— Votre lettre vous reviendra, soyez sans crainte.

Sur la feuille figurait son nom, Kusunoki Hanko. Je me suis fait la réflexion que ce n'était peut-être pas un nom japonais. Mais l'heure n'était pas à discuter ; sans la retarder davantage, je l'ai quasiment mise dehors. Elle a replongé dans la tempête, soulevant des gerbes d'eau dans sa course.

Afin de ne pas manquer le facteur qui viendrait relever le courrier, j'ai surveillé la rue, assise près d'une fenêtre à l'étage.

Il pleuvait des trombes d'eau. Même les branches du camélia, que rien n'ébranlait en temps normal, ployaient comme des ressorts. C'était une chance que Madame Barbara ne soit pas là par ce typhon. Elle était partie en voyage en Europe avec son chevalier servant.

La pluie a fini par cesser en fin d'après-midi. Quand j'ai ouvert la fenêtre, un crépuscule comme je n'en avais jamais vu emplissait le ciel. D'inquiétants dégradés de rose et de noir semblaient annoncer la fin du monde pour aujourd'hui.

L'air était frais, et le ciel aussi beau qu'il était étrange.

Au même instant, une mobylette rouge s'est approchée.

J'ai dévalé les escaliers et je me suis précipitée dehors. J'ai piqué un sprint digne de la fête du sport, jusqu'à la boîte aux lettres.

— Attendez, s'il vous plaît ! ai-je crié tout en courant, pour arrêter le facteur.

J'ai repris mon souffle et lui ai expliqué tant bien que mal la situation. Pour éviter les complications, j'avais décidé de dire que la lettre m'appartenait.

Heureusement, le facteur était gentil et compréhensif. La boîte ne contenait que la lettre postée par Hanko, qu'il m'a rendue sur-le-champ.

L'enveloppe que j'avais récupérée était destinée à un homme. Peut-être avait-elle été mouillée quand elle l'avait glissée dans la boîte, l'encre du stylo à bille avait bavé par endroits.

Hanko s'était-elle réfugiée à la papeterie Tsubaki en sachant que j'étais écrivain public ? Ou alors, était-ce un hasard si la papeterie où elle avait demandé de l'aide en toute innocence était liée aux travaux épistolaires ?

Son adresse, inscrite au dos de l'enveloppe, était située à Zushi. Pourquoi venir exprès poster une lettre à Kamakura un jour de typhon ?

Beaucoup de choses m'échappaient, mais quoi qu'il en soit, ce courrier qu'elle ne voulait surtout pas voir remis à son destinataire, ou lu par lui, était maintenant entre mes mains. Je devais vite le lui annoncer.

Dans le ciel lavé par la pluie, en cette fin de journée, virevoltaient des libellules rouges. Le soleil couchant se réverbérait sur leurs fines ailes pareilles à du verre.

J'ai ramassé la tasse blanche de la stèle épistolaire que le vent avait envoyée promener. Après l'avoir rincée avec soin pour en ôter la boue et les feuilles, je l'ai remplie d'eau propre à ras bords. Je l'ai reposée à sa place et j'ai joint les mains.

J'ai soudain remarqué que, dans un coin du jardin, les lis-araignées rouges et blancs fleurissaient à foison.

C'est cinq jours après le typhon que Madame Barbara est rentrée de son long voyage à l'étranger.

— Poppo, me voilà de retour !

Elle est passée à la papeterie Tsubaki tard dans l'après-midi.

— Je viens de rentrer.

— Quel plaisir de vous revoir !

J'étais heureuse d'entendre sa voix, j'avais envie de sauter de joie sur place.

— Comment s'est passé votre voyage ?

Je me faisais peut-être des idées, mais il me semblait que sa peau pâle avait pris des couleurs.

— C'était épatant. Depuis Paris, nous sommes allés faire un tour au Maroc. J'ai failli m'y installer tellement c'est un endroit merveilleux.

— Vraiment ? C'est super !

Son voyage avait été formidable, cela se lisait sur son visage.

— Tiens, Poppo, c'est pour toi.

Elle m'a tendu ce qui ressemblait à des flacons enveloppés dans un simple sachet en papier.

— De l'huile d'argan et de l'eau de rose du Maroc. L'huile d'argan, il paraît que c'est bon dans les salades. Et l'eau de rose, c'est pour ta peau.

— Ça me fait plaisir.

Je commençais justement à manquer de lotion pour le visage.

— Tu sais, cette huile d'argan, on ne la trouve que dans cette région du Maroc, elle est très précieuse.

J'ai ouvert le flacon pour sentir l'odeur ; un parfum proche de l'huile de sésame s'est élevé.

— Il paraît qu'on peut aussi s'en mettre sur la peau.

— Merci.

Je l'ai remerciée à nouveau. C'est alors que Hanko a fait son apparition.

Pour commencer, je ne l'avais pas reconnue, mais à sa poitrine, j'ai réalisé qui c'était. Et c'est Madame Barbara qui s'est écriée avant moi :

— Ah, Panty !

Panty ? Un gros point d'interrogation a flotté dans mon esprit, mais Hanko n'avait pas l'air de s'étonner qu'on l'appelle ainsi. Madame Barbara et elle étaient de vieilles connaissances, semblait-il.

— J'enseigne dans l'école primaire d'à côté. Au début, on me surnommait Hanty, pour « Hanko teacher », mais on a fini par m'appeler Panty. C'est un peu la honte, hein ? Mais comme j'aime bien faire du pain, j'ai fini par me dire, pourquoi pas ? Tout de même, quand on ne sait pas d'où vient ce surnom, ça doit être surprenant.

Mon expression devait m'avoir trahie, pour qu'elle m'explique la situation en quelques mots. Voilà pourquoi elle portait un survêtement, je comprenais mieux. L'école primaire où elle travaillait se trouvait à quelques minutes à pied de la papeterie Tsubaki. Ce qui expliquait aussi qu'elle connaisse Madame Barbara.

— Merci pour l'autre jour. Je vous dois une fière chandelle.

Hanko s'est inclinée devant moi, presque trop bas.

— Non, je vous en prie…

J'étais gênée. Ce jour-là, j'avais laissé un message sur le répondeur dont elle m'avait donné le numéro pour signaler que j'avais pu récupérer la lettre.

Je l'ai sortie du tiroir fermé à clé où je range les objets de valeur. Par sécurité, je l'avais glissée dans une enveloppe spéciale, bien cachetée à la colle.

— Voilà votre lettre.

Je l'ai tendue à Hanko, dans l'enveloppe cachetée.

Nous n'allions pas rester à bavarder debout ; j'ai sorti deux tabourets empilés, pour Madame

Barbara et pour elle. La question de la lettre réglée, j'étais inquiète pour son père.

— Et votre père... ? ai-je lancé tout en me demandant si c'était une bonne idée.

— Je suis arrivée trop tard. A cause du typhon, l'avion a décollé en retard. Mais il s'est éteint en paix. Après les funérailles, je suis restée quelques jours à la maison avec ma mère ; je suis revenue hier. Tenez, c'est pour vous remercier.

Elle a sorti un paquet du sac en papier qu'elle tenait à la main.

— C'est du pain ?

Une odeur appétissante flottait, comme un halo.

— Quand je sens que je vais déprimer, je me mets à pétrir de la pâte, pour me donner du courage. Parce que quand je prépare du pain, je ne pense plus à rien d'autre.

— Le pain de Panty, c'est le meilleur du monde, est intervenue Madame Barbara qui nous avait jusque-là écoutées en silence. Tu as vécu des moments difficiles pendant que je m'amusais à l'étranger.

Sa voix était pleine de compassion pour Hanko.

— Si seulement...

Si j'avais repéré Hanko plus tôt et surveillé la boîte aux lettres à sa place, elle aurait peut-être pu prendre l'avion plus vite et arriver à temps. J'avais des regrets.

Avait-elle lu dans mes pensées ?

— Ne vous en faites pas. Dans la mesure où je vis loin de mes parents, je me suis préparée à l'idée de ne pas assister à leurs derniers instants. Pour moi, il était bien plus important que cette lettre ne tombe pas entre les mains de son destinataire, a-t-elle murmuré avec un regard triste à l'enveloppe posée sur ses genoux. Quand j'ai appris que mon père était à l'article de la mort, je me suis affolée. Je voulais qu'il me voie mariée, alors j'ai répondu à la demande en mariage d'un homme que je n'aime pas. Mais quand j'ai repris mes esprits, je me suis dit que cela ne lui ferait pas plaisir.

Pendant qu'elle parlait de son père, ses yeux se remplissaient de larmes. Mais elle a réussi à les retenir, de justesse.

— Je vais chercher des gâteaux que j'ai rapportés du voyage.

Un silence allait s'installer quand Madame Barbara s'est levée.

— Pardon d'avoir plombé l'atmosphère, s'est écriée Hanko d'une voix faussement enjouée tout en clignant des yeux.

— Je vais préparer du thé. Hanko, prenez-vous du sucre et du lait ? Mais au fait, vous avez le temps ? ai-je demandé, soudain inquiète.

Peut-être était-elle encore censée travailler.

— La classe est terminée, j'ai du temps devant moi. Et puis, appelez-moi Panty, s'il vous plaît. Les enfants aussi m'appellent comme ça.

— Dans ce cas, appelez-moi Poppo. En réalité, mon prénom, c'est Hatoko.

— D'accord.

— Très bien.

J'étais en train de préparer le thé dans l'arrière-boutique quand Madame Barbara est revenue, une jolie boîte à la main.

— Ça, je l'ai acheté au retour, à l'aéroport de Paris. C'est l'occasion d'y goûter toutes ensemble.

— Des macarons ?

Dans la boîte s'alignaient de jolis gâteaux ronds de toutes les couleurs.

— Des macarons de chez Ladurée, un vrai délice !

Au son de la voix langoureuse de Madame Barbara, j'ai apporté la théière de thé fraîchement infusé, dont j'ai généreusement rempli les tasses.

— Servez-vous, je vous en prie.

A son invitation, j'ai pris un macaron d'un jaune vif, le plus à droite. Je ne sais pas à quoi il était, mais une agréable saveur d'agrume m'a empli la bouche. C'était la première fois de ma vie que je goûtais aux macarons Ladurée.

— Ça donne envie d'en manger plein, s'est réjouie Panty qui en grignotait un marron clair ; quelques minutes plus tôt, elle était encore au bord des larmes.

L'élégant macaron rose saumon, lui, seyait parfaitement à Madame Barbara.

Mange amer au printemps, vinaigré l'été,
piquant l'automne et gras l'hiver

春苦み、夏は酢の物、秋辛み、冬は油と心して食え

La devise calligraphiée de la main de l'Aînée était encore placardée sur le mur de la cuisine. Ecrite au dos d'un calendrier, depuis le temps qu'elle trônait là, le papier avait complètement perdu sa blancheur initiale. Des éclaboussures d'huile y avaient dessiné des étoiles filantes.

J'avais l'intention de m'en débarrasser sans attendre, mais chaque fois que je tendais la main pour l'arracher, je finissais par hésiter et finalement je n'y avais pas encore touché.

L'Aînée n'avait pas laissé derrière elle que des chiffons de papier.

Un jour, je rangeais le placard de sa chambre quand je me suis retrouvée nez à nez avec une pile de cartons. Je les ai ouverts sans trop me poser de questions ; ils contenaient d'anciens articles de papeterie, en majorité neufs, tout un stock presque intouché d'articles japonais et étrangers.

Des règles en bois, des dévidoirs à ruban adhésif américains, des équerres en métal, de la colle en pot, des taille-crayons, des ciseaux, des étiquettes, du correcteur liquide, des taille-crayons mécaniques, des trombones, des carnets, des cahiers, des agrafeuses, des feutres, des surligneurs, des crayons de couleur, des craies grasses, du papier. Et bien entendu, des tas de crayons à papier.

Jamais je ne saurais pourquoi ils avaient été stockés là, mais la plus grande partie était encore utilisable. En plus, leur design un peu vieillot avait paradoxalement quelque chose d'actuel.

J'ai soigneusement vérifié le nom du fabricant et le pays d'origine de chaque article. Pour certains, l'entreprise n'existait plus ou la production avait été abandonnée. Mais la plupart étaient des produits de premier choix.

C'était une véritable trouvaille. Je devais absolument les mettre en vente.

Je me suis empressée de réagencer les rayons de la papeterie Tsubaki pour leur trouver un emplacement. Il y avait pas mal d'espace encore, donc même avec ces fournitures supplémentaires, il restait de la place. J'ai préparé une affichette explicative pour ces nouveaux articles tirés du stock dormant. Les antiquités invendables, comme la vieille machine à écrire et la mappemonde ancienne, ont décoré la boutique. Peut-être à cause de ces objets vintage, la papeterie Tsubaki avait pris un aspect plus classe.

C'était au mois d'octobre, pendant que j'aérais les vieux cahiers sur une bâche étalée devant la boutique.

— Hep ! ai-je soudain entendu dans mon dos.

Je me suis retournée ; c'était le Baron. Je ne savais pas exactement qui il était, mais c'était un homme imposant qui avait pour habitude de se promener dans le quartier, vêtu d'un kimono. Je ne lui avais jamais parlé, mais je le voyais souvent au salon de thé, où il lisait le journal devant un café. Il était toujours coiffé d'un élégant chapeau, parfois orné d'une plume. Dans le coin, on l'appelait le Baron.

— Je voudrais que tu répondes à ça, a-t-il lancé en tirant de sa manche de kimono une lettre qu'il m'a agitée sous le nez.

— C'est pour un travail d'écrivain public ? ai-je demandé pour être sûre.

— Que veux-tu que ce soit d'autre ? m'a-t-il assené, plein de morgue.

J'ai donc pris la lettre qu'il me tendait.

Il arrive qu'on me demande de répondre à un courrier. Quand l'expéditeur est un ami avec qui on ne fait pas de manières, on peut se permettre de prendre son temps, mais avec un ancien professeur ou une personne qui commande le respect et qui, en plus, vous gratifie d'une sublime missive à la politesse exquise, écrire une réponse n'est pas aisé. Surtout quand on a une écriture disgracieuse. Plus le temps passe et plus on s'en veut de faire attendre l'autre ; du coup, pas mal de gens finissent par se précipiter chez un écrivain public.

Mais dans le cas du Baron, c'était un peu différent, apparemment.

— Comme si j'allais leur prêter de l'argent, à ces zigotos ! Mais je ne voudrais pas les monter contre moi. Refuse habilement. Tu seras payée au mérite, d'accord ?

Il avait parlé d'une traite. Sa tirade débitée, il m'a laissée en plan, la lettre à la main.

Quelle brusquerie ! Alors que la règle était de servir une boisson aux clients venus consulter l'écrivain public, il était reparti sans même mettre un pied à l'intérieur de la papeterie Tsubaki.

Les cahiers étaient bien au soleil, alors je les ai laissés comme ils étaient et je suis entrée dans la boutique pour lire la missive adressée au Baron. En effet, il s'agissait d'une demande de prêt. Mais elle était pleine de fautes et mal écrite, et de toute évidence, on cherchait à lui rappeler une dette ancienne.

Comme si j'allais leur prêter de l'argent, à ces zigotos !

J'étais bien forcée de tomber d'accord avec la formule à l'emporte-pièce du Baron. Moi non plus, devant une lettre de ce genre, je ne serais pas tentée d'aider l'expéditeur.

Pour me changer les idées, le soir, je suis allée manger des spécialités de Yamagata chez Fukuya, derrière le sanctuaire Hongaku-ji. C'est un petit restaurant avec juste un comptoir, où il y a toujours des gens du coin. Je craignais d'y rencontrer d'anciennes connaissances, mais cela ne s'était encore jamais produit.

J'étais assise à la place du fond où, après un verre de saké froid accompagné de boulettes de *konnyaku*, je dégustais des *soba* aux taros sauce curry – la spécialité de l'établissement – quand soudain, la première phrase m'est venue à l'esprit. Le temps que je rentre à pied à la maison, le reste du texte était pratiquement prêt. J'avais envie de vite le coucher sur le papier, avant d'oublier.

A peine arrivée, je me suis douchée et j'ai bu du thé vert bien fort pour dissiper les effets de l'alcool, puis je me suis installée à ma table de travail. Pour une lettre de refus, l'élan est crucial. Il y a des lettres qu'on mûrit, brouillon après brouillon, et il y en a d'autres qui surgissent comme ça, d'un seul jet.

Il me semblait qu'un stylo-plume au tracé un peu épais conviendrait mieux au caractère du Baron qu'un pinceau, alors j'ai opté pour un Montblanc. Avec de l'encre noire. Pour le papier, ce serait du papier quadrillé de chez Masuya découvert quelques jours plus tôt dans le placard.

Sans faire de brouillon, je me suis mise à écrire au propre.

J'ai lu ta lettre.

Etant moi-même en manque de fonds, il m'est impossible de te prêter de l'argent.

Demande à quelqu'un d'autre, je ne t'en voudrai pas.

Je n'ai pas d'argent à te prêter, mais je peux te nourrir.

Si tu as le ventre vide et plus rien à te mettre sous la dent, viens à Kamakura.

Je te remplirai la panse de ton plat préféré.

Le froid arrive, sois prudent.

Prends soin de toi.

Ah ah ah !

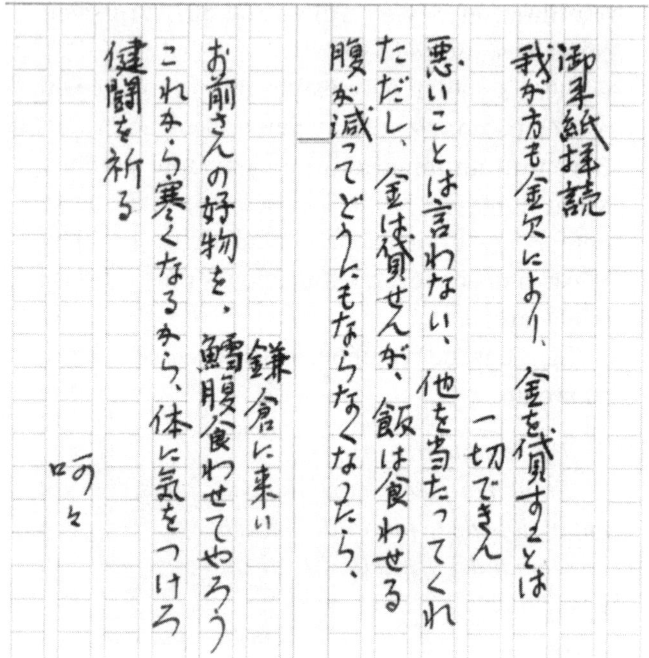

御手紙拝読
我が方も金欠により、金を貸すことは
一切できん
悪いことは言わない、他を当たってくれ
ただし、金は貸せんが、飯は食わせる
腹が減ってどうにもならなくなったら、
鎌倉に来い
お前さんの好物を、鱈腹食わせてやろう
これから寒くなるから、体に気をつけろ
健闘を祈る
呵々

Le papier quadrillé de chez Masuya était une merveille, au confort d'écriture extraordinaire.

Il avait été mis au point au terme de multiples améliorations, après étude de ses affinités avec des encres variées.

En plus, il s'accordait à la perfection avec le Meisterstück 149, considéré comme le must parmi les Montblanc. Ce modèle commercialisé avant-guerre avait une plume épaisse, parfaite pour une écriture masculine, affirmée.

Le texte était bien centré sur la page quadrillée de quatre cents cases. A la fin, j'ai sauté une ligne avant d'ajouter la date et, en dessous, le nom du Baron, puis sur la ligne suivante le nom du destinataire avec, en bas à gauche et en petit, la formule *kika*. Cette formule d'extrême politesse n'était pas indispensable, mais elle permettait d'illustrer l'état d'esprit du Baron.

J'ai choisi une enveloppe en papier japonais tirant sur le blanc crème, en phase avec l'image du Baron, toujours vêtu d'un kimono.

J'y ai calligraphié l'adresse et le nom de l'expéditeur non pas au stylo-plume mais au pinceau, question d'affinité avec le papier. En signe de respect, j'ai écrit la civilité *sama* avec l'ancien caractère chinois, plus compliqué. Là aussi, j'ai ajouté la formule *kika*. En me représentant le Baron, j'ai calligraphié avec impétuosité, les caractères débordaient presque de l'enveloppe.

J'ai affranchi le tout avec un timbre représentant un *kongô-rikishi*, la divinité gardienne des temples. C'était indubitablement une lettre de refus. Ce timbre coûtait cinq cents yens, mais cela valait le coup pour expliciter la détermination du Baron à ne pas prêter d'argent à son solliciteur. Avec un timbre inoffensif, l'autre aurait risqué de revenir à la charge.

Comme d'habitude, j'ai installé l'enveloppe encore ouverte aux premières loges de l'autel bouddhique, pour la nuit.

Le lendemain matin, je l'ai relue et cachetée. Une fois le rabat collé, il ne me restait plus qu'à y appliquer un tampon en bois portant la maxime zen « Je connais seulement la satisfaction » pour parachever le tout.

Cette formule est un sermon à soi-même, qui invite à trouver la plénitude dans ce que l'on possède. Aucun détail concret sur le pourquoi du manque de fonds n'avait accompagné la demande de prêt, mais je voyais là l'occasion de faire passer un message de la part du Baron.

Après, il ne restait plus qu'à attendre le résultat.

La formule *haikei* par laquelle on commence une lettre signifie qu'on s'adresse au destinataire en toute humilité. Une lettre ainsi commencée se terminera par *keigu*, en marque de respect.

Quand on écrit un courrier encore plus poli, on remplace ces formules par *kinkei* et *keihaku*. C'est comme une courbette. De même qu'on s'incline plus ou moins profondément, une lettre s'ouvre et se referme sur des formules différentes en fonction du degré de politesse choisi.

Simplement, comme ces mots tout en kanji dégagent une certaine sévérité, pour les femmes, on préférera des tournures plus douces associant kanji et kana, par exemple, pour clore le courrier, *kashiko* ou *ara ara kashiko*. Cela signifie « je prends maintenant congé ».

Quand on rédige une réponse, des tours comme « Merci pour votre lettre » ou « J'ai lu votre lettre avec plaisir » peuvent convenir comme entrée en matière. Dans ce cas-là aussi, on termine par *kashiko* ou *ara ara kashiko*.

Ara ara signifie « en substance, grosso modo » et tient lieu de formule de politesse finale. Quelle que soit l'entrée en matière, une lettre de la main d'une femme se terminera par *kashiko* ou *ara ara kashiko*.

Si on fait l'impasse sur les salutations de saison pour entrer immédiatement dans le vif du sujet, on écrit *zenryaku* ; une femme pourra écrire « je me dispense des formules d'usage » ou « permettez-moi de me dispenser des formules d'usage », pour une impression plus douce.

Une lettre commencée par *zenryaku* s'achèvera par *fuitsu*, pour indiquer qu'on est conscient de l'insuffisance de son courrier. Pour s'excuser d'avoir écrit à la hâte, on terminera par *sôsô*. *Zenryaku*, c'est comme dire « salut ! » ou « b'jour ! » à quelqu'un, une formule familière réservée aux personnes qu'on connaît bien.

Les contraintes épistolaires portent principalement sur le début et la fin de la lettre.

Dans le corps du texte, on s'efforce d'écrire un peu plus gros les noms du destinataire et de sa famille. Quand ces noms arrivent en fin de ligne, soit on laisse un peu de blanc devant, soit on passe à la ligne pour les faire figurer en haut. Inversement, on s'applique à écrire un peu plus petit « je » et ce qui concerne notre propre famille, qu'on placera en fin de ligne.

Ça, c'est la théorie…

A trop se préoccuper des conventions, on obtient une lettre compassée, bizarrement formelle et gauche. Bref, c'est exactement comme avec les gens : trop de respect, de prévenance et de bonnes manières tuent le naturel. Il n'y a pas de recettes toutes faites pour écrire une lettre.

Quand j'assistais l'Aînée, on ne nous demandait jamais de rédiger des lettres d'affaires.

Mais il paraît que maintenant, même un courrier aussi simple, les gens trouvent ça fatigant à écrire.

D'ailleurs, le papier à lettres lui-même commence à être frappé d'obsolescence, et il y a des employés de bureau qui n'ont jamais écrit une lettre de leur vie. De nos jours, tout se fait par mail.

C'était le matin du premier lundi d'octobre. A peine avais-je ouvert la boutique qu'un jeune homme en costume s'est précipité à l'intérieur. Il paraissait plus jeune que moi. J'étais prête à décliner si cela avait été un représentant de commerce, mais ce n'était pas le cas.

— S'il vous plaît, ne dites à personne que je suis venu vous voir, a-t-il d'abord demandé en me tendant une carte de visite.

J'ai jeté un coup d'œil à sa carte ; elle portait le nom d'une grande maison d'édition connue de tous. Il s'exprimait poliment, il présentait bien et il n'était pas laid. Mais je ne pouvais m'empêcher de lui trouver quelque chose de superficiel.

Sans rien dire, j'ai attendu qu'il poursuive.

— C'est-à-dire que je souhaite commander un texte à un critique littéraire.

Sans doute était-il diplômé d'une université réputée. Alors, qu'est-ce qui me chiffonnait depuis tout à l'heure ? Je faisais tout mon possible pour étouffer le brin de méchanceté que je sentais naître dans mon cœur.

Pour me remettre les esprits en place, je suis allée faire chauffer de l'eau dans l'arrière-boutique. Pendant tout ce temps, il n'a cessé de pianoter sur son smartphone.

Je lui aurais bien donné à boire mon thé vert le moins cher, mais je n'en avais plus ; ce serait donc du *gyokuro* de luxe. Quand j'ai apporté le thé sur un plateau, il n'a même pas fait mine de relever la tête.

— Tenez.

J'ai servi la tasse sur une soucoupe, ce que je ne fais pas d'habitude, et je l'ai posée devant lui. Il a enfin relevé le visage.

— Qu'est-ce qui vous amène ?

Il ne m'avait encore rien demandé de précis.

— Eh bien, je voudrais savoir si vous pouvez rédiger cette requête. Un collègue plus âgé m'a appris que vous étiez écrivain public, a-t-il annoncé sans vergogne, d'une voix posée.

Cela ne semblait pas lui poser de problème.

— C'est-à-dire que le contenu est simple : il s'agit de présenter notre demande et de poser les conditions par écrit. Vous pourriez faire quelque chose dans ce genre ? a-t-il demandé en tournant vers moi son iPhone.

Sur l'écran était affiché ce qui ressemblait à une requête type.

— C'est pas bien, ça ? ai-je lancé avec nonchalance.

— Non, ça ne va pas. C'est ce que je pensais moi aussi, alors j'avais juste changé le nom du destinataire, mais mon chef a refusé ; d'après lui, c'est trop impersonnel.

Il s'exprimait comme s'il n'était pas concerné.

— Si c'est impersonnel, il suffit que vous y mettiez un peu de vous-même, ai-je rétorqué, consternée.

A ma place, l'Aînée l'aurait mis à la porte depuis longtemps. Pour ma part, j'avais très envie de dire : *du balai !*

— C'est-à-dire que je n'y arrive pas.

C'était la troisième fois ; impossible de résister davantage :

— Depuis tout à l'heure, vous ne cessez de répéter « c'est-à-dire », mais qu'est-ce que vous voulez dire ? Expliquez-vous, à la fin !

Je m'étais exprimée un peu brutalement. Mais je n'en pouvais plus. Il n'y a pas de quoi être fière, mais je suis quand même une ex-rebelle.

— Vous êtes éditeur, n'est-ce pas ? Encore inexpérimenté, peut-être, mais un éditeur tout de même. Que diriez-vous d'accorder un peu plus d'attention aux mots ? Et puis, si vous souhaitez commander un texte à cet auteur, c'est que vous voulez vraiment qu'il écrive pour vous, non ? Si vous êtes incapable d'écrire une lettre convaincante, vous n'êtes pas fait pour ce métier, alors autant démissionner vite fait bien fait et vous faire embaucher dans un club pour femmes en mal d'amour !

Je sentais que je déraillais, mais j'étais hors de contrôle. La rebelle en moi explosait, ça ne m'était pas arrivé depuis longtemps.

— Je suis écrivain public, c'est vrai. J'écris tout ce qu'on me demande, c'est sûr. Mais c'est pour venir en aide aux gens qui en ont besoin. Parce que je veux leur apporter du bonheur. Tandis que vous, vous cherchez seulement à vous décharger de votre travail. Avez-vous essayé de vous adresser à cet auteur directement ? Ecrivain public, c'est un métier désuet, mais ce n'est pas une raison pour nous prendre de haut. Vous vous en êtes peut-être sorti comme ça jusqu'à présent, mais tout le monde n'est pas aussi conciliant. Votre lettre, vous n'avez qu'à l'écrire vous-même.

C'était tout de même à un client que je parlais, et moi je lui lançais des horreurs à la tête. Mais rien n'aurait pu me faire taire.

En Chine, les kanji du mot « lettre » désignent le papier hygiénique. Ce qu'il venait de me demander, ce n'était pas une lettre, mais du PQ. J'avais la désagréable impression qu'il me confiait la tâche de lui torcher le derrière.

— Je m'en vais.

Il s'est levé, s'est incliné et a quitté la papeterie Tsubaki. A traiter ainsi les clients, c'était moi qui déshonorais mon métier.

Le dernier week-end d'octobre, il a plu. Encore un typhon qui approchait. On en avait par-dessus la tête des typhons, mais ça ne les empêchait pas de traverser l'archipel.

Quelques jours plus tôt, la patronne de la poissonnerie Uofuku était passée à la papeterie.

— Poppo, tu ne voudrais pas aller à ce spectacle ? J'ai acheté mon billet très en avance et je m'en faisais une joie, mais je vais devoir m'occuper de mes petits-enfants, impossible de me libérer, a-t-elle dit en extrayant un papier de la poche de son tablier.

C'était un billet de *rakugo*, un spectacle de conte traditionnel.

— C'est samedi soir, si tu es libre, vas-y si tu veux. Dis-toi que c'est un cadeau de Madame Poisson.

Elle parlait toujours d'elle-même en disant « Madame Poisson », c'était mignon.

J'avais vu les affiches, qui m'avaient attiré l'œil. C'était un spectacle en solo d'un jeune conteur très en vue, au sanctuaire Kômyô-ji. Je ne m'y connaissais pas plus que ça en *rakugo*, mais je ne détestais pas. J'en avais déjà vu à la télévision, jamais en vrai.

— Je vais vous rembourser, ai-je insisté à plusieurs reprises.

Au bout du compte, je n'ai pas fait le poids face à Madame Poisson et j'ai fini par accepter qu'elle m'offre le billet. C'était une raison de plus pour y aller.

Il ne pleuvait pas fort, mais je suis sortie équipée de bottes en caoutchouc et d'un imperméable, au cas où. Depuis la papeterie Tsubaki jusqu'au Kômyô-ji de Zaimokuza, il fallait compter près d'une heure à pied en marchant lentement. J'ai décidé de partir un peu en avance pour y aller en flânant.

Je suis arrivée cinq minutes avant le début de la représentation.

Devant la statue du bouddha Amida, auquel est dédié le sanctuaire, étaient installés un paravent doré et l'estrade où était assis le conteur. Enfants et adultes se pressaient dans la vaste salle principale ; chacun écoutait, concentré.

A la fin du spectacle, dehors, il ne pleuvait presque plus.

Je franchissais la grande porte d'enceinte, qu'on dit être la plus imposante de tout Kamakura, quand une voix a retenti dans mon dos. Mais, persuadée que ce n'était pas à moi qu'on s'adressait, je n'ai pas réagi. La voix s'est faite de plus en plus forte jusqu'à ce que, pour finir, on me tape sur l'épaule.

Surprise, je me suis retournée ; c'était le Baron. Il a ôté un seul des écouteurs qu'il avait dans les oreilles pour me dire :

— Je t'appelle depuis tout à l'heure, tu pourrais répondre.

Il était toujours aussi arrogant et râleur.

— Pardon, je ne vous avais pas vu.

Jamais je n'aurais imaginé que c'était lui. La musique qui émergeait de ses écouteurs était du jazz, semblait-il. Le son tendrement enveloppant d'un saxophone s'égrenait tout bas dans la nuit calme.

— Vous étiez au spectacle de *rakugo* ?

— Que veux-tu que je fasse d'autre par un temps pareil ?

Il y avait une grosse flaque d'eau à nos pieds.

— Pardon.

Je m'étais à nouveau excusée ; j'avais l'impression de me faire passer un savon.

Le Baron m'avait emboîté le pas ; il m'a bien fallu marcher à ses côtés. Je me demandais jusqu'où il avait l'intention d'aller comme ça, mais j'ai continué à faire comme si de rien n'était, sans me trahir. J'aurais pu lui parler du spectacle de *rakugo*, mais il ne m'aurait sûrement pas répondu. C'est alors qu'il a lancé abruptement :

— Hatoko, tu as du temps devant toi ?

Comment savait-il mon prénom ? Et en plus, il me demandait si j'avais du temps. Je cherchais mes mots quand il a dit sans me regarder :

— On dirait que tu as fait du bon boulot, l'autre jour.

— Merci.

Je m'étais demandé ce que cela avait donné, mais je n'avais aucun moyen de le savoir. Voilà qui m'ôtait un poids sur le cœur.

— Puisque tu es rétribuée au mérite, dis-moi ce que tu veux manger. Je t'invite.

La voix de stentor du Baron a tonné dans l'obscurité sur la route mouillée. Tournant le dos à Zaimokuza et à la côte, nous avancions tout droit vers la gare, le long de l'avenue où circulent les bus.

En réalité, j'aurais préféré qu'il me paie, mais il n'était pas question de lui tenir tête. Comment réagirait-il si je lui disais que je voulais de l'argent ? J'ai décidé d'accepter sa proposition. Et puis, à la réflexion, quitte à se payer un bon repas avec son salaire, autant se le faire offrir dès le départ. Peut-être même y gagnerais-je, ai-je calculé.

Le bois des *geta* du Baron claquait contre le sol humide. Nous étions en fin de semaine mais il n'y avait guère de monde ni de circulation, peut-être à cause de la pluie.

— J'aimerais manger de l'anguille.

En vérité, le mot anguille avait immédiatement surgi dans mon esprit, mais j'ai fait mine de réfléchir un peu avant de répondre. Et puis, si je n'avais rien dit, je suis sûre qu'il ne m'aurait pas loupée.

— De l'anguille ? Très bien. Suis-moi.

Les narines écarquillées d'autosatisfaction, il a encore accéléré le pas.

Sa longue veste se gonflait au vent. Je l'ai suivi en trottinant pour ne pas me laisser distancer. Comparées au claquement de ses *geta*, mes bottes en caoutchouc produisaient un son mou qui manquait d'allure.

C'est chez Tsuruya, une maison ancienne ayant pignon sur rue, le long de l'avenue Yuigahama-dôri, qu'il m'a emmenée. Bien entendu, je connaissais cet établissement réputé. Mais je n'y avais pas mis les pieds depuis plus de dix ans ; la dernière fois que j'y étais venue, c'était avec l'Aînée et j'étais lycéenne. Pour être exacte, depuis, je n'avais pas pu y revenir.

Autour du restaurant flottait déjà une bonne odeur. Une odeur de sauce à la fois sucrée et épicée qui enveloppait l'immeuble tout en hauteur. Sur les talons du Baron, je suis entrée par la porte en verre dépoli qui jouxtait la devanture vitrée.

— Bonsoir !

Le Baron semblait être un habitué. Lorsqu'il a croisé le regard du patron qui émergeait de la cuisine, il a annoncé avec un geste bref :

— Comme d'habitude, pour deux.

Puis il est ressorti.

— Juste de l'anguille, c'est barbant ; on va d'abord aller manger une entrée, qu'en dis-tu ?

Sur ces mots, il a traversé la rue pour gagner le restaurant italien d'en face, à la devanture entièrement vitrée. A peine assis au comptoir, il a passé commande, toujours sans consulter le menu.

Il a pris du xérès et moi, un vin rouge espagnol, car j'avais un peu froid. On nous a immédiatement servi du pain et des copeaux de jambon cru. C'était du *jamo'n ibérico*, avec du pain réchauffé dans le four sous nos yeux. Le tout était présenté dans une sorte de caquelon.

— Tu ne pourras pas manger l'anguille si tu n'as plus faim, limite-toi au jambon.

A vrai dire, le pain me faisait envie lui aussi, mais j'ai suivi les instructions du Baron sans broncher.

— C'est bon !

Un sourire s'est dessiné sur mes lèvres.

— N'est-ce pas ?

Le jambon moelleux fondait sur la langue comme un flocon de neige aérien.

Dédaignant sa fourchette, le Baron en a saisi un morceau avec ses doigts et l'a avalé. J'ai regardé son verre de xérès, il l'avait déjà vidé. Ici aussi, il était sans doute connu car on lui en a resservi un plein verre sans qu'il ait rien à demander.

Entre le vin rouge et la proximité du four, je commençais à avoir chaud. Les mains posées sur les joues, je me rafraîchissais quand on nous a apporté une salade.

C'était de la *bagna cauda* à la laitance de crabe, avec laquelle nous ont été servis presque tout de suite des anchois frits. Le Baron les a copieusement arrosés de citron.

— Mange tant que c'est chaud.

Il s'exprimait dans un style toujours aussi rugueux, mais il savait aussi être gentil.

Puisqu'il m'y invitait, je me suis servie ; des saveurs marines se sont déployées sur mon palais. J'avais failli me brûler, les légumes de la *bagna cauda* m'ont apaisée. La sauce à la laitance de crabe était savoureuse.

— Je ne vais plus avoir faim avec tout ça, ai-je dit en mastiquant.

Le Baron m'a rabrouée :

— Espèce de gourde ! On n'a pas encore attaqué le plat, ne te goinfre pas. Tu n'auras qu'à emporter les restes.

Il avait beau dire, c'était forcément meilleur maintenant. Alors je l'ai ignoré et j'ai continué à manger. Je commençais à avoir le ventre plein.

Environ une demi-heure après notre arrivée, il a regardé sa montre et a réglé l'addition dans la foulée. Puis nous avons retraversé l'avenue Yuigahama-dôri pour entrer chez Tsuruya.

En attendant que l'anguille soit prête, il a commandé une bouteille de bière. Un ravier nous a été servi par la même occasion. Dedans, il y avait plein de foies d'anguille.

— Du foie confit à la sauce de soja. Ça se marie bien avec la bière.

Il devait aimer ça car il plissait les yeux d'un air ravi.

Il m'avait servi un verre de bière et je m'apprêtais à lui rendre la pareille quand il m'a réprimandée :

— Tu n'es pas ma bonne, tu n'as pas à faire ça.

Je m'étais encore fait disputer. Peut-être a-t-il remarqué mon abattement, car il a repris, radouci :

— La bière, c'est meilleur quand on la verse soi-même. Servi par une morveuse comme toi, ça va donner du pipi de chat.

Il avait adopté le ton qu'on prend pour raisonner une enfant capricieuse qui s'entête. Pour chaque chose, il avait sa manière de faire, c'était compliqué. Quoi que je fasse, il me reprendrait sans doute ; j'ai abandonné et je me suis empiffrée de foie confit.

Le foie aux accents sucrés et piquants, revenu dans la sauce de soja et rehaussé de fines lamelles de gingembre, était un délice. La gelée qui s'était formée par endroits aiguisait encore plus l'appétit.

— Heureusement que tu ne ressembles pas à ta grand-mère. Parce qu'elle ne buvait pas une goutte d'alcool, a murmuré le Baron.

— Vous connaissiez l'Aînée ? ai-je demandé – je m'en doutais.

— Penses-tu, si je la connaissais, à mon âge, j'en sais des choses… Et puis, c'est moi qui ai changé tes langes, a-t-il affirmé en engloutissant le dernier morceau de foie.

— Vraiment ?

Jamais l'Aînée ne m'en avait parlé. J'étais honteuse, comme s'il avait vu une facette de moi qui m'était inconnue. Si c'était vrai, je devais le remercier comme il convient.

— Ma bonne femme et ta grand-mère étaient amies ; comme notre fils venait juste de naître, elle te donnait le sein, c'est tout.

— Ah bon ? Je vous en remercie.

Quand il disait « ma bonne femme », il voulait sûrement parler de son épouse.

— Qu'est-ce que tu pleurais !

L'alcool devait vite lui monter au visage, car ses joues s'étaient empourprées. Je ne savais presque rien sur mon enfance. Du coup, même une maigre information comme celle-là avait la saveur de la nouveauté.

La patronne est arrivée à ce moment-là avec les plats d'anguille sur un plateau.

— Voilà vos pavillons à deux étages.

Des pavillons à deux étages ?

Comme autrefois, l'anguille était servie dans de superbes boîtes sculptées et laquées typiques de Kamakura. Impatiente, j'ai soulevé le couvercle : une bouffée d'un parfum enchanteur s'en est élevée. Cela faisait longtemps que je n'avais pas mangé d'anguille, toutes les cellules de mon corps se réjouissaient à grands cris.

La chair était croustillante sur le dessus et fondante à l'intérieur.

La sauce épaisse juste comme il faut enveloppait l'anguille à la perfection. Le riz à la cuisson ferme était succulent, légèrement imprégné de sauce. Et en plus, il n'y avait pas seulement des filets d'anguille posés sur le riz, mais aussi d'autres, cachés à l'intérieur.

— C'est bien un pavillon à deux étages, tu vois ? s'est rengorgé le Baron, un grain de riz collé à la commissure des lèvres.

— C'est une première pour moi, ai-je répondu avec franchise.

— Normalement, c'est juste une boîte à deux étages. Mais moi, j'appelle ça un pavillon à deux étages. C'est pas mal de s'offrir ce petit luxe de temps en temps, hein ? a-t-il demandé en enfournant le grain de riz collé sur son visage ; il s'en était enfin rendu compte.

— L'Aînée adorait l'anguille, ai-je dit en la revoyant.

Mon entrée à l'école primaire, la fête de *shichi-go-san* pour mes sept ans ou ma réussite au concours d'entrée au lycée : chaque occasion à marquer d'une pierre blanche avait été fêtée chez Tsuruya. C'était le seul endroit où m'emmenait l'Aînée, qui allait rarement au restaurant. C'était ici aussi, dans la salle japonaise à l'étage, qu'elle avait conseillé à Tante Sushiko de divorcer, devant le moins cher des plats d'anguille.

Avec les souvenirs, les larmes ont fini par me monter aux yeux. L'Aînée et l'anguille se superposaient, tant et si bien que j'avais l'impression de me trouver face à elle.

La dernière fois que nous étions venues, nous nous étions disputées au cours du repas et j'étais repartie toute seule. Ma boîte laquée sculptée à la mode de Kamakura était encore à moitié pleine.

Depuis, non seulement je n'avais pas remis les pieds ici, mais je n'avais pas remangé d'anguille.

— Qu'est-ce qui t'arrive, c'est tellement bon que tu en pleures ?

Le Baron m'a tendu un mouchoir qu'il avait discrètement tiré d'entre les pans de son kimono.

— Je suis désolée, ai-je répondu d'une voix pleine de larmes en acceptant son mouchoir en lin parfaitement repassé.

— Essuie-toi donc le visage, que ce soit de la morve ou des larmes. Et quand tu te seras reprise, finis ton anguille.

Son ton était rude, mais empreint de gentillesse.

— De toute façon, je ne me sers plus de ce mouchoir, alors il est à toi, Hatoko.

Il m'avait encore appelée par mon prénom.

— *Poppo, poppo le pigeon, veux-tu des graines, en voilà.* Tu ne vas pas bientôt t'arrêter, espèce de gourde, les gens vont croire que c'est moi qui te fais pleurer !

Quand il a eu fini de chantonner et de pester, il s'est ostensiblement remis à manger son pavillon à deux étages en mastiquant à grand bruit.

Mes larmes séchées, j'ai repris mes baguettes. Prenant exemple sur le Baron, j'ai englouti mon plat avec avidité. L'anguille moelleuse, la sauce sucrée-salée et les grains de riz bien fermes formaient un tout qui déferlait dans mon estomac.

Malgré la copieuse entrée avalée au restaurant d'en face, j'avais vidé un plat entier d'anguille, comme si de rien n'était. Je m'étais sentie rassasiée en cours de route, mais j'avais mangé autant que le Baron.

— C'était bon, merci.

Quand j'ai relevé la tête, mon regard s'est trouvé plongé dans le sien. L'air grave, il suçotait un cure-dent.

— L'addition, s'il vous plaît !

Sa voix de stentor a résonné à travers le restaurant silencieux. En cuisine, la plonge avait déjà commencé. Peut-être l'heure de fermeture avait-elle été repoussée par égard pour le client fidèle qu'était le Baron. A l'étage non plus, il ne semblait plus y avoir de clients.

— On y va.

Je me suis vite levée. Quelle brusquerie !

— Merci pour le repas, ai-je timidement lancé au Baron qui me tournait le dos, une fois sortis de chez Tsuruya.

— Rétribution au mérite. C'est avec ton salaire que tu viens de manger, tu n'as pas à me remercier.

Et puis, si j'avais prêté de l'argent à ce type, ça m'aurait coûté plus cher. Quand on prête de l'argent, il ne faut pas s'attendre à en revoir la couleur. Sinon, mieux vaut s'abstenir. Mais on dirait que tu l'as envoyé bouler comme il faut. C'est donc à moi de te dire merci. Tu as bien bossé.

C'était sans doute sa façon de me remercier. Comme je ne savais pas quoi dire, je me suis contentée de m'incliner dans son dos.

— Tout ça pour dire qu'on continue notre tournée. Viens, on va prendre le dessert. De toute façon, une gamine comme toi n'a pas d'homme qui l'attend, n'est-ce pas ?

Il a ri tout seul à sa plaisanterie. Ce n'était pas la gêne qui l'étouffait, mais comme il avait raison, je n'ai rien pu rétorquer.

Le bar où il m'a emmenée était juste à côté de chez Tsuruya. J'avais entendu parler d'un bar sympathique près du carrefour des six *jizô*, mais comme je vis dans les hauteurs, je ne descends pas souvent vers la mer.

— Après toi, je t'en prie.

Le Baron me tenait la porte. Au fronton du bâtiment figurait encore l'inscription *Succursale de Yuigahama*.

— C'était donc une banque ici, autrefois, ai-je remarqué.

J'étais étonnée qu'il connaisse un endroit aussi chic, mais ça lui allait plutôt bien, en fait. Qui pouvait-il bien être, ce Baron ?

Le minuscule bar était équipé d'un comptoir massif, sans doute celui où, autrefois, on effectuait les transactions. La pièce, haute de plafond, était agréable.

Nous nous sommes installés dans le canapé situé juste à l'entrée. Il y avait quelques clients au comptoir, qui sirotaient leur verre en silence.

— Que prendras-tu ? m'a demandé le Baron tout en s'essuyant ostensiblement les mains et le visage avec la serviette humide mise à sa disposition. Pour moi, ce sera comme d'habitude. Et pour mademoiselle…

Comme je consultais la carte, incapable de me décider, il a ronchonné :

— Dépêche-toi, tu vois bien que le serveur attend.

— Alors, un cocktail aux fruits de saison pas trop fort, s'il vous plaît, ai-je vite répondu.

— Et des chocolats, a ajouté le Baron.

— Même à Kamakura, il y a des bars aussi sympas que ça, ai-je remarqué en m'essuyant enfin les mains avec ma serviette tiède.

— C'est surtout à Kamakura qu'il y en a, m'a-t-il rembarrée.

Il avait peut-être raison. Cette atmosphère conviviale, dosée juste comme il faut, était sans doute un équilibre difficile à atteindre dans une grande ville. Les canapés en cuir noir étaient confortables et les murs au plâtre défraîchi avaient du charme.

— La succursale bancaire a été remplacée par un pédiatre, et ensuite par un bar. A l'époque du pédiatre, je venais déjà ici.

— Ah bon ?

— C'est un beau bâtiment, c'est bien qu'il soit toujours debout.

L'alcool commandé par le Baron, « comme d'habitude », était une boisson étrange, comme je n'en avais jamais vu. Quand le serveur l'a apportée, j'ai eu un mouvement de recul instinctif.

— C'est quoi, ce truc ? ai-je demandé.

— Un sambuca con mosca. C'est une liqueur, la sambuca, à laquelle on ajoute quelques grains de café et qu'on sert flambée.

Voilà pourquoi une flamme bleu pâle s'élevait à la surface du verre.

— C'est la boisson de prédilection de monsieur le Baron.

Avec un « monsieur » en prime, ça sonnait carrément faux. Je réprimais de mon mieux un rire quand un cocktail aux jolies couleurs a été déposé avec révérence devant moi.

Sur l'ordre du Baron, j'ai soufflé sur la flamme bleutée du sambuca con mosca pour l'éteindre. Ensuite, nous avons trinqué pour la troisième fois de la soirée.

J'ai bu une gorgée de mon cocktail ; un parfum de *yuzu* m'a agréablement empli la bouche.

— C'est un cocktail aux agrumes, *yuzu* et *amanatsu*, et au champagne.

J'ai goûté à un chocolat fait maison. Pas trop sucré, il était succulent et raffiné.

— C'est agréable de prendre du bon temps sans se soucier de rien, non ?

J'ai répondu au Baron d'un hochement de tête silencieux. J'étais partie écouter du *rakugo* et voilà que j'en étais à mon troisième établissement de la soirée. Et en plus, dans un périmètre restreint : j'aurais pu me rendre de l'un à l'autre les yeux fermés.

J'ai profité que le Baron bavardait au comptoir avec le barman pour aller aux toilettes. J'en sortais quand soudain, on m'a interpellée :

— Poppo !

Interloquée, j'ai relevé la tête : c'était Panty. Kamakura est une petite ville, il n'est pas rare de tomber sur une connaissance.

— J'ai entendu ta voix derrière moi, je pensais bien que c'était toi ; vous aviez l'air tellement bien que je n'ai pas osé vous interrompre. Mais je ne m'étais pas trompée !

Panty se fourvoyait complètement sur ma relation avec le Baron. Mais comme ça m'enquiquinait de lui expliquer, j'ai changé de sujet sans relever :

— Tu étais à l'école aujourd'hui ?

— Oui, mais je n'y suis pas restée très longtemps. J'ai terminé en fin d'après-midi, alors je suis allée me promener et j'ai fait un saut ici avant de rentrer. Je ne bois pas d'alcool, mais quand je viens ici, c'est comme si je m'enivrais.

Dans un bar, Panty était encore plus sexy que d'habitude. Ses jambes fines comme les branches d'un compas émergeaient de sa courte jupe droite.

— Dis, et si on faisait du pain ensemble, un de ces quatre ? m'a-t-elle proposé.

A son ton, on aurait vraiment dit qu'elle était ivre. Comme contaminée, je lui ai répondu sur le même registre.

— Super, je n'ai jamais fait de pain ! Celui que tu as apporté l'autre jour était trop bon.

Il était vraiment, vraiment délicieux. J'avais tout dévoré d'un coup, pour un peu, j'aurais oublié de la remercier.

Comme le Baron enroulait son écharpe autour du cou, j'ai mis fin à ma conversation avec Panty.

A la sortie du bar, nous avons traversé le carrefour et le Baron a hélé un taxi dans lequel il s'est engouffré d'autorité.

— Il est tard, je te ramène en taxi.

Depuis Geba, la voiture a tourné à gauche au carrefour d'Omachi-yotsukado et s'est engagée sur l'avenue Komachi-ôji en direction du sanctuaire Hachiman. Sans surprise, la lanterne de chez Fukuya était éteinte. J'ai eu beau lui dire qu'il pouvait me déposer devant le temple Kamakura-gû, le Baron a demandé au taxi de s'engager dans les petites rues et l'a fait s'arrêter juste devant la papeterie Tsubaki.

— Merci beaucoup. Bonne nuit, ai-je dit en descendant de voiture.

— Bonne nuit, a-t-il juste répondu d'un ton bourru, et le taxi est reparti.

De retour chez moi, j'ai joint les mains devant l'autel bouddhique.

Je croyais avoir grandi seule, mais c'était loin d'être le cas. C'était ma mère qui m'avait mise au monde. Et puis, alors que j'avais faim, une femme m'avait nourrie au sein. Ce ne pouvait être que l'Aînée qui m'avait portée jusque chez elle dans ses bras.

Intérieurement, j'ai remercié tous ceux qui m'avaient donné la vie, protégée et élevée.

J'ai alors eu l'impression que, pour la première fois, l'Aînée me souriait. Toujours tirée à quatre épingles dans son kimono, son regard était sévère derrière ses lunettes. Son seul moment de détente, c'était quand elle fumait une cigarette sur la véranda, mais de toute ma vie, je n'avais jamais osé l'approcher. Elle avait toujours l'air si stricte ; ce soir seulement, il me semblait la voir sourire.

La semaine suivante.

Une jeune femme a fait son entrée en scène à la papeterie Tsubaki.

Au début, j'ai cru que c'était une actrice. Elle était si grande que je devais lever la tête pour la regarder, et sa seule présence embellissait les lieux. Ses traits mais aussi ses gestes, son allure, tout en elle débordait de beauté et de grâce.

Y avait-il un tournage en cours dans le voisinage ? Peut-être avait-elle eu envie de jeter un coup d'œil à la papeterie Tsubaki entre deux prises de vues.

Alors que je croyais évoluer dans un songe, elle a déclaré, en me regardant sous le nez :

— Je suis dysgraphique.

Un parfum très sucré, un mélange de pêche, de fraise, de vanille et de cannelle, émanait d'elle, à quelques centimètres de moi.

— Dys... dysgraphique ?

J'ai bêtement répété ce mot inconnu. Etait-ce un patronyme rare, ou un mot savant pour dire qu'elle était disgracieuse ? Mais qu'une personne aussi belle croie cela et vienne en parler dans une papeterie était bizarre… J'étais perplexe quand elle a repris, hésitante :

— Ce que je veux dire, c'est que j'ai une écriture illisible.

Elle semblait avoir entre vingt-cinq et trente-cinq ans. L'écriture est le reflet de ce qu'on est, l'Aînée le disait souvent. Regarde l'écriture de quelqu'un et tu sauras à qui tu as affaire.

C'est pourquoi j'étais persuadée qu'elle s'exprimait ainsi par modestie. Les gens ont beau protester qu'ils écrivent atrocement mal, en général, ils ont juste une écriture un peu spéciale.

— Je pensais bien que vous ne me croiriez pas, alors j'ai écrit une page de hiragana avant de venir. La voici. J'ai honte mais vous voulez bien la regarder ? Je pense que cela vous convaincra.

Les larmes aux yeux, elle a sorti une feuille de son sac à main. Même ce geste était d'une grâce à couper le souffle. Sa noblesse était telle, on aurait dit un cygne fait femme.

J'en suis restée médusée. Et encore, médusée, le mot est faible. Je me sentais mal, j'en avais le cœur au bord des lèvres. Je n'avais jamais vu une écriture aussi vilaine, aussi grossière.

— Ça, c'est le syllabaire écrit de ma plus belle main.

Comment réagir ? Je n'en avais pas la moindre idée. Comment l'Aînée, avec toute son expérience, aurait-elle consolé la pauvre femme que j'avais sous les yeux ?

— Je vais vous préparer une tasse de thé.

J'ai quitté mon siège, histoire de reprendre mes esprits.

Le poêle de la papeterie Tsubaki était déjà allumé. C'était le vieux poêle rond à mazout déjà en service du temps de l'Aînée, sur lequel je mettais une théière en fonte à chauffer.

J'avais justement du thé au *yuzu* en réserve, j'en ai préparé avec l'eau chaude. Comme la discussion risquait d'être longue, j'ai généreusement rempli deux bols. Grâce au poêle, pendant la saison froide, je pouvais faire du thé sans me retirer dans l'arrière-boutique, c'était pratique.

J'écouterais la jeune femme tandis que nous boirions notre thé au *yuzu*. Pour elle, montrer son écriture était peut-être encore plus gênant que de se dénuder. A cette idée, j'ai eu envie de l'aider, elle qui avait trouvé le courage de venir à la papeterie Tsubaki. Puisqu'elle dévoilait son intimité à l'inconnue que j'étais.

Elle s'appelait Karen.

— En réalité, Karen s'écrit avec les kanji de la fleur et du lotus. Mais comme je n'arrive pas à les calligraphier correctement, j'écris toujours mon prénom en katakana. Comme ça, on remarque moins mon écriture illisible.

Les gens à l'écriture laide rencontrent sans doute au jour le jour des difficultés qui échappent totalement à ceux qui ont une belle plume, je m'en rendais compte pour la première fois.

— Vous travaillez ? ai-je demandé.

— Je suis hôtesse de l'air long courrier, a-t-elle répondu avec classe. En réalité, je voulais devenir institutrice. Mais quand on est enseignant, on doit écrire devant les élèves, n'est-ce pas ? J'en aurais été incapable, alors j'ai renoncé. Au quotidien, dans la mesure du possible, j'évite d'écrire devant les autres. La plupart du temps, je fuis les mariages et les enterrements parce qu'il faut calligraphier son nom sur le registre. Vous pensez peut-être que c'est une drôle de raison. Mais quand je suis nerveuse, j'écris encore plus mal.

— Je vois.

Je ne trouvais rien de plus à dire.

Dans la vie courante, les occasions d'écrire à la main sont de moins en moins fréquentes. L'Aînée voyait cela d'un mauvais œil. Mais pour quelqu'un comme Karen, elles étaient encore trop nombreuses.

Ces moments où, inéluctablement, il n'est pas question d'avoir recours au courrier électronique.

Karen s'est rembrunie.

— A vrai dire, je suis venue vous demander d'écrire une lettre pour moi. Maman est très à cheval sur l'écriture manuscrite. Je l'appelle maman, mais il s'agit de ma belle-mère.

Elle a poussé un soupir. J'ai attendu en silence qu'elle poursuive.

— Mes parents s'inquiétaient de mon écriture illisible, ils m'ont toujours soutenue et m'ont également offert des cours de calligraphie. En pure perte. C'est peut-être un problème de neurones, une impossibilité à associer les caractères à des formes. Du coup, quand j'ai dû chercher un emploi, c'est ma mère qui rédigeait mes lettres de motivation, c'est comme ça que j'ai réussi à m'en sortir. Quand j'ai rencontré mon mari, cela m'a aussi posé problème. Parce qu'il m'était déjà arrivé qu'on me quitte à cause de la laideur de mon écriture. Alors, pour éviter d'en arriver là, je lui en ai montré un échantillon avant que nous sortions ensemble. Je suis dysgraphique, ça ne te gêne pas ? lui ai-je demandé. Après, nous nous sommes mis ensemble.

— Votre mari est quelqu'un de gentil, ai-je commenté, et Karen a eu un sourire gêné.

— Pour reprendre ses mots, personne n'est parfait. Et puis, il aurait trouvé inquiétant qu'une fille comme moi n'ait aucun défaut, ça le rassurait, au contraire, m'a-t-il dit. Ses paroles m'ont sauvée. Parce que je n'espérais même plus me marier, à cause de mon écriture.

— Quelle chance de l'avoir rencontré !

Il ne devait pas y avoir beaucoup d'hommes capables d'accepter ainsi les défauts de leur partenaire. Quand la relation se détériore, plein de gens n'hésitent pas à appuyer là où cela fait le plus mal.

— Mais le problème, c'est ma belle-mère.

Le visage de Karen s'est durci. La façon dont elle venait de prononcer ce mot avait quelque chose de distant.

— Je m'entends bien avec ma mère, mais celle de mon mari est très stricte. Une fois, je lui ai envoyé mes vœux par mail parce que j'étais à l'étranger et elle me l'a durement reproché. Du coup, pour Noël ou son anniversaire, je m'efforce de lui écrire une carte. Mais un jour, sous prétexte que si mon écriture est moche, c'est parce que mon cœur est laid, elle m'a inscrite sans me demander mon avis à des cours de calligraphie par correspondance, pour que je reprenne tout à zéro. Mais moi j'ai mon travail, je ne peux pas tout faire. En plus, ma dysgraphie, c'est comme une maladie incurable. Des cours de calligraphie, j'en ai déjà pris et j'ai abandonné tout espoir. Mais je lui ai fait croire que je les suivais vraiment…

— C'est terrible.

Moi aussi, j'étais persuadée que l'écriture était le reflet de la personnalité. Les gens mal dégrossis avaient une écriture grossière et les gens raffinés avaient une plume élégante. Ceux dont l'écriture était minutieuse mais trahissait une certaine audace, cela se sentait dans leur caractère. Il y avait des écritures belles mais froides, et d'autres irrégulières mais chaleureuses comme un feu de bois auquel on se réchauffe les mains.

Oui, l'écriture révélait la personnalité de son propriétaire, j'y croyais dur comme fer. Mais j'avais tort. Comme Karen, certaines personnes étaient tout simplement incapables d'écrire correctement. Imaginer qu'une vilaine écriture était la marque d'une laideur intérieure, c'était d'une violence inouïe.

— Ma belle-mère va bientôt fêter ses soixante ans, a repris Karen.

Nos bols de thé au *yuzu* étaient presque vides.

— Mon mari et moi avons prévu un cadeau, mais je n'arrive pas à rédiger la carte pour l'accompagner. Pourriez-vous l'écrire à ma place ?

Sans doute avait-elle longuement tergiversé avant de venir me voir. Si je n'aidais pas quelqu'un comme elle, à quoi bon être écrivain public ?

J'ai répondu avec plus d'assurance que jamais :

— Je m'en charge.

Sur mon siège, je me suis inclinée devant Karen, qui a eu un sourire de soulagement.

Elle avait apporté une carte, choisie par ses soins.

— Quelle jolie carte !

J'étais subjuguée, je n'en avais jamais vu d'aussi belle.

— Je l'ai trouvée dans une petite papeterie en Belgique. Il m'a semblé qu'elle irait bien avec ma belle-mère.

C'était une carte gaufrée, embossée d'un discret motif végétal.

— C'est du papier ancien ?

En prenant garde à ne pas salir la surface, j'ai effleuré du doigt le motif embossé.

— Il semblerait, oui. D'après le marchand, le papier a certainement été fabriqué il y a plus de cent ans.

— Ça ne m'étonne pas. Comment dire, on le sent à la texture.

En réalité, j'avais envie de plaquer la carte contre ma joue et de l'y frotter. C'était comme caresser le dos d'un chat de race, la matière était somptueuse.

— Etes-vous pressée ? ai-je demandé.

— Nous avons encore le temps, mais, à vrai dire, je repars demain pour un vol à l'étranger. Donc, si possible…

Le plus tôt serait sans doute le mieux.

— D'accord. Accordez-moi quelques heures et je vous la remettrai aujourd'hui.

Ecrire une carte, c'était facile. En plus, le texte avait déjà été préparé par Karen.

— Merci ! Vous me sauvez. Mes parents habitent à Komachi ; je repasserai plus tard.

Elle s'est levée.

Elle était sublime. Elle était l'incarnation personnifiée de cette vieille expression qui dit qu'une femme debout a la grâce de la pivoine de Chine, celle de la pivoine arbustive quand elle est assise, et celle du lis quand elle se met en mouvement.

Le soleil avait déjà bien baissé, il n'y aurait sans doute plus de clients ; j'ai fermé la boutique un petit peu plus tôt que d'habitude.

J'ai fait place nette sur le bureau, où j'ai posé la feuille du syllabaire apportée par Karen, celle qu'elle avait écrite de sa main. Et j'ai repensé à elle. J'essayais de faire coïncider ces deux images dans mon esprit.

Une belle écriture ne tient pas à une graphie régulière, mais à la chaleur, la lumière, la quiétude ou la sérénité qui en émanent. J'aimais ces écritures-là.

Karen n'était en rien une beauté froide et inaccessible. Ce qui était beau en elle, c'était sa simplicité. Je tenais d'autant plus à trouver une écriture qui ne pourrait appartenir qu'à elle. Qui serait elle.

J'ai choisi d'utiliser un stylo à bille plutôt qu'un stylo-plume.

Si j'avais eu deux cartes identiques, j'aurais pu faire un essai, mais je n'en avais qu'une. Et, en plus, elle avait cent ans. Le papier venait d'Europe, il aurait été surprenant que l'encre du stylo-plume bave. Mais avec du papier ancien, on ne savait jamais. Si l'encre bavait, ce serait foutu.

Donc, pour ne pas gâcher la carte que Karen s'était procurée en Belgique, j'ai préféré écrire au stylo-bille. Mais pas n'importe lequel, pas un stylo bon marché au débit irrégulier : le Romeo n° 3 que j'utilisais depuis l'enfance.

La gamme Romeo, marque originale de la papeterie Itoya commercialisée en 1914, comprend des stylos-plume et des stylos à bille. Le mien est d'époque, il appartenait à celle qui avait précédé l'Aînée.

Mon Romeo n° 3 en main, j'ai écrit plusieurs fois sur une feuille le texte préparé par Karen.

Mais alors que cela aurait dû être une commande facile, je n'arrivais pas à trouver l'écriture que je souhaitais. Si parfois l'image que j'ai en tête me vient du premier coup, il arrive aussi qu'au bout de cent ou deux cents pages d'essai, je ne sois toujours pas satisfaite. Bref, l'écriture, c'est comme une réaction physiologique. On a beau vouloir écrire joliment, quand la main ne suit pas, on n'y arrive pas. On peut se tordre de douleur par terre et souffrir tous les maux du monde, quand ça ne vient pas, rien n'y fait. L'écriture est ce genre de monstre.

C'est alors que soudain, la voix de l'Aînée a murmuré à mon oreille.

C'est avec le corps qu'on écrit.

En effet, peut-être n'avais-je utilisé que ma tête.

J'ai regardé dehors : le soleil s'était couché, il faisait tout noir. J'avais l'impression que la nuit m'épiait, le front et le nez collés à la porte vitrée de la papeterie Tsubaki. Dans ces ténèbres profondes, mon visage reflété flottait, pareil à la lune dans son premier quartier.

Le nom de la boutique calligraphié par l'Aînée sur la porte, *Papeterie Tsubaki*, était d'une beauté fascinante, même vu de l'intérieur. Il n'avait pas la régularité des caractères d'imprimerie, loin de là, et le léger écart qu'on devinait en faisait tout le charme.

Bon.

Je me suis concentrée pour rassembler mon énergie dans mon ventre, un peu en dessous du nombril.

J'ai posé la carte à la bonne hauteur et j'ai repris mon Romeo n° 3. Ensuite, j'ai lentement fermé les yeux. Le texte à écrire était déjà gravé dans mon esprit, sans que j'aie besoin de regarder la feuille.

Je me suis approchée de l'image de Karen.

J'ai délicatement posé la paume de ma main sur sa main droite. Les yeux fermés, comme on prend une profonde inspiration, j'ai écrit.

Joyeux anniversaire !

Pour fêter vos soixante ans, voici un bouquet de soixante roses rouges.

Le couple si bien assorti que vous formez avec Papa est notre idéal.

Prenez bien soin de vous.

Karen

Quand j'ai lentement rouvert les yeux, j'ai vu une écriture inconnue, dont rien ne laissait imaginer qu'elle était de ma main. Peut-être avais-je bien fait d'utiliser un stylo à bille. De la carte émanait cette modestie délicate qui nimbait Karen. J'ai glissé le message dans l'enveloppe.

Vers dix-neuf heures, Karen est revenue à la papeterie Tsubaki. Son manteau bleu marine à l'étoffe délicate et son écharpe blanche lui seyaient parfaitement.

お誕生日、おめでとうございます。
還暦のお祝いに、六十本の
真っ赤なバラの花を
贈らせていただきますね。
おとうさまとの仲の良いお姿が、
私たち夫婦の理想です。
いつまでも、お元気でいて下さい。

花蓮より

— Voilà le résultat…

Je lui ai timidement tendu la carte ; quand elle a posé les yeux dessus, elle a poussé un cri de joie.

— On dirait que c'est moi qui l'ai écrite !

Elle laissait éclater son ravissement, comme une enfant.

— Je vous remercie, a-t-elle dit en me serrant fort la main par-dessus la table.

Il devait faire assez froid dehors car ses mains étaient fraîches.

— Ce n'est rien… ai-je répondu, embarrassée.

Mais Karen semblait transportée.

— J'ai toujours voulu écrire comme ça, a-t-elle murmuré, les larmes aux yeux.

— Je suis contente d'avoir pu vous être utile.

J'avais moi aussi les yeux embués, allez savoir pourquoi.

Pour être honnête, je n'avais presque aucun souvenir de ce moment où j'avais écrit les yeux fermés. J'avais essayé de ne faire qu'un avec Karen, corps et âme.

Je me suis tamponné les yeux et je lui ai dit :

— C'est moi qui vous remercie. J'étais dans l'erreur. Je croyais qu'une écriture sans soin reflétait son propriétaire. Mais c'était un préjugé, je l'ai compris grâce à vous. Je vous présente mes excuses.

Pendant que je parlais, les larmes me sont de nouveau montées aux yeux, je n'arrêtais plus de pleurer.

— Ne vous excusez pas !

Karen pleurait elle aussi à chaudes larmes. Mais son visage, même chiffonné, était encore charmant. Sans doute son écriture la préoccupait-elle en permanence.

— Revenez quand vous voudrez. Je suis à votre disposition, ai-je lancé.

Une nouvelle fois, elle a fondu en larmes.

C'était sans doute cela, le travail de l'ombre dont parlait l'Aînée. J'étais heureuse d'avoir pris sa succession.

Avec le mois de décembre, la fin de l'année a approché à grands pas.

En cette saison, les commandes de rédaction de cartes de vœux arrivaient d'un bloc. Pour les vœux, je n'acceptais que les commandes supérieures à cent cartes, ce qui restreignait la clientèle aux restaurants et auberges traditionnels, et avec des tarifs assez élevés ; malgré tout, les clients étaient nombreux à se manifester.

Du coup, au mois de décembre, tout en m'occupant du magasin par intermittence, je suis restée collée à mon bureau du matin au soir, à écrire sans relâche des cartes de vœux.

J'étais tellement occupée que les journées filaient à toute vitesse. Les jours puis les semaines sont passés en un rien de temps. Un regard au calendrier m'a rappelé que le mois de décembre était déjà bien avancé.

Noël est arrivé, puis les décorations du jour de l'An sont venues orner l'entrée des maisons. L'atmosphère paisible des derniers jours de l'année formait comme une bulle autour de Kamakura.

La papeterie Tsubaki a enfin baissé le rideau pour l'année et j'ai pu, avec un peu de retard, m'atteler au grand ménage.

J'avais réussi à calligraphier à temps toutes les cartes de vœux. Ce qui me valait une tendinite et des courbatures – j'avais les épaules dures comme de la pierre. En prime, était-ce le soulagement, j'étais un peu enrhumée.

Le 31, entre deux quintes de toux, j'ai assisté au rite de purification au sanctuaire Hachiman. Celui de l'été me paraissait encore tout proche. La moitié de l'année s'était écoulée en un clin d'œil.

Je suis rentrée chez moi pour installer mon nouvel *oharahisan*. La porte vitrée de la papeterie Tsubaki, que je venais tout juste de nettoyer, brillait de mille feux, vierge de traces de doigts.

A chaque bourrasque de vent du nord, les bandelettes de papier rouge vif dansaient. Grâce à l'*oharahisan*, les six derniers mois s'étaient écoulés sans heurt.

Je m'apprêtais à regagner la maison quand j'ai remarqué une enveloppe dans la boîte aux lettres.

Avec tout le travail que j'avais eu ces derniers jours, je n'avais pas relevé le courrier. Depuis le décès de l'Aînée, je n'étais plus abonnée au journal.

Sur l'enveloppe blanche toute en longueur figurait le nom de l'expéditeur : Murata Satoshi. Cette personne m'était inconnue. Mais la lettre était bien adressée à la papeterie Tsubaki. Peut-être était-ce un courrier arrivé un peu en avance pour la cérémonie de l'adieu aux lettres que je voulais organiser à la nouvelle année.

J'ai décidé de vérifier, on ne sait jamais, et une fois à l'intérieur, j'ai ouvert l'enveloppe avec un coupe-papier.

L'Aînée interdisait qu'on décachette une lettre à la main, en la déchirant. Moi aussi, désormais, quand j'ouvrais mon courrier, j'utilisais toujours un coupe-papier.

La fin de l'année approche à grands pas ; comment vous portez-vous ?

Je tenais à vous exprimer ma reconnaissance.

Jamais personne ne m'avait sermonné comme vous l'avez fait l'autre jour, pas même mes parents ; sur le coup, j'étais sonné.

Mais une fois la gare de Kamakura derrière moi, dans le train de la ligne Yokosuka qui me ramenait au bureau, j'ai sérieusement réfléchi à la question de savoir pourquoi j'avais choisi de travailler dans l'édition.

Jusque-là, je n'y avais jamais vraiment songé, c'était nouveau pour moi.

J'ai compris que j'avais envie de faire des livres qui apporteraient de la joie aux gens.

La lettre que je vous avais commandée, je l'ai écrite moi-même ; j'ai essuyé un refus.

Mais je n'ai pas dit mon dernier mot.

Je reviendrai à la charge, encore et encore, jusqu'à obtenir une réponse positive.

Pour terminer, permettez-moi de vous remercier de m'avoir dit le fond de votre pensée, l'autre jour.

Le temps se rafraîchit ; prenez bien soin de vous, je vous en prie.

Post-scriptum : C'est la première lettre que j'écris de ma vie, en dehors du travail.

年の瀬も迫ってまいりましたが、いかがお過ごしでしょうか？
先日は、大変お世話になりました。
あんなふうに人から、親からも、怒られたことがなかったので、
最初はものすごく落ち込みました。
でも、鎌倉の駅を出て、横須賀線に乗って会社に戻りながら、
自分はどうして編集者という道を選んだのか、もう一度、真剣
に考えてみたのです。
今まで、そんなことを考えることもしていなかったので、新鮮でした。
やっぱり自分は、誰かに喜んでもらえる本を作りたいのだと、気づき
ました。
依頼の手紙は、自分で書いて、断られました。
でも、僕は諦めないつもりです。
何度でも、何度でも、受けてもらえるまで、トライしようと思ってい
ます。
最後になりますが、あの時、真剣に正直な意見を言ってくださり

ありがとうございました。
これからますます寒くなりますので、くれぐれも、お体ご自愛ください。

追伸。
これが仕事以外で僕が人生で初めて書いた手紙です。

Le jeune Murata avait sans doute mis tout son cœur dans cette lettre. Le résultat était plutôt guindé, c'était indéniable, mais c'est pareil pour tout le monde, au début. En plus, ses pattes de mouche étaient tellement illisibles que c'en était comique. Avec une telle plume, il pouvait bien réclamer un texte à un auteur, il ne serait pas pris au sérieux. Mais, incontestablement, il avait écrit avec ses mots à lui.

Cette histoire m'avait sapé le moral, à moi aussi. En tant qu'écrivain public, même si la personne en face de moi me hérissait, même si le contenu du courrier me déplaisait, ne devais-je pas accepter les commandes avec le sourire ? C'était mon métier, non ? J'avais fait mon examen de conscience.

Cette lettre arrivait alors que j'étais enfin sur le point de digérer l'incident. Mais au bout du compte, tout était bien qui finissait bien. Car maintenant il y avait de par le monde un épistolier de plus.

J'avais changé mon *oharahisan* et j'avais reçu un courrier inattendu du jeune Murata. Je me sentais vidée. Sa lettre à la main, je me suis laissée glisser sur le canapé.

A la réflexion, même de mon temps, beaucoup de jeunes avaient déjà recours aux mails, y compris pour envoyer leurs vœux. Rien d'étonnant que la génération de Murata Satoshi n'ait jamais écrit une lettre avant de devenir adulte. Je réfléchissais à tout cela quand j'ai fini par m'assoupir.

Lorsque j'ai rouvert les yeux, il faisait noir. On m'appelait de chez la voisine.

— Poppo, es-tu là ?

— Oui ! ai-je crié en me redressant d'un bond.

— Ça te dirait d'aller ensemble frapper la cloche ?

Cette question m'a rappelé que nous étions le dernier jour de l'année. Combien de temps avais-je dormi ?

— Je me prépare tout de suite.

Je me suis vite levée et j'ai enroulé mon écharpe autour de mon cou. Il était déjà tard, je n'avais pas vu le temps passer. En effet, en tendant l'oreille, on entendait des cloches retentir au loin. Avec le nombre de temples qu'il y a à Kamakura, la dernière nuit de l'année, les coups de cloche résonnent un peu partout.

Madame Barbara et moi avons pris la route qui longe la rivière, calme et déserte.

Elle portait autour du cou un cache-col en renard un peu vieillot. De son vivant, l'Aînée en avait un qui lui ressemblait, cela avait dû être à la mode un jour au Japon. Un léger parfum de naphtaline s'en dégageait.

A cause du froid, nous marchions serrées l'une contre l'autre et Madame Barbara a délicatement glissé son bras sous le mien. Les mêmes nuages de buée s'échappaient de mes lèvres et des siennes.

Derrière les arbres nus, dépouillés jusqu'à la dernière de leurs feuilles, les étoiles brillaient. C'est alors que Madame Barbara a lancé :

— Je vais te confier quelque chose qui va t'aider, Poppo.

— Comment ça ? ai-je demandé.

— C'est la formule secrète du bonheur, que j'ai appliquée toute ma vie, a-t-elle dit en riant.

— Apprenez-la-moi !

— Eh bien, il faut se dire à l'intérieur : « Brille, brille. » Tu fermes les yeux et tu répètes « Brille, brille », c'est tout. Et alors, des étoiles se mettent à briller les unes après les autres dans les ténèbres qui t'habitent, et un beau ciel étoilé se déploie.

— Il suffit de répéter « Brille, brille » ?

— Oui, c'est simple, hein ? Et ça fonctionne n'importe où. Quand tu fais ça, les problèmes, les chagrins, tout s'efface sous un joli ciel plein d'étoiles. Vas-y, essaie.

Puisqu'elle m'y invitait, j'ai continué à avancer lentement, appuyée sur son bras, les yeux fermés.

Brille brille, brille brille, brille brille, ai-je répété en moi-même.

Et en effet, dans le néant de ténèbres qui régnait en moi se sont invitées des étoiles ; à la fin, c'en était même éblouissant.

— C'est magique.

— N'est-ce pas ? Cette formule secrète est très efficace, alors sers-t'en. Je te la donne, a-t-elle murmuré.

La tête dans les étoiles, je l'ai remerciée.

HIVER

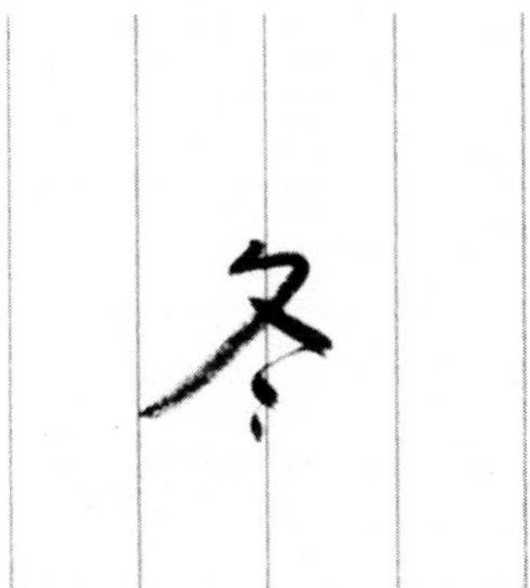

Quand je suis sortie, le sol brillait de mille feux. J'ai délicatement posé le pied sur les feuilles mortes. Avec un temps de retard, le givre a craqué. Le matin du jour de l'An. Une irrésistible envie de croissants m'a assaillie.

Il faisait froid, mais le ciel était d'un bleu pur. Je suis partie à pied pour la première visite de l'année au sanctuaire. D'un pas vif – cela me ferait de l'exercice –, j'ai suivi le chemin à travers les collines qui débouchait sur la mer.

J'ai marché, marché. Le ciel était bleu à en pleurer.

Sur la grande avenue, j'ai tourné à droite puis longé la ruelle qui serpente entre les maisons, jusqu'à voir un imposant camélia. Chez les Amemiya, la première visite de l'année était réservée au sanctuaire Yuiwakamiya.

La légende familiale veut que le camélia qui se dresse à l'entrée de la papeterie Tsubaki soit une bouture de celui du sanctuaire. L'Aînée, ou celle qui l'avait précédée, avait rapporté une branche cassée par un typhon qu'elle avait plantée près de l'entrée, à tout hasard ; la branche avait pris racine et poussé.

Ce sanctuaire tout simple du quartier de Zaimokuza, à l'emplacement originel du sanctuaire Hachiman, était aussi appelé l'ancien Hachiman. Du vivant de l'Aînée, tous les ans, nous venions nous y recueillir après avoir avalé la soupe *zôni* du jour de l'An. Parmi les nombreux temples et sanctuaires de Kamakura, je crois bien que c'est celui où je me sens le plus chez moi.

Le petit bâtiment central est comme étouffé, submergé, on ne sait trop comment le dire, par une jungle exubérante. Il y a même des bananiers du Japon, on se croirait sur une île tropicale.

Puisque c'était le jour de l'An, je ne pouvais guère espérer avoir les lieux pour moi toute seule, comme d'habitude. Une jeune prêtresse à la tenue ravissante offrait avec le sourire des coupelles de saké aux visiteurs.

— Bonne année !

Elle m'a adressé ses vœux en premier.

— Bonne année à vous aussi.

— Vous prendrez bien un peu de saké ?

— Je vous remercie.

C'était ma première conversation de l'année.

J'étais allée donner les derniers coups de cloche de l'année avec Madame Barbara, mais nous étions rentrées chacune chez soi avant minuit.

Ce matin, sa maison avait été silencieuse, peut-être était-elle partie voir le lever du jour avec l'un de ses chevaliers servants.

J'ai pris une gorgée du saké sacré servi avec révérence ; la saveur douce-amère typique du jour de l'An m'a empli le palais. En savourant la texture épaisse en bouche, j'ai tranquillement vidé ma coupe, en trois gorgées. Au centre de la coupelle blanche, on devinait un motif de grue.

Au sanctuaire Yuiwakamiya, on peut emporter sa coupe. Sur une étagère du buffet familial, les coupelles des jours de l'An successifs forment une haute pile. On trouve les mêmes au sanctuaire Hachiman, mais là-bas, ils les récupèrent, on ne peut pas les garder. Elles sont très pratiques pour la sauce de soja, je m'en sers souvent.

Je me sentais bizarre, peut-être parce que j'avais bu de l'alcool de bon matin. J'ai passé un moment sur un banc du sanctuaire à contempler le ciel. On n'aurait pas pu faire mieux, tellement il était d'un bleu pur d'un bout à l'autre.

Le camélia dressait fièrement ses branches pareilles à des mains tendues vers le ciel. Dessus étaient sagement alignés quelques moineaux aussi ronds que des gâteaux de riz soufflé. Leur silhouette attendrissante était caractéristique de la nouvelle année.

Le visage levé vers le ciel bleu, les yeux fermés, je songeais à ma première calligraphie de l'année : quelle tonalité donner aux douze mois à venir ?

Audace ? Aube ? Premier lever de soleil ? Ou alors, espoir ?

Je ne trouvais pas le mot qui épouserait parfaitement l'espace béant dans mon cœur.

Pendant que je réfléchissais, la brise venue de la mer s'est mise à souffler. Ma frange dansait la valse.

C'était un souffle tiède, qui donnait l'impression d'apporter sur une courroie invisible seulement les bonnes choses. Il paraît qu'autrefois, le littoral s'étendait jusqu'au pied du sanctuaire.

Une famille avec des enfants pleins de vie était arrivée ; j'ai doucement rouvert les yeux. Au loin, on entendait les cris déchirants des mouettes. Cet appel me rendait toujours triste, sans trop savoir pourquoi.

Sur le chemin du retour, j'ai pris le bus devant la gare jusqu'au sanctuaire Jûniso. J'ai remonté la rivière Tachiarai en direction du sentier Asaina-kiridôshi. Je ne pensais pas trouver de touristes aussi loin dans les terres, mais je me trompais. Un groupe d'hommes et de femmes accoutrés comme de vrais alpinistes descendaient la sente en file indienne, l'air concentré.

La source Tachiarai est juste avant une petite cascade. Son eau s'écoule depuis une hauteur dans un fin conduit en bambou.

Je me suis d'abord lavé les mains, puis j'ai bu à grandes lampées dans mes paumes en coupe. L'eau tellement froide qu'elle se réverbère dans le crâne a donné un coup de fouet à toutes mes cellules. La griserie du saké bu à l'ancien Hachiman s'est évaporée en un clin d'œil.

Tachiarai est l'une des cinq sources célèbres de Kamakura. Elle tire son nom, « Laver le sabre », de l'histoire d'un samouraï qui, jadis, serait venu y laver son sabre souillé de sang après avoir tué quelqu'un. Si les sources fameuses sont au nombre de cinq, en réalité, seulement deux sont encore utilisées, Tachiarai et Zeniaraibenten.

J'ai placé le goulot de la bouteille en plastique apportée de chez moi sous l'extrémité du conduit en bambou et je l'ai remplie d'eau de source toute fraîche. Cela aussi, c'était une cérémonie incontournable du vivant de l'Aînée : chez les Amemiya, la première eau de l'année était puisée à cette source.

Le lendemain, avec cette eau, je me suis lancée dans ma calligraphie du nouvel An, une tradition que j'avais négligée ces dernières années. J'ai soigneusement aligné mes ustensiles et mon coussin dans l'axe du point cardinal propice cette année, puis, après avoir rempli la verseuse en forme de calebasse de l'eau de source rapportée dans ma bouteille, j'ai dilué l'encre avec soin.

En guise de verseuse, j'ai utilisé un Hyôchan, le personnage dessiné par le mangaka Yokoyama Ryûichi dont la maison jouxtait le Starbucks d'Onarimachi et qui figure sur les petits récipients de sauce de soja dans les bentos de bouchées chinoises *shumai* de Kiyôken. La famille Amemiya possède la totalité des quarante-huit versions de Hyôchan.

Aujourd'hui, j'écrirais non pas pour quelqu'un, mais pour moi. Un écrivain public tient la plume en se mettant dans la peau et dans la tête de tout un tas de personnes. Sans vouloir me lancer des fleurs, je réussissais bien désormais à me couler dans les mots d'autrui. Mais, à la réflexion, je n'avais pas encore trouvé ma propre écriture. Je n'avais pas encore rencontré mon moi calligraphique, l'équivalent du sang qui coulait dans mes veines, ce qui faisait que j'étais moi et d'où mon ADN jaillirait à flots.

L'Aînée l'avait trouvé, elle, je le savais. Si je n'arrivais pas à décrocher la devise calligraphiée de sa main sur le mur de la cuisine, c'était parce que ces traits, c'était elle. Son écriture conservait encore son souffle.

Malgré le nombre de commandes qu'elle avait honorées en tant qu'écrivain public, l'Aînée ne s'était jamais perdue de vue. Jusqu'à sa mort, elle avait été elle-même. Et maintenant que son corps avait disparu, elle continuait à vivre dans les calligraphies qu'elle avait laissées. Son âme les habitait. C'était ça, l'essence de l'écriture.

J'ai bien imprégné d'encre la pointe du pinceau et, après une brève pause, j'ai fait le vide en moi. Puis j'ai lentement abaissé mon pinceau sur la feuille.

春苦み、夏は酢の物、秋辛み、冬は油と心して食え

Mange amer au printemps, vinaigré l'été,
piquant l'automne et gras l'hiver

J'avais soudain eu envie de calligraphier les mêmes mots que l'Aînée.

Le dernier caractère tracé, j'ai relevé mon pinceau en douceur, à la manière d'un ovni flottant dans les airs. Au même instant, un souffle nouveau m'a emplie. J'avais vraiment réussi à faire le vide en moi, juste un instant.

Mais ça n'allait pas. Je ne savais pas ce que c'était, une question d'ampleur des caractères, de densité, de présence. En tout cas, quelque chose différait fondamentalement. Mais pour l'heure, c'était ça, la réalité.

Tout en me faisant ces réflexions, j'ai accroché ma première calligraphie de l'année à côté de celle de l'Aînée, avec des morceaux de *masking tape* vert tendre.

A l'issue des trois premiers jours fériés du début de l'année, le courrier adressé à la papeterie Tsubaki a peu à peu augmenté.

Les lettres qui seraient confiées à la stèle épistolaire commençaient à arriver.

Des missives envoyées de tout le Japon, voire de l'étranger, affluaient à la papeterie Tsubaki. Toutes ces lettres dont on ne peut se résoudre à se défaire.

Mis à part les courriers publicitaires, on a du mal à jeter, à peine lue, une lettre qui nous est adressée. Même la plus humble carte postale, du moment qu'elle est manuscrite, garde la trace vivace de l'esprit et du temps de celui qui l'a rédigée. Mais si on les gardait toutes, les vieilles lettres s'entasseraient et il y a des limites à cette accumulation.

C'est là qu'intervient la famille Amemiya.

Le terme d'intervention peut laisser songeur, mais quoi qu'il en soit, de génération en génération, nous avons célébré ce rite sacré : l'adieu aux lettres. En gros, il s'agit, comme on le fait pour les aiguilles ou les poupées, de rendre grâce à l'esprit épistolaire en lieu et place du destinataire.

Parmi les lettres qui nous sont envoyées, les plus nombreuses sont, de loin, les lettres d'amour.

Les messages d'un ancien amour, qu'on avait précieusement gardés, incapable de les jeter, et dont on se décide enfin à se séparer à l'orée du mariage avec quelqu'un d'autre. Pour autant, difficile de juste les mettre à la poubelle.

Certaines personnes nous envoient chaque année toutes les lettres et cartes postales reçues au cours des douze derniers mois, y compris les cartes de vœux. La participation aux frais, sous la forme d'une offrande aux divinités, est laissée au bon vouloir de chacun : il suffit de glisser dans l'enveloppe le montant choisi en timbres. Les envois sont acceptés tout au long du mois de janvier, après quoi le rituel est célébré le 3 février de l'ancien calendrier. Nous rendons grâce aux lettres et les réduisons en cendres à la place de leur destinataire. C'est la plus importante cérémonie de l'année, célébrée par la famille Amemiya génération après génération.

Et cette année, l'adieu aux lettres reprenait, au terme d'un long arrêt. Car lorsque Tante Sushiko s'était occupée de la boutique après le décès de l'Aînée, la cérémonie avait été suspendue. J'étais maintenant de retour, et ce rituel avec moi.

Même si la boîte aux lettres débordait de courrier, je ne recevais aucune carte de vœux à mon nom, ce qui m'attristait. En fin d'année, j'avais été tellement prise par mon travail de calligraphie que je n'avais pas eu le temps de rédiger des cartes de vœux. J'avais de bons amis à l'étranger, mais tous m'envoyaient leurs vœux par mail. Et poster exprès une carte pour Madame Barbara, ma voisine, aurait été un peu bizarre.

La papeterie Tsubaki a rouvert le 4 janvier. De nombreux magasins de Kamakura ferment seulement le 31 décembre, l'usage est de travailler dès le 1er janvier. En comparaison, reprendre le 4, c'était plutôt tardif.

Si tôt après le 1er janvier, j'étais persuadée qu'aucun client ne se manifesterait ; mais au contraire, les gens venus se recueillir au sanctuaire Kamakura-gû faisaient aussi un tour par la papeterie.

Les dix paquets surprises que j'avais préparés à tout hasard avec le stock d'articles anciens sont tous partis dans la journée. Du coup, après la fermeture, j'en ai préparé dix autres. C'était une aubaine, car je ne m'attendais pas à un tel succès.

Autre bonne surprise, Madame Calpis est passée en compagnie de sa petite-fille, Mademoiselle Kokeshi.

Comme il y avait justement du monde à ce moment-là, je n'ai pas pu leur parler longtemps ; elles revenaient d'une visite à de la famille dans le quartier, paraît-il. La jambe de Madame Calpis avait guéri et Mademoiselle Kokeshi avait poussé d'un coup, toutes deux semblaient en pleine forme.

Quand j'ai discrètement demandé à la petite Kokeshi, avant qu'elle ne reparte, où en était son billet doux, elle a répliqué :

— Je ne pense plus à mon instit. Il s'est marié.

Peut-être avait-elle trouvé quelque chose de plus intéressant à faire. Madame Calpis portait un serre-tête à pois, cela m'a fait sourire.

Si cette grand-mère et sa petite-fille savaient quelle a été ma relation avec l'Aînée, comme elles seraient étonnées ! Madame Calpis et Mademoiselle Kokeshi ont quitté la papeterie Tsubaki main dans la main, on aurait dit deux amies de générations différentes.

C'est le 6, en fin d'après-midi, que le Baron a soudain fait son apparition à la boutique.

Le flot incessant de clients venait juste de se tarir. Quand j'ai relevé la tête au son des *geta* qui approchaient à pas vifs, le Baron se tenait devant moi, un sac en plastique blanc à la main. Sans même me souhaiter la bonne année, il a simplement grogné : « Les sept herbes sauvages » et m'a tourné le dos, déjà prêt à repartir.

— Attendez !

Je me suis dépêchée de l'arrêter, il pouvait bien boire un verre d'*amazake* avant de s'en aller. C'était presque un cri qui m'avait échappé, j'en ai eu honte après.

Je lui ai tendu un gobelet en papier généreusement rempli de cette boisson à base de riz fermenté dont une marmite trônait sur le poêle. Les premiers jours de l'année, jusqu'à ce que l'on range les décorations du jour de l'An, tous les clients ont droit à un gobelet d'*amazake*.

— L'*amazake*, c'est une boisson d'été.

La remarque du Baron m'a laissée pantoise. J'étais persuadée que cela se buvait l'hiver.

— Vraiment ?

— Les vendeurs ambulants en proposaient en chantant : « *Amai, amai, amazake !* Il est bien sucré, mon *amazake* ! » Parce que ça redonne des forces quand la chaleur vous coupe l'appétit.

Ça ne l'a pas empêché de vider son gobelet d'une traite. A boire si vite, il risquait de s'ébouillanter le gosier. Il était cramoisi, du coup.

— En été, l'*amazake*, on le servait froid ? lui ai-je demandé, pas convaincue.

— Sans doute. Parce que c'est bon frais.

Il a quitté la boutique au pas de charge en lançant un merci.

Le sac en plastique reposait sur la table. Quand je l'ai ouvert, des effluves de terre froide se sont répandus. Le Baron était-il allé cueillir lui-même les plantes dans les collines ? C'était comme un avant-goût de printemps.

Je humais le parfum des sept herbes sauvages lorsque soudain, mes ongles ont commencé à me préoccuper. Ça doit être ça, la force de l'habitude. La dernière fois que je m'étais coupé les ongles, c'était à la fin de l'année.

Quand j'étais petite, je le faisais toujours le matin du 7 janvier.

On met à tremper les sept herbes sauvages le soir du 6 et, le lendemain matin, on plonge ses doigts dans cette eau avant de se couper les ongles : c'est une tradition baptisée *nanagusa-tsume*, les ongles aux sept herbes. C'est le premier jour de l'année où il est permis de se couper les ongles. Entre le 1er janvier et le soir du 6, même s'ils étaient trop longs, je n'avais pas le droit de le faire.

D'après l'Aînée, cette tradition permettait de passer l'année sans s'enrhumer. J'y avais cru dur comme fer jusqu'à la fin du collège. Mais quand, devenue lycéenne, j'avais fait ma crise d'adolescence, j'avais maudit ce que je considérais comme une superstition et j'avais arrêté. Depuis, je n'y avais jamais repensé.

Le Baron reparti, j'ai lavé les sept herbes sauvages à l'eau froide dans un saladier. Elles étaient pleines de vigueur, à croire qu'elles n'avaient pas encore réalisé qu'elles étaient sorties de terre. Tout à leur aise, elles ondoyaient dans le saladier en inox.

Le lendemain matin, j'ai tout de suite plongé mes doigts dans le saladier où flottaient les herbes sauvages. L'eau avait refroidi de façon surprenante dans la nuit : en regardant bien, on distinguait même comme une pellicule de glace à sa surface.

Sereine, j'ai posément entrepris de me couper les ongles. Alors qu'ils étaient à l'époque tendres comme de minuscules coquillages roses, c'étaient aujourd'hui de solides ongles d'adulte.

Je me suis occupée de la main droite, puis de la gauche. Cela faisait une dizaine d'années que je ne m'étais pas coupé les ongles en suivant la tradition.

Une fois les doigts ainsi remis à neuf, j'ai commencé à préparer la traditionnelle soupe de riz aux sept herbes sauvages. Aujourd'hui, j'allais inviter Madame Barbara. Je ne l'avais pas revue depuis que nous étions allées ensemble donner les derniers coups de cloche de l'année.

— Bonjour ! ai-je lancé, en allant chercher ma voix au fond de mon ventre.

— Dis-moi, Poppo, je crois bien que je ne t'ai pas encore présenté mes vœux. Bonne année !

Sa voix, enjouée comme toujours, a retenti.

— Bonne année, bonne santé ! ai-je répondu à toute vitesse en réprimant mon soulagement.

A vrai dire, au fond de moi, j'étais inquiète. Je me demandais s'il ne lui était pas arrivé quelque chose, cela m'oppressait. Mais à son ton, elle semblait aussi en forme que d'habitude.

— Poppo, as-tu mangé une bonne soupe *ozôni* ? m'a-t-elle demandé, à cent lieues de mes inquiétudes.

De son vivant, l'Aînée nous en préparait tous les ans. C'était une soupe du jour de l'An au cresson et aux boulettes de viande hachée de canard de chez Toriichi, le volailler en face de la gare. Mais cette année, j'avais eu la flemme d'en préparer pour moi toute seule, alors j'avais fait l'impasse. J'ai éludé en lui retournant la question :

— Et vous, madame Barbara, avez-vous passé un bon jour de l'An ?

A peine avais-je fini de parler qu'elle était prise d'une quinte de toux douloureuse.

— Vous êtes enrhumée ?

Peut-être était-elle restée alitée, malade.

— Tu crois ? J'ai sans doute pris un peu froid la nuit dernière.

— Je vais préparer de la soupe de riz aux sept herbes, ça vous dit ?

J'ai annoncé ce qui me tenait à cœur ce jour-là. Après une nouvelle quinte de toux, elle m'a répondu d'une voix un peu éraillée mais pleine de vie :

— Bonne idée ! Je peux venir manger chez toi ?

— Bien sûr. Mais je commence seulement les préparatifs, ça va me prendre encore un peu de temps. Je me dépêche et je vous appelle quand c'est prêt.

— Ah non alors !

Sa réponse était étonnante.

— Une soupe de riz préparée à la va-vite, ce n'est pas bon, a-t-elle dit d'un ton volontairement plaintif.

J'ai tout de suite compris ce qu'elle entendait par là.

— Très bien. Je vais donc prendre tout mon temps pour cuisiner, ai-je répondu en attrapant la planche à découper et un couteau.

— Merci. Une soupe de riz aux sept herbes sauvages… que de souvenirs ! Ça fait une éternité que je n'en ai pas mangé. Je m'en fais une joie.

Sur ces mots, elle s'est éloignée.

J'ai vidé dans une passoire les plantes sauvages apportées par le Baron. La pellicule de glace avait disparu.

Après avoir lavé du riz blanc pour deux personnes, je l'ai versé dans une marmite en terre avec de l'eau – j'avais encore au réfrigérateur de l'eau de la source Tachiarai puisée au jour de l'An. Il ne restait plus qu'à laisser cuire le riz tranquillement. Pendant mon long séjour à l'étranger, j'avais souvent mangé ainsi en soupe le peu de riz dont je disposais, pour le faire durer.

Ce serait le premier petit-déjeuner de l'année que je partagerais avec Madame Barbara. Tout bien réfléchi, cela ne faisait qu'une semaine que je ne l'avais pas vue, mais j'avais l'impression qu'il s'était écoulé beaucoup plus longtemps. Entendre sa voix m'avait enfin permis de renouer avec le fil du quotidien.

C'est par un froid après-midi, sous un ciel constellé de minuscules flocons de neige, qu'un homme à l'air grave s'est présenté à la papeterie Tsubaki.

— Bonjour !

Il a ôté poliment son chapeau sur le pas de la porte et épousseté la neige accrochée à ses épaules avant d'entrer.

Il devait faire très froid dehors. Une bouffée d'air glacial s'est invitée dans la boutique où il faisait déjà plutôt frais malgré la porte fermée.

L'homme s'est dirigé droit vers moi. Il tenait à la main, avec beaucoup de précautions, un paquet enveloppé dans du tissu. A coup sûr, il était venu pour consulter l'écrivain public.

— Asseyez-vous, je vous en prie.

Je lui ai présenté un tabouret. Dans la foulée, j'ai préparé une boisson en versant dans des tasses de la poudre de *kudzu* arrosée d'eau chaude. La bouilloire en fonte chauffait sur le poêle.

L'homme a soigneusement plié son manteau et l'a posé sur ses genoux. C'était un manteau avec une pèlerine, comme en portent volontiers les détectives. Impossible de me rappeler comment ça s'appelait, un macfarlane ou un inverness ? Bref, je me souvenais juste que c'était un nom anglais.

— Buvez tant que c'est chaud, je vous en prie.

Après avoir bien mélangé la boisson avec une cuillère en bois, j'ai posé une tasse devant mon client.

Je me suis assise face à lui, un peu de biais. Je m'étais servie aussi, pas dans une des tasses pour la clientèle mais dans un mug. La poudre de *kudzu*, c'était Madame Barbara qui me l'avait offerte en fin d'année, après un voyage à Nara avec l'un de ses chevaliers servants.

L'homme se réchauffait, les deux mains autour de sa tasse. Son haleine se condensait en un fin nuage argenté.

— Vous voulez bien écrire vos coordonnées, s'il vous plaît ?

Une fois qu'il s'était réchauffé les mains, j'ai posé devant lui une feuille de papier et un stylo. Il a écrit son nom d'une écriture assurée, bien droite.

J'ai interrogé avec délicatesse Shirakawa Seitarô, à qui j'avais affaire :

— Que puis-je pour vous ?

Il a alors pris la parole, l'air au bout du rouleau :

— En fait, j'aimerais que vous mettiez fin aux tourments de ma mère.

— De votre mère ?

Mettre fin à ses tourments ? Qu'entendait-il par là ? Un instant, une pensée sinistre m'a effleuré l'esprit, mais je l'ai vite écartée. Seitarô, comme embarrassé, a poussé un gros soupir. Puis il s'est lancé :

— Ma mère est quelqu'un de brave, qui n'a jamais dépendu de personne ; à plus de quatre-vingt-dix ans, elle habitait encore seule à Yokohama ; mais depuis qu'elle est entrée en maison de retraite, elle dit des choses bizarres. Permettez-moi un saut dans le temps : mon père, qui travaillait dans le commerce international, est décédé il y a bien longtemps. Et pourtant, elle affirme qu'elle doit absolument rentrer à la maison car une lettre de lui va arriver, elle n'en démord pas.

Mon père était un homme maussade et, honnêtement, je n'ai pas de très bons souvenirs de lui. Les rares fois où il rentrait à la maison, il était de mauvaise humeur, jamais un sourire, et je ne me souviens pas qu'il ait joué avec moi quand j'étais petit. Quand je trouvais le courage de lui adresser la parole, il m'ignorait. C'était l'homme à l'ancienne dans toute sa splendeur ; il était pareil avec ma mère, jamais un cadeau ni un mot gentil. Pour autant, il n'était ni alcoolique ni violent, ou même désagréable.

Vu le personnage, j'avais du mal à croire à cette histoire de lettre. Ma sœur et moi, nous étions persuadés que ma mère divaguait, qu'elle s'inventait des histoires.

Mais l'autre jour, ma sœur faisait du rangement chez ma mère quand, au fond d'une armoire, elle a trouvé des lettres. Les voici.

Seitarô a alors lentement baissé les yeux vers le paquet enveloppé dans une étoffe, sur ses genoux.

J'ai saisi mon mug et pris une petite gorgée de ma boisson au *kudzu* qui avait tiédi. Sa douce saveur s'est lentement déployée sur mon palais.

Après avoir méticuleusement déplié le tissu, Seitarô m'a tendu le paquet de lettres. Il était maintenu par une cordelette rouge. Il y avait surtout des cartes postales, mais aussi quelques enveloppes.

— Prenez-en une, s'il vous plaît.

Puisqu'il m'y invitait, j'ai pris le paquet de lettres à deux mains et l'ai attiré vers moi.

Le parfum de terre sèche propre aux papiers anciens s'est rapproché. Quand j'ai dénoué délicatement la cordelette, la pile de lettres s'est étalée sur la table en éventail.

Celle du dessus était une carte postale illustrée d'une photo en noir et blanc. Dans une immense piscine nageaient des gens en maillots de bain démodés, l'air heureux.

— Vous m'autorisez à la lire ?

Lorsque j'avais entre les mains un courrier qui ne m'était pas adressé, je me sentais toujours profondément gênée envers l'expéditeur comme le destinataire. Malgré tout, puisque Seitarô m'y invitait d'un regard ferme, je lui ai adressé un petit signe de tête et j'ai retourné la carte postale que je tenais à la main.

— Dire que mon père si bourru savait aussi se montrer affectueux ! Je n'arrive toujours pas à y croire, a-t-il murmuré, les yeux sur la carte que je lisais.

Il semblait connaître par cœur le contenu de chacune d'entre elles.

— C'est un homme complètement différent du père que nous connaissions.

Son ton était distant, comme s'il trouvait ça invraisemblable, mais au fond de lui peut-être se réjouissait-il. Une trace de tendresse perçait au coin de ses yeux.

— S'il nous avait envoyé, à ma sœur et moi, ne serait-ce qu'une carte comme celle-ci, notre vie en aurait été changée.

La carte exprimait, sans rien dissimuler, la tendresse du père de Seitarô pour sa femme. Il était plein de sollicitude pour elle. Il lui avait écrit depuis les nombreux lieux où il séjournait. Parfois, il y avait deux cartes envoyées le même jour.

— Ça fait envie, n'est-ce pas, ai-je commenté avec émotion, les yeux sur la carte. Un soupir m'a échappé.

— C'est évident quand on y pense, mais mon père et ma mère étaient aussi un homme et une femme. Cela ne m'avait jamais frappé dans ma position d'enfant.

— Votre mère attendait les lettres de votre père, ai-je commenté.

Seitarô, les yeux fermés, a profondément hoché la tête. J'ai murmuré d'un ton pénétré :

— Et elle en espère encore aujourd'hui, c'est ça ?

— Voilà pourquoi elle veut rentrer chez elle. La voir comme ça m'attriste. Je l'imagine, quand nous étions enfants, aller vérifier la boîte aux lettres en cachette… C'était un amour secret, qu'ils nous cachaient, a-t-il dit d'une traite.

En cours de route, sa voix s'était brisée ; il a discrètement essuyé les larmes qui lui étaient montées aux yeux. Puis il s'est redressé et m'a demandé, bien en face :

— Pourriez-vous écrire une lettre de mon père depuis le paradis ?

C'était à mon tour d'avoir les larmes aux yeux.

Ce soir-là, j'ai lu toutes les lettres adressées par le père de Seitarô à sa femme. L'écriture était vigoureuse, typique de celle des hommes d'autrefois. Sans doute ne se séparait-il jamais de son stylo-plume préféré, même au travail. En de rares occasions, il avait utilisé un stylo à bille, mais dans leur grande majorité les cartes étaient rédigées avec le même stylo-plume au trait un peu épais, et toujours à l'encre noire.

L'écriture était-elle, comme l'ossature, un héritage génétique ? Je ne m'étais jamais posé la question, mais celle de Seitarô ressemblait comme deux gouttes d'eau à l'écriture de son père.

Contrastant avec la virilité de l'écriture, le contenu des lettres était tout entier consacré à son amour pour son épouse. Presque toutes commençaient par *Ma petite Chi chérie* ou *Ma petite Chi d'amour*, pour s'achever sans faute sur *Ton mari qui t'aime plus que n'importe qui au monde*.

La différence d'âge entre ses parents était grande, m'avait expliqué Seitarô. Pour son père, son épouse chérie était sans doute la compagne d'une vie mais un peu sa fille aussi. Chacun de ses mots débordait d'amour comme un fruit juteux.

Et cet amour intarissable n'avait rien perdu de sa fraîcheur.

La mère de Seitarô avait attendu chaque jour les lettres de son mari. Cette attente impatiente lui avait permis de supporter les journées passées loin l'un de l'autre.

S'il était encore en vie, que lui écrirait-il ?

J'ai essayé de l'imaginer.

La feuille de ma première calligraphie de l'année s'est enflammée le matin du 15 janvier, au sanctuaire Hachiman, au cours de la cérémonie où l'on brûle les décorations et les calligraphies du Nouvel An. Plus les flammes montent haut, plus le calligraphe fera de progrès, dit-on. La mienne s'est élancée vers le ciel tel un dragon, dans une gerbe d'étincelles, avant de se consumer en cendres.

Mais écrire d'une belle main n'est pas le seul travail de l'écrivain public.

Quand on libelle une enveloppe pour un mariage, qu'on écrit un nom sur un diplôme ou qu'on rédige un curriculum vitae, une beauté de pure forme est requise. La plupart des gens trouvent belle une graphie qu'on croirait imprimée.

Mais l'écriture manuscrite, celle de la main d'un être vivant, possède un supplément d'âme qui ne se résume pas à la simple beauté formelle.

Elle prend de l'âge avec son propriétaire, elle vieillit. Le même mot calligraphié par la même personne sera différent selon qu'il a été écrit à l'école ou au lycée, à vingt ans ou à quarante. C'est encore plus vrai à soixante-dix ou quatre-vingts ans. Une adolescente à l'écriture toute ronde, lorsqu'elle sera devenue une vieille dame, n'aura plus la même plume, c'est normal. L'écriture change avec l'âge.

La beauté naturelle, intacte, porte en elle le charme de la vieillesse. A force d'y réfléchir, je n'avais plus aucune idée de ce que serait l'écriture du père de Seitarô aujourd'hui.

Quand j'y repensais, j'avais toujours vécu seule avec l'Aînée. Il n'y avait pas d'homme à la maison. Pour commencer, qu'était-ce qu'un père ? Je n'arrivais pas du tout à l'imaginer.

Alors que le texte était presque prêt, l'écriture qui l'incarnerait m'échappait. J'avais beau essayer encore et encore, je n'étais pas satisfaite.

Je souffrais vraiment, terriblement. Je me tordais de douleur comme si j'avais mangé quelque chose qui ne passait pas. Je n'arrivais pas à trouver la bonne écriture. Plus j'essayais et plus je m'enfonçais dans un labyrinthe.

Bref, j'étais en panne d'inspiration. Jamais encore je ne m'étais heurtée à ce mur, retrouvée totalement coincée ; cela me laissait ébranlée, stupéfaite.

Le manque d'inspiration, c'est un peu comme quand on est constipé. On voudrait que ça sorte, mais rien ne vient. On a quelque chose à évacuer, mais il y a une résistance. J'étais dépitée et malheureuse.

Je me suis rendu compte que cela faisait plusieurs nuits que le soir, au lit, j'avais du mal à m'endormir. C'était rarissime. J'avais besoin qu'on m'aide mais personne n'était là pour moi. Je devais écrire, il le fallait ; plus je paniquais, et plus je m'enfonçais dans une boue sans fond. J'aurais tant aimé pouvoir me reposer sur l'Aînée. Mais son esprit s'était détourné de moi, ne me soufflait plus rien.

Cela faisait une quinzaine de jours que j'étais au point mort.

Un matin, je me forçais à briquer le parquet, la tête lourde, quand soudain Madame Barbara m'a proposé de sa voix enjouée :

— Poppo, dimanche prochain, ça te dirait d'aller faire la tournée des sept divinités du bonheur de Kamakura ? Hier, je suis tombée par hasard sur Panty à la coopérative et on se disait qu'on devrait se retrouver pour fêter la nouvelle année. Ce sera justement le jour de l'An dans l'ancien calendrier. Tu pourrais venir aussi puisque la boutique est fermée le dimanche ? On en discutait en buvant un café au lait quand le Baron, qui était passé acheter du pain, s'est joint à nous.

— Ce qui veut dire qu'il viendra aussi ?

— Mais oui. C'était même lui le plus motivé. Qu'en dis-tu ? Je viens de regarder la météo à la télé, on dirait qu'il va faire plutôt beau. Tu as déjà fait cette tournée ?

Honnêtement, ça ne me disait rien du tout. Là, tout de suite, les sept divinités du bonheur, ça me laissait de marbre. J'étais à deux doigts de refuser, les mots me brûlaient les lèvres. Mais pourquoi pas ? ai-je soudain pensé. Peut-être parce que mes yeux avaient rencontré non pas ceux de l'Aînée, mais de Tante Sushiko. J'ai eu l'impression qu'elle me disait avec un clin d'œil, vas-y, Poppo, puisqu'on te le propose.

— A quelle heure on se retrouve ? me suis-je surprise à demander tout en frottant le sol.

Toujours à quatre pattes, j'ai levé les yeux vers le calendrier. En effet, le dimanche en question était autrefois le jour de l'An.

— On n'a pas encore décidé, mais le Baron a insisté pour s'occuper des bentos pour tout le monde. Moi, je pourrais nous ravitailler en bonbons, par exemple, a dit Madame Barbara avec entrain.

— Alors moi aussi j'apporterai quelque chose.

A peine avais-je parlé qu'elle a répondu à toute allure :

— Oh, tant mieux ! C'est fantastique que tu puisses te joindre à nous ! Ça me fait drôlement plaisir. Cette perspective va faire s'envoler mon rhume ! Je te souhaite une excellente journée, Poppo.

— A vous aussi, Madame Barbara !

Au même instant, les rayons du soleil ont pénétré par la fenêtre du couloir. Ils luisaient si fort que pour un peu, on aurait cru entendre un flash crépiter. Eblouie, j'avais presque la tête qui tournait. Même la poussière qui dansait était magnifique.

Le jour dit, le Baron était là avant tout le monde devant la gare de Kita-Kamakura, notre lieu de rendez-vous.

— Euh, vous y allez habillé comme ça ?

La question m'avait échappé avant même de le saluer. D'accord, ce n'était que la tournée des sept divinités du bonheur, mais il fallait tout de même prendre le sentier de randonnée des Alpes de Kamakura, il y avait même une montagne à franchir. Mais le Baron était en kimono, avec une veste à ses armoiries.

— Bien sûr, puisque c'est le jour de l'An. Mais regarde, je suis chaussé comme il faut.

Il a retroussé malicieusement son kimono : il portait en dessous une paire de tennis aux couleurs criardes.

— On est en train de me préparer des *inari-zushi*, alors va attendre sur le banc là-bas. Les autres ne devraient pas tarder à arriver.

Sur ces mots, il a sorti une cigarette de sa manche. J'ai pensé qu'à Kamakura il était interdit de fumer dans la rue mais je me suis tue, de peur de me faire envoyer balader. Kita-Kamakura ne faisait pourtant pas exception, que je sache.

Il n'avait pas fumé la moitié de sa cigarette que Panty émergeait de la gare avec élégance. Quand elle marchait, on aurait dit une balle en caoutchouc qui rebondissait. Toutes les parties saillantes de son corps tressautaient en rythme.

Le Baron s'est vite débarrassé de sa cigarette en l'écrasant sous la semelle de ses tennis. Je me préparais à lui faire une remarque s'il faisait mine de l'abandonner sur place, mais il a ramassé le mégot tout juste éteint et l'a jeté dans le cendrier portatif qui attendait dans sa manche. Il avait quand même des manières, semblait-il.

C'est alors qu'est arrivée Madame Barbara. Ce matin-là, comme nous avions chacune nos préparatifs à faire, nous étions venues séparément.

— Bonjour ! ai-je lancé à la ronde, et le Baron m'a immédiatement corrigée :

— On ne dit pas bonjour, mais bonne année.

Il n'avait pas tort. Aujourd'hui, c'était le jour de l'An dans l'ancien calendrier. D'ailleurs, la ville dans son ensemble, comme rose de plaisir, semblait avoir le cœur léger.

— Bonne année ! me suis-je reprise.

Sur la place devant la gare, nous nous sommes salués les uns les autres, tous les quatre d'âges différents. Le ciel était comme un grand drap bleu sans nuage.

— Il fait beau, tant mieux !

— Le vent est frais, mais ce n'est pas gênant quand on marche.

— Ça va être super de faire la tournée des sept divinités du bonheur.

Pendant que nous bavardions entre femmes, le Baron est entré chez Kôsen, sans doute pour récupérer sa commande d'*inarizushi*. Nous avons continué à discuter et, quelques minutes plus tard, il est revenu avec un paquet enveloppé dans un *furoshiki*. Plus il approchait, plus les bouffées d'arôme aigre-doux se faisaient fortes. Le parfum un peu sucré qui me picotait le nez m'a fait saliver. La matinée avait à peine commencé et j'avais déjà faim !

— C'est parti ! a lancé le Baron avec enthousiasme, et il s'est mis en marche sans attendre.

Notre première destination était le Jôchi-ji de Kita-Kamakura.

Tout de même, qu'est-ce qu'il y a comme temples à Kamakura ! On pourrait dire sans exagérer que la ville entière n'est qu'un immense cimetière. Partout, des temples. Il ne faut pas s'étonner que tant de gens prétendent avoir vu des fantômes.

Nous avons gravi d'un bon pas l'escalier en pierre au milieu des cèdres du Japon. Au temple Jôchi-ji, nous verrions Hotei, la divinité de l'abondance.

Une fois arrivés à l'accueil, nous avons fait la queue pour recevoir chacun à notre tour le sceau du temple.

— C'est excitant, non ? a chuchoté Madame Barbara à Panty.

— En gros, c'est comme un *stamp rallye*, n'est-ce pas ?

Panty avait sans doute parlé le plus bas possible, mais vu sa profession, sa voix portait loin et fort.

Moi, j'étais fascinée par l'écriture du préposé aux sceaux. Il calligraphiait à toute allure avec un fin pinceau copieusement imbibé d'encre. J'étais écrivain public, lui était une sorte de scribe officiel. Pour finir, il a apposé trois énormes tampons sur la page. A la réflexion, dans son métier, l'échec était hors de question. Est-ce qu'il ne se trompait jamais ? Et si jamais cela lui arrivait, comment faisait-il ?

Nous avons attendu que le carnet du Baron, le dernier de notre groupe, soit tamponné avant de redescendre l'escalier en pierre.

— On a à peine commencé, m'a-t-il dit pendant que je buvais de l'eau à ma bouteille. Tu as beau être la plus jeune, c'est toi la plus essoufflée.

Il avait raison.

Je m'étais inquiétée de la résistance de Madame Barbara, mais pour le moment, cela semblait aller. Peut-être que la danse de salon qu'elle pratiquait régulièrement lui fortifiait les jambes.

— Où allons-nous maintenant ?

Panty, qui marchait devant nous, s'était retournée pour interroger le Baron.

— Nous allons prendre le sentier de randonnée Ten'en en direction du temple Hôkai-ji. C'est tout droit, il démarre derrière le Kenchô-ji, a-t-il expliqué avec une amabilité qui n'avait rien à voir avec le ton qu'il me réservait.

La randonnée commençait. J'étais née et j'avais grandi à Kamakura, mais mon expérience se limitait à quelques marches dans le cadre des sorties scolaires quand j'étais petite.

Parvenir jusqu'au sentier de randonnée n'était pas une mince affaire. Le Kenchô-ji n'est pas pour rien le plus vaste des cinq grands temples de Kamakura, avec son enceinte immense. Nous avions beau marcher, toujours rien à l'horizon. Et pour finir, c'est un sentier incroyablement ardu qui nous attendait.

Un escalier interminable, à flanc de montagne.

— Quoi, c'est là qu'on va ? me suis-je exclamée, d'un ton malgré moi un peu accusateur.

Je ferais peut-être mieux de rebrousser chemin et rentrer à Kamakura, ce n'était qu'à une station sur la ligne Yokosuka. J'avais déjà le dos baigné de sueur.

J'étais complètement découragée quand Madame Barbara m'a fourré un bonbon dans la bouche :

— Tiens, mange ça.

Soudain, un vent d'été a soufflé sur mon palais. Une puissante saveur mentholée.

— Alors ? Ils sont bons, hein ? Avec ça, tu vas faire le plein d'énergie, Poppo, j'en suis certaine.

Pourquoi Madame Barbara, bien plus âgée que moi, était-elle beaucoup plus en forme ? C'était incompréhensible. Pendant que je me posais la question, Panty a entamé l'ascension des escaliers et je lui ai emboîté le pas, bien obligée. Dans mon esprit embrumé, ses fesses semblaient douées de vie, comme un drôle d'animal.

C'était vraiment un escalier infernal. J'étais en train de me faire cette réflexion quand la voix du Baron a dit dans mon dos :

— Ce temple a été construit sur le site d'un enfer, tu sais.

— Un enfer ? ai-je répondu par pure politesse, j'étais à bout de souffle, je n'avais pas la force de parler.

— Oui, autrefois, il y avait un gibet ici, à ce qu'il paraît.

Il m'avait achevée, avec cette histoire sinistre. Je n'avais plus un filet de voix.

Depuis un moment, je ne contrôlais plus mes mollets. Pour le jour de l'An, j'aurais préféré quelque chose de plus nonchalant, comme manger des *mochi*. Là, j'avais l'impression que c'était moi, le condamné à mort. Aller faire la tournée des sept divinités du bonheur ? J'aurais mieux fait de m'abstenir !

— Poppo, notre but, c'est ce belvédère !

Tout là-haut, Panty me faisait signe, un grand sourire aux lèvres.

— Tu y es presque, Poppo !

Madame Barbara m'encourageait avec son sourire plein de fraîcheur.

Quand j'ai enfin atteint le belvédère, j'étais rouge comme une feuille d'érable ; pour un peu, de la fumée me serait sortie des oreilles. Mais les trois autres, eux, avaient déjà repris leur souffle et contemplaient le panorama depuis le promontoire.

Le paysage n'était pas renversant, mais on voyait tout Kamakura. Dans le lointain, à gauche, on apercevait même la baie de Sagami.

Mais nous n'étions pas encore arrivés. Ce n'était que le départ du sentier de randonnée. Si je restais assise sur ce banc, j'allais prendre racine. Je me suis levée et je suis repartie en tête du groupe.

Malgré ce terrible démarrage, la randonnée était plutôt agréable. Panty, derrière moi, chantait à gorge déployée et nous l'accompagnions à voix basse. Apparemment, elle était fan du groupe Spitz. Des adultes qui chantent en marchant, c'était bizarre, non ? J'avais des doutes, mais parcourir un sentier de montagne en chantant était curieusement grisant, je suis vite devenue accro.

Panty entonnait chaque chanson avec enthousiasme et cela nous donnait du courage. A chaque descente, ma transpiration s'évaporait petit à petit. Une puissante odeur d'humus chatouillait une partie habituellement endormie de mon cerveau. A force, j'étais de plus en plus contente de participer à cette activité du Nouvel An.

Au bout d'une petite heure de marche, nous avons quitté la montagne par la vallée des érables. Je connaissais désormais le chemin, j'aurais pu le suivre les yeux fermés.

— Ça donne faim de marcher en montagne, non ? a dit Madame Barbara.

— Si ! a répondu Panty, pleine de fougue.

— On s'arrête quelque part pour déjeuner ? a proposé le Baron.

Mais y avait-il près d'ici un endroit où pique-niquer ? A Kamakura, il y a des temples et des sanctuaires à profusion, mais étonnamment peu de parcs où s'asseoir pour manger.

— A partir d'ici… a lancé le Baron.

Un mauvais pressentiment m'a traversée. A juste titre.

— C'est la papeterie Tsubaki qui est le plus près.

Heureusement que j'avais fait le ménage avec soin, ce matin.

— J'avais envie de tester ça ! Un déjeuner dans une papeterie, s'est écriée Panty, aux anges.

— Poppo, ça ne te gêne pas ? m'a demandé Madame Barbara en me lançant un regard.

J'ai marmonné une réponse vague. D'ici, ma maison était la plus proche, c'est vrai, mais celle de Madame Barbara aussi. Pourtant, personne n'avait proposé d'y aller. Vu son âge, sans doute n'avaient-ils pas l'aplomb de s'imposer chez elle.

— Bien, c'est une affaire réglée. On va manger dans sa bicoque, et puis on reprend notre tournée.

Le verdict était tombé de la bouche du Baron : nous déjeunerions à la papeterie Tsubaki.

Je suis passée par l'entrée de service pour ouvrir la boutique, où j'ai vite installé des sièges pour quatre personnes. Pour Madame Barbara et Panty, les tabourets destinés aux clients venus voir l'écrivain public, et pour le Baron, la chaise en bois de mon bureau ; moi, je m'assiérais sur un coussin sur la marche du vestibule.

Je me suis dépêchée d'allumer le poêle avant de mettre de l'eau à bouillir dans la cuisine. J'ai versé une bonne quantité de *kyô-bancha* dans une grande théière que j'utilisais rarement et je l'ai apportée avec des tasses sur un plateau. Les *inari-zushi* étaient déjà disposés devant chacun. J'ai servi tout le monde dans des tasses dépareillées et nous nous sommes souhaité bon appétit. De ma boîte d'*inarizushi* montait un parfum aigre-doux.

J'ai englouti ma part. La fine enveloppe de tofu frit, fondante et imprégnée d'un bouillon à la fois sucré et piquant, était remplie de riz vinaigré un peu ferme, dont chaque grain se détachait bien.

— Je n'avais jamais mangé des *inarizushi* aussi bons, a déclaré Panty, presque au bord des larmes.

— Ah bon, tu ne connaissais pas ceux de chez Kôsen ?

— Non.

Avait-elle avalé un grain de riz de travers en parlant trop vite ? Elle s'est mise à tousser, rouge comme une tomate.

— Tiens, bois du thé.

Je lui ai tendu une tasse de *kyô-bancha*. Elle l'a vidée d'un trait, à grandes goulées.

J'ai tiré du fond de mon sac à dos les quatre mandarines que j'avais prévues pour le dessert. Si c'était pour les manger ici, j'aurais pu m'épargner de les porter, elles pesaient lourd. C'étaient des mandarines d'Ehime que j'avais trouvées chez le primeur du quartier quelques jours plus tôt.

A la fin du repas, nous avons discuté en les mangeant. J'avais hésité à finir mes *inarizushi* ; au bout du compte, j'en avais laissé un. Ma mandarine, ni sucrée ni acide, n'avait pas beaucoup de goût.

Comme le Baron insistait pour prendre un café après le repas, nous avons décidé d'aller chez Bergfeld. Je ne bois pas de café chez moi en général. Parce que quand on en prépare pour une seule personne, il n'est pas bon. Il me restait peut-être, au fond d'un placard, de ce café instantané qu'aimait Tante Sushiko, mais je ne croyais pas que le Baron accepterait d'en boire. La vaisselle attendrait mon retour ; nous avons quitté la boutique sans rien ranger.

En chemin, nous avons fait un crochet par le Kamakura-gû où nous avons tous sacrifié au rituel du jet de coupelle. Même pour moi qui étais née dans le quartier, c'était une première. On souffle sur une coupelle plate appelée *kawarake* pour y transférer les ondes négatives, puis on la jette de toutes ses forces contre des pierres. Chacun a lancé la sienne d'un air grave.

C'est Madame Barbara qui a produit le plus joli son de porcelaine brisée.

— Parfait ! Maintenant, je suis débarrassée de toutes mes ondes négatives, s'est-elle réjouie, surexcitée, les bras levés en signe de victoire.

Ainsi protégés du malheur, nous sommes passés devant le sanctuaire Egara-tenjin, avant d'avancer à la queue leu leu dans les ruelles. Au cœur de l'hiver, il n'y avait pas grand monde à Kamakura. Les passants étaient tous des gens du quartier. Le chien shiba qui marchait devant nous a levé haut la patte pour uriner contre un réverbère. La vue du jet fumant qui décrivait un arc de cercle m'a donné encore plus froid.

Pendant que nous prenions le café chez Bergfeld, le ciel s'est couvert. Il faisait nettement plus sombre dehors. La météo du jour était complètement à côté de la plaque.

— Il faisait si beau ce matin.

Nous avons tous regardé par la fenêtre. La pluie menaçait d'un instant à l'autre.

— Allons-y, nous pourrons au moins visiter le Hôkai-ji, a proposé le Baron.

Nous nous sommes tous levés.

Comme la circulation était dense, nous avons longé l'avenue des bus en file indienne, d'un bon pas. Alors que nous étions bien décidés à faire la tournée des sept divinités, nous avions surtout fait des détours. Pour l'instant, nous n'en avions encore vu qu'une seule.

— Quelle divinité y a-t-il au Hôkai-ji ? a demandé Panty.

— C'est le dieu guerrier Bishamonten, a répondu le Baron.

— Là-bas, les lespédèzes blanc sont superbes à l'automne, j'y suis souvent allée, a renchéri Madame Barbara.

Moi, je connaissais le temple de vue pour être passée devant à de nombreuses reprises, mais sans jamais l'avoir visité, principalement parce que l'entrée était payante.

J'ai sorti une pièce de mon porte-monnaie à fermoir pour payer les cent yens de la visite. A l'intérieur, le prunier devant le bâtiment principal était couvert de fleurs rouges et blanches. On aurait dit des bonbons de la fête des filles, c'était mignon. J'ai fermé les yeux et pris une grande inspiration : un léger parfum sucré a pénétré au plus profond de moi. Il avait beau faire froid, le printemps approchait pas à pas.

— C'est joli !

J'ai rouvert les yeux : Panty était à côté de moi, en train de respirer ce parfum suave, les yeux plissés. Vue de profil, sa poitrine était encore plus imposante.

Nos carnets tamponnés, nous étions en train de décider quel temple visiter ensuite quand il s'est mis à tomber quelques gouttes.

— Si nous allions jusqu'à Hachiman, déjà ? a lancé Madame Barbara.

Tout le monde était d'accord. Après tout, nous étions le 1er janvier de l'ancien calendrier. C'était un jour de fête.

Nous avons avancé en prenant garde aux cars de tourisme jusqu'au torii de l'entrée. Benzaiten, la divinité des arts, se dresse sur l'îlot du milieu de l'étang de Genji. Mais c'est un endroit que je n'aime pas tellement. Sur l'île, il y a plein de pigeons. A perte de vue, ce ne sont que pigeons blancs. Une telle nuée, pour moi, c'est de la terreur pure. Avoir peur des pigeons alors que je porte leur nom, voilà qui est bizarre, me direz-vous, mais je n'ai jamais trouvé ces oiseaux sympathiques.

J'ai craintivement marché jusqu'à la statue pour faire tamponner mon carnet. Nous avions maintenant visité trois temples dans la journée.

Sans nous concerter, sous la bruine, nous avons marché vers le sanctuaire. Sans doute chacun avait-il la même idée en tête. Le 1er janvier du calendrier actuel, jamais il ne nous serait venu à l'esprit de faire la queue pendant des heures pour nous recueillir au Hachiman, mais le 1er janvier de l'ancien calendrier, c'était possible. D'habitude, nous allions rarement jusqu'en haut des escaliers, mais en cette journée particulière, nous irions frapper dans nos mains devant le sanctuaire central.

Moi, plutôt que Hachiman et son magnifique sanctuaire, le Yuiwakamiya aux airs champêtres m'attirait davantage ; il me semblait plus protecteur aussi.

Dans les escaliers, nous sommes passés devant le ginkgo. Je savais qu'il avait été abattu par la foudre, mais le voir m'a attristée. Dans un enclos se dressaient des boutures du grand ginkgo, mais elles étaient frêles, elles semblaient si fragiles. Nous avons prié tous les quatre, côte à côte.

Dans un coin tranquille, nous avons discuté du reste de la journée.

Je n'étais pas très motivée pour continuer la tournée des sept divinités du bonheur sous un parapluie. Je me taisais, mais les autres pensaient comme moi, semblait-il. Pile au bon moment, Panty a proposé :

— Et si nous finissions un autre jour ?

On voyait bien que c'était une institutrice. Avec elle, ça filait droit.

— Eh bien, puisque le beau temps n'a pas l'air de vouloir revenir, a acquiescé le Baron.

— C'est vrai, on terminera une autre fois.

— Bien, séparons-nous ici, alors.

La promenade a pris fin en un clin d'œil. Seuls des ados ou des jeunes auraient voulu continuer à tout prix sous la pluie.

Le Baron, qui s'était refroidi, a décidé d'aller aux sources thermales d'Inamuragasaki. Panty s'est jointe à lui. Ils m'ont proposé de les accompagner, mais j'ai refusé : aller jusque là-bas, pourquoi pas, mais ensuite il faudrait revenir. Madame Barbara, pour sa part, avait une leçon de danse de salon dans la soirée.

Nous avons regardé le Baron et Panty marcher vers la gare.

— Poppo, tu rentres tout de suite ? m'a demandé Madame Barbara.

Je n'arrivais pas à m'y résigner. Rentrer sans rien faire de plus avait comme un goût d'inachevé, c'était dommage.

— Dans ce cas, tiens.

Elle m'a tendu son parapluie pliant.

— Mais, et vous ?

— Moi, j'ai mon imper, ne t'en fais pas. Et je vais demander à mon chéri de venir me chercher.

Après avoir enfilé l'imperméable sorti de son sac à dos, elle s'est mise à pianoter avec adresse sur le smartphone qu'elle gardait dans une poche. Elle a composé un numéro, un sourire enjôleur aux lèvres.

— Au revoir, alors. Merci pour aujourd'hui, ai-je brièvement dit pour ne pas perturber son appel, et je me suis éloignée.

Elle m'a fait signe au revoir en souriant.

Pour utiliser le moins possible mon parapluie, je marchais sous les grands arbres. Le flanc ouest du sanctuaire Hachiman abrite une sorte de forêt ancestrale. Prise d'une soudaine inspiration, j'ai franchi la grille du musée d'art moderne. C'était l'endroit idéal où s'abriter de la pluie.

Après avoir fait le tour des salles d'exposition, je suis allée boire une limonade au salon de thé du musée. Derrière les vastes baies vitrées s'étendait l'étang aux nénuphars, recouvert d'un voile de bruine. Venir ici me faisait toujours le même effet : comme perdue au fond d'un labyrinthe, je ne savais plus à quelle époque je vivais.

La limonade était terriblement sucrée et acide à la fois. Mais c'était un peu du gâchis de la laisser, j'ai fini mon verre en contemplant l'étang. J'étais la seule cliente. La fresque qui occupait un mur, les rideaux en dentelle vieillots, les chaises orange, tout prêtait l'oreille à mon bavardage intime.

J'ai senti quelque chose bruire en moi, s'agiter. Au début, j'ai pensé que c'était peut-être une envie d'aller aux toilettes. Mais non. Le remue-ménage n'était pas dans mon ventre, mais dans mon cœur. On aurait dit une pousse tendre perçant l'enveloppe d'une petite graine, forçant les parois de mon intimité.

Tout d'abord discret signe annonciateur, le mouvement est devenu plus net. Ce qui m'avait torturée en refusant de sortir cherchait brusquement à faire surface.

J'avais envie d'écrire. Je devais accoucher de cette envie. Ici et maintenant. C'était comme si le travail avait soudain commencé.

L'écriture du père de Seitarô se débattait, cherchait à jaillir du bout de mes doigts. C'était vraiment comme des contractions. Je ne voulais pas laisser échapper ce signal. Je brûlais de tenir un stylo entre mes doigts, et vite.

Je me suis dépêchée d'ouvrir mon sac à dos. Hélas, je n'avais pas pris de quoi écrire. C'était trop bête, justement aujourd'hui ! Je n'étais pas digne d'être écrivain public. Mais ce n'était pas le moment de se remettre en question. Pour l'instant, écrire était ma priorité.

— Excusez-moi ! ai-je soudain crié à l'employée en train de faire la vaisselle derrière le comptoir. Pourrais-je vous emprunter du papier et un stylo ? N'importe quoi fera l'affaire.

Ma véhémence avait dû l'ébranler, car elle m'a fixée, bouche bée.

— C'est tout ce que j'ai…

Hésitante, elle m'a tendu le stylo à bille qui se trouvait dans la poche de son tablier.

— Comme papier, je n'ai que les feuilles de brouillon qui servent à prendre les commandes… a-t-elle ajouté en me regardant d'un air désolé.

— Ça m'ira très bien, pourriez-vous m'en donner une, s'il vous plaît ?

J'étais pleine d'impatience. Si je perdais du temps, l'écriture du père de Seitarô risquait de retomber dans son profond sommeil.

— Si ça vous convient, il y en a encore plein, n'hésitez pas à m'en redemander.

J'ai pris le stylo et le paquet de feuilles qu'elle me tendait. Je l'ai remerciée et je suis vite retournée à ma table. Après m'être calmée, j'ai doucement saisi le stylo. J'avais une lettre d'amour à écrire, de la main gauche.

Ma petite Chi bien-aimée,

J'ai sous les yeux un superbe paysage.

De là où je suis, je te vois très bien.

C'en est fini pour moi, la vie d'équilibriste.

Alors, quand nous nous retrouverons, nous nous promènerons main dans la main autant que le cœur nous en dira, d'accord ?

J'aime te voir sourire.

Prends soin de toi jusqu'au jour de nos retrouvailles.

Ton mari qui t'aime plus que n'importe qui au monde.

— C'est tout à fait l'écriture de mon père, a dit Seitarô en me regardant dans les yeux, après quelques hochements de tête éloquents, lorsque je lui ai montré la lettre.

Moi aussi, j'en étais profondément convaincue. C'était ainsi que le père de Seitarô écrirait aujourd'hui.

あいするチーちゃんへ
ぼくは今、とてもうつくしい景色を見て居ります。
ここからは、チーちゃんのことがよーく見えます。
もう、ぼくはタマノリ人生を卒ぎょうしました。
だから、こんど会ったときは、まいにち手をつないで、
好きなだけ散策しませんか。
エガオのチーちゃんが、好きです。
また会う日まで、どうぞ元気で居て下さい。
世界でイチバン、チーちゃんを愛してるボクより

La vie d'équilibriste, c'était une image qu'il utilisait autrefois. Il voulait sûrement dire que pour lui la Terre était un ballon sur lequel il gardait aisément son équilibre. Peut-être enveloppait-il ainsi d'une note d'humour sa vie passée à courir d'un bout à l'autre de la planète.

L'austère feuille de brouillon destinée à noter les commandes était collée sur un support fabriqué à la main. J'avais entouré le texte de fleurs pressées, qui recouvraient également toute l'autre face. Par-dessus, j'avais appliqué une mince feuille de papier ciré.

Sa mère avait vécu entourée de fleurs chez elle à Yokohama, m'avait-il dit. Elle aimait les regarder.

Et puis, c'était une lettre expédiée du paradis. Le paradis, un champ de magnifiques fleurs. L'image était peut-être trop simpliste ? Mais si le père de Seitarô avait vraiment écrit depuis là-haut, il aurait fait pareil, j'en étais persuadée.

— C'est son écriture, a une nouvelle fois murmuré Seitarô après avoir longuement contemplé la lettre en silence. Mais comment avez-vous fait pour trouver toutes ces fleurs de saisons différentes ? a-t-il demandé en effleurant du doigt les fleurs séchées.

Je les avais collées en couches superposées. Il y avait même un trèfle à quatre feuilles dans le lot.

— A vrai dire, cela a peut-être bien été le plus difficile, ai-je avoué.

Au début, je pensais photocopier sur une carte postale ancienne le texte rédigé dans le salon de thé du musée d'art moderne. Cela m'aurait permis de conserver l'élan du trait, mais pas son intensité. L'impression de proximité aurait disparu. Du coup, j'avais préféré garder la feuille.

— Au printemps ou l'été, on trouve des fleurs partout, cela n'aurait posé aucun problème.

Mais là, on était au cœur de l'hiver. Les pruniers de Kamakura commençaient à fleurir ici et là, mais juste des fleurs de prunier, cela aurait été trop triste.

— Des roses, des violettes, des narcisses, des hortensias, et ça, ces petits fruits rouges, ils viennent du chloranthus ? Ce n'est pas que je m'y connaisse tellement en horticulture, a-t-il remarqué.

Pour les grosses fleurs, j'avais prélevé des pétales avec une pince à épiler, tandis que j'avais gardé les petites telles quelles ; il y avait aussi des feuilles et des fruits.

— Ces fruits sont ceux du cornouiller à fleurs, je crois.

Quelques jours après avoir écrit la lettre, je me promenais sur le chemin Dengakuzushi à la recherche de fleurs quand j'avais par hasard rencontré Panty qui y donnait une leçon en plein air. Je lui avais expliqué en quelques mots ce que je cherchais et l'après-midi même, après la classe, elle m'avait apporté un herbier constitué avec ses élèves l'année précédente. Elle ne s'en servait plus et songeait à le jeter, m'avait-elle dit, alors je pouvais utiliser toutes les fleurs que je voulais. C'était vraiment ce qu'on appelle tomber à pic.

— On croirait une boîte à bijoux, a remarqué Seitarô, un peu gêné.

En effet, les pétales multicolores disséminés à la surface de la carte ressemblaient à des pierres précieuses.

— Elles sont encore vivantes, n'est-ce pas ? a-t-il demandé en me scrutant du regard, comme pour obtenir confirmation.

— A mon avis, oui.

Même si le processus de photosynthèse était désormais stoppé, ces fleurs coupées étaient bien vivantes sous leur forme actuelle. Mourir, c'était peut-être vivre éternellement. Je n'avais cessé d'y penser, moi aussi, en préparant la carte.

— Comme mon père, a lâché Seitarô dans un murmure au terme d'un long silence.

Il m'a rapporté plus tard que cette lettre d'amour venue du paradis avait fait très plaisir à sa mère. Par la suite, peut-être apaisée, elle n'avait plus demandé à rentrer chez elle. J'ai été soulagée d'apprendre qu'elle avait gardé en permanence la lettre contre son cœur, comme un talisman.

Puis elle avait paisiblement rendu son dernier souffle. Elle était partie dans la sérénité, semblait-il.

— C'est grâce à cette lettre.

Seitarô était venu exprès à la papeterie Tsubaki pour m'annoncer la disparition de sa mère, une semaine plus tôt. Il n'y avait pas si longtemps que je lui avais remis la lettre. Cette carte calligraphiée de ma main aurait-elle hâté son départ ? J'étais inquiète. Mais d'après lui, ce n'était pas le cas.

— Je pense qu'elle était rassurée, m'a-t-il expliqué avec douceur. Jusque-là, elle arborait toujours un air dur, en colère. Mais quand elle a eu la carte entre les mains, elle a souri pour la première fois depuis longtemps. Rien que pour ça, ma sœur et moi…

Il s'est interrompu pour vite sortir un mouchoir de sa poche. Sans faire de bruit, je me suis levée et je suis allée préparer un chocolat chaud dans l'arrière-boutique. Le printemps était peut-être proche, mais à Kamakura, le froid était encore âpre.

— Tenez.

Quand je lui ai apporté un mug de chocolat brûlant, il m'attendait debout, bien droit.

— Maman est partie au paradis accompagnée de toutes les lettres de mon père.

— Vraiment ?

Vu leur nombre, le cercueil devait en être plein.

— C'est beau.

Si possible, j'aimerais moi aussi gagner le paradis ensevelie dans les lettres de quelqu'un qui m'aimait. Voilà à quoi je songeais en buvant silencieusement mon chocolat chaud, face à Seitarô.

Quelques jours avant l'adieu aux lettres, j'étais en train de briquer la stèle épistolaire à l'éponge quand soudain, un jeune homme inconnu a fait son apparition :

— Bonjour !

Des bourgeons de jacinthes sortaient de terre, pareils à un bébé phoque qui pointerait le bout de son nez. Mon interlocuteur parlait un japonais hésitant.

— Je suis Agnello et je viens d'Italie. Ma mamma m'a donné des lettres. Appelez-moi Agno, s'il vous plaît, a-t-il débité en modulant bizarrement ses phrases, comme s'il grimpait et dévalait des rues pentues.

Ensuite, il m'a tendu la main.

— Enchanté de faire votre connaissance.

Ses yeux brillaient comme l'étoile argentée au faîte du sapin de Noël. Il n'avait pas l'air méchant.

— Vous avez du temps ? Prenons un thé à l'intérieur, si vous voulez, ai-je répondu avec une drôle d'intonation. Sa façon de parler avait déteint sur moi.

— J'ai tout mon temps. Demain aussi, et après-demain, pas de problème.

Pas de problème : ça, il l'avait parfaitement prononcé.

Ensemble, nous avons regagné la boutique.

— Je vais préparer du thé.

Je l'ai fait s'asseoir avant de passer dans l'arrière-boutique. J'ignorais de quoi il retournait, mais Agno comprenait le japonais si on lui parlait lentement, et il avait sûrement ses raisons d'être venu.

— Je suis désolée, je n'ai que du *kyô-bancha*.

Tandis que je remplissais les tasses, Agno en flairait l'odeur, remuant le nez à la manière d'un chien.

— Ça sent bon. Ça sent l'Italie en hiver.

Vu de près, son nez était très long. Il avait la peau lisse et des joues de bébé.

— Tiens. Fais attention, c'est chaud.

Je ne savais pas s'il était plus âgé ou plus jeune que moi, mais j'ai décidé de faire simple, des formules alambiquées risquaient de le perdre. Sous mes yeux, Agno a bu son thé vert, l'air intrigué. La saveur paraissait le laisser perplexe.

Je me suis redressée, il m'a regardée d'un air grave. Puis il a ouvert la glissière de son sac à dos, dont il a lentement tiré un sac en papier. A ma grande surprise, ce sac occupait plus de la moitié du grand sac à dos.

— Tout ça, c'est ta mamie qui l'a écrit.

Ma mamie ? Je n'y comprenais rien.

J'avais l'impression d'être victime d'un renard farceur. Agno a repris :

— Ma mamma, japonaise. Papa italien. Ma mamma, en Italie, *penfriend* avec ta mamie. *Penfriend*, il y a un mot pour ça ?

Agno prononçait *penfriend* à toute allure et en roulant le r.

Sa mamma… Il voulait sans doute dire maman. Je frisais le fou rire à l'écouter.

Je me suis rappelé qu'il m'avait posé une question. Vite, j'ai répondu :

— Euh, un ami épistolaire ? ai-je suggéré d'une voix hésitante.

— Ah oui, c'est ça, un ami épistolaire. Epistolaire, c'est un mot difficile, j'ai du mal à m'en souvenir, a-t-il commenté.

Sans doute croyait-il prononcer épistolaire, mais ce que j'entendais, moi, c'était « pistolet, pistolet ».

— Pour résumer, ma grand-mère et ta maman étaient amies ? ai-je demandé en insistant bien sur *grand-mère* et *maman*.

L'Aînée avait eu une amie mariée avec un Italien ? Je n'en avais jamais entendu parler.

— Au début, pas amies. Mais avec la correspondance pistolet, elles sont devenues amies. Ma mamma, elle adorait ta mamie.

— Ah bon ? Je n'en savais rien. Est-ce qu'elles se sont rencontrées ?

Cette tournure faisait buter Agno. Il avait la tête de quelqu'un qui ne comprend pas.

J'ai reformulé ma question plus simplement. Il a réfléchi un peu. Puis, peut-être avait-il enfin compris, il s'est mis à parler à toute vitesse :

— Non non non. Jamais vues. Ma mamma voulait voir ta mamie. La voir quand elle était malade. Mais elle n'a pas pu. Parce que la mamma de papa aussi était malade. Alors elle n'a pas pu aller d'Italie jusqu'au Japon. La mamma de papa, elle n'est plus là.

— Je vois. Donc, elles ne se sont jamais vues mais elles ont continué à s'écrire ?

— *Sì sì sì*. Dans les lettres, elle parle beaucoup de toi, ma petite Hato. Alors, ma mamma, elle voulait te les rendre.

— C'est pas vrai ? ai-je laissé échapper.

— C'est vrai. Je suis pas un menteur.

Agno avait les larmes aux yeux.

— Oh, pardon ! Ce n'est pas ce que je voulais dire. C'est juste que je n'arrive pas à y croire, me suis-je dépêchée de préciser.

— Si tu lis ça, tu verras. Ta mamie, très gentille. Elle t'aimait.

C'était impossible. Mais, à mon corps défendant, les larmes menaçaient de me monter aux yeux.

— Je pars maintenant. Heureux de t'avoir rencontrée.

— Quoi, tu repars déjà ? Qu'est-ce que tu vas faire ?

— Je vais étudier le japonais. Je suis venu pour ça.

Là n'était pas la question, mais comme Agno avait répondu avec fierté, je n'ai pas insisté.

— Merci de m'avoir apporté les lettres. Reviens quand tu veux. La prochaine fois, je te ferai visiter Kamakura. Et si tu as besoin d'aide, appelle-moi.

— Merci beaucoup. *Grazie*.

Le sac à dos, de retour sur les épaules de son propriétaire, paraissait beaucoup plus léger.

Agno est reparti après m'avoir adressé maintes courbettes pleines de gaucherie. Sur le bureau reposaient ces lettres que l'Aînée était censée avoir écrites à son amie épistolaire en Italie.

Mais je n'étais pas encore prête à les lire.

Peut-être avais-je peur de partir à la rencontre d'une Aînée qui m'était inconnue. Alors, les lettres sont restées dans leur sachet en papier.

Etait-ce le sac d'un supermarché italien ? Il était tout simple, imprimé d'un dessin de fruits et de légumes.

C'est en fin d'après-midi que je me suis enfin résolue à les lire. Les jours avaient déjà bien rallongé. Du coup, la papeterie Tsubaki aussi fermait plus tard.

L'approche du printemps me donnait envie de faire du vélo. Est-ce que j'étais la seule ?

Je me suis dépêchée de fermer la boutique et, le sac de lettres dans le panier de ma bicyclette, j'ai pris la route. Affronter l'Aînée demandait une bonne dose de courage. A la maison, je n'y arriverais pas. Elle n'était pas le genre d'adversaire auquel je pouvais me mesurer aisément.

C'était un jour à aller chez Sahan.

Dans ce restaurant tout près de la gare, le long de la voie ferrée, la patronne préparait une cuisine pleine de douceur. Comme elle fermait dès qu'il n'y avait plus de plat du jour, j'ai pédalé de toutes mes forces pour aller plus vite.

J'ai garé ma bicyclette devant le restaurant et gravi l'étroit escalier à toute vitesse. Ouf, j'étais dans les temps. En plus, ce soir-là, c'était un menu avec du riz et de la soupe de miso. Une semaine sur deux, il y avait du pain, mais je préférais le riz, et de loin.

J'avais soif. J'ai commandé une bière avec mon menu. Ici, étrangement, je me sentais toujours apaisée. J'ai pioché un numéro d'ordre en forme de canard et je me suis assise au comptoir, face à la fenêtre qui donne sur le quai de la gare de Kamakura.

J'ai pris une gorgée de bière que j'ai avalée sans me presser. Ensuite, j'ai délicatement posé le fameux sac en papier sur mes genoux. Il était vraiment rempli à craquer de lettres. Toutes expédiées en Italie – évidemment –, elles portaient la mention « air mail » au crayon rouge et le mot ITALY encadré au crayon bleu.

Les enveloppes n'étaient pas de type occidental mais japonais, avec une ouverture étroite, le nom et l'adresse du destinataire écrits horizontalement. Certaines étaient ornées de motifs ou colorées, mais la plupart étaient des enveloppes blanches standard, doublées. Les plus anciennes, aux couleurs déjà fanées, étaient tachées par endroits.

A la réflexion, je ne me souvenais pas d'avoir vu l'Aînée utiliser les lettres de l'alphabet latin. Sans doute pour éviter toute erreur, elles étaient tracées avec beaucoup d'application.

En attendant que mon repas soit prêt, j'ai lu quelques lettres. J'ai saisi la première enveloppe qui me tombait sous la main, dont j'ai extrait les feuilles.

Soudain, la voix de l'Aînée a résonné à mes oreilles.

Buongiorno !

Je suis en train de faire cuire des patates douces à l'étuvée dans une grande marmite.

Le rhume de votre fils est-il guéri ?

Avec votre mari et votre fils enrhumés en même temps, cela n'a pas dû être facile pour vous.

A Kamakura aussi, il fait encore froid.

L'autre jour, Hatoko a mangé du fromage pour la première fois de sa vie.

Puisque j'ai appris qu'en Italie on en donne aux enfants dès leur plus jeune âge, j'ai fait de même à la maison, avec un peu de retard, j'avoue.

Le fromage, c'est plein de bonnes choses, n'est-ce pas ?

Celui à pâte persillée dont vous me parliez dans votre lettre, c'est bien du gorgonzola ?

Quand j'ai lu que vous en mangiez sur un bol de riz blanc, avec de la sauce de soja et des flocons de bonite séchée, je me suis vraiment demandé quel goût cela pouvait avoir.

J'ai eu envie d'essayer, j'en ai donc cherché au supermarché, mais en vain…

Alors, pour commencer, je me suis rabattue sur un fromage appelé camembert.

C'est bon, pas trop fort.

Je vais éduquer le palais de Hatoko, petit à petit.

Rien ne me ferait plus plaisir que de l'emmener un jour en Italie pour venir vous voir, vous et votre famille.

Elle ne va pas tarder à rentrer.

Elle aura faim, alors je lui ai préparé des patates douces à la vapeur avec du beurre.

J'ai une idée : ça doit être bon avec du fromage aussi, au lieu du beurre.

Je crois bien qu'il reste du camembert au frigo.

Désolée pour cette longue lettre pleine de futilités.

Je vais m'arrêter là.

Prenez bien soin de vous.

P.-S. :

La prochaine fois, donnez-moi votre recette préférée, s'il vous plaît.

En Italie, mangez-vous des spaghettis tous les jours ou presque ?

Je suis d'un autre temps ; j'ai tendance à servir des repas frugaux.

ボンジョルノ！
今、大きなお鍋でお芋をふかしています☒
坊やの風邪は、もう治りましたか？
ご主人と息子さん、ふたりとも風邪を引いてしまっては、
きっと静子さんも大変だったことでしょう
鎌倉も、まだまだ寒い日が続いております☒
先日、鳩子が生まれて初めてチーズを食べました
イタリアの家庭では幼い頃からチーズを食べさせると知り、
遅ればせながらわが家でも実践してみたのです
チーズは、体にとってもいいそうですね
この間の手紙で書いていらしたのは、確か、青かびの、
ゴルゴンゾーラでしたっけ？
炊きたての白いご飯に、ゴルゴンゾーラをたっぷりとのせ、
お醤油とかつぶしをかけて食べるというのを読んで、
どういうお味なのかおよそ見当もつきませんでした

自分でもやってみようとスーパーで探したのですが、
どうしても見つけることができず……
なので、まずは手始めにカマンベールというのを買ってみたのです
癖がなくて、おいしいですね
これから少しずつ、鳩子にも味を覚えさせていこうと思います
いつかの日か鳩子と共にイタリアを訪ね
静子さんやご家族のみなさまにお会いできたら、そんなに
嬉しいことはございません
もうそろそろ、鳩子が帰ってくる時間です
おなかを空かせて戻るので、おやつにふかし芋にバターを
のせて食べさせようと思います
今、ふと思ったのですが、バターではなく、チーズをのせても
おいしいかもしれませんね
冷蔵庫に、まだカマンベールの残りがあったはずです
くだらないことばかり書いていたら、今回も、ついつい長くなって

しまいました
ひとまずここで筆を置き〼
くれぐれも、お体にはお気をつけてお過ごしくださいませ

PS
今度ぜひ、静子さんお得意のお料理の作り方を、教えてください、
イタリアでは、やっぱり毎日のようにスパゲティーを食べますの？
私はどうしても古い人間なので、食卓が地味になりがちです

Quand j'ai relevé la tête, mon regard a croisé celui d'une fille qui attendait le train de la ligne Yokosuka sur le quai de la gare de Kamakura. Elle devait avoir à peu près mon âge. Il m'a semblé qu'elle me souriait timidement. Peut-être que je la connaissais ? Mais non, je ne l'avais jamais vue. Je lui ai rendu son sourire.

〼 La lettre était sans conteste de la main de l'Aînée. Cette manière de terminer ses phrases avec un carré barré d'un trait oblique au lieu d'écrire les caractères *masu*, c'était tout elle aussi. Mais il y avait un certain décalage avec l'Aînée que je connaissais. A quoi cela tenait-il ? Je n'arrivais pas à mettre le doigt dessus, c'était agaçant.

Tout de même, que l'Aînée écrive P.-S., c'était incroyable. Elle qui me rabâchait qu'il ne fallait pas écrire P.-S. mais post-scriptum en toutes lettres. Et puis, je ne me rappelais pas avoir mangé du fromage à la maison. Au retour de l'école, elle me donnait des patates douces à l'étuvée, ça, je ne risquais pas de l'oublier.

Le numéro inscrit au stylo rouge au dos de l'enveloppe semblait indiquer l'ordre des lettres. C'était sans doute non pas l'Aînée mais Shizuko, en Italie, qui les avait ajoutés.

Parfois, l'Aînée parlait longuement d'un livre qu'elle avait lu. D'autres fois, elle répondait à Shizuko qui lui demandait conseil. Le camélia avait fleuri, un bol auquel elle tenait était cassé, des pluies torrentielles avaient provoqué une crue, elle avait trouvé un serpent dans le jardin. Certaines lettres parlaient de tout et de rien, dans d'autres, elle s'inquiétait de la situation de Tante Sushiko.

J'ai fait une pause en cours de route car mon repas m'avait été servi. J'ai mangé mes rouleaux de printemps au chou chinois et à la ciboule les yeux sur le ciel, songeuse. Agno avait dit vrai. Dans la plus futile comme la plus grave des lettres, j'apparaissais toujours. Hatoko, ma petite Hato, Poppo, ma petite-fille, mon effrontée. Le nom qu'elle me donnait changeait mais j'étais toujours là.

Pour ne pas me laisser submerger par l'émotion, je me suis appliquée à avaler la nourriture sous mes yeux. J'avais bien fait de venir chez Sahan. J'ai fini ma bière d'une lampée. Mon repas terminé, j'ai continué ma lecture. La lettre suivante me concernait pleinement.

Chère Shizuko, vivre n'est pas une mince affaire. Je l'éprouve cruellement ces derniers temps. Les choses seraient peut-être différentes si j'étais sa mère. Mais je suis bien plus âgée que Hatoko et il ne me reste que peu de temps à ses côtés. Peut-être ai-je fait preuve de trop d'indulgence envers moi-même, je pensais qu'elle comprendrait, qu'elle répondrait à mes vœux. Dans mon esprit, je lui donnais une éducation, mais elle voyait cela d'un autre œil, apparemment. Elle m'a suppliée en sanglotant d'arrêter de lui voler sa vie. J'ai toujours cru agir dans son intérêt ; c'était peut-être arbitraire...

Je ne sais plus comment me comporter avec elle. La sévérité est une preuve d'affection, j'en ai toujours été convaincue. Quand je pense qu'elle en a souffert toutes ces années, cela me rend profondément malheureuse.

Arriverons-nous à nous entendre un jour ?

Actuellement, c'est inimaginable pour moi. Quant à aller ensemble en Italie, je n'ose même pas en rêver. Alors que vous avez maintenant plus de temps libre...

Pardon de n'avoir parlé que de cela. Mais je n'ai personne d'autre à qui me confier. Aujourd'hui, vivre m'était vraiment insupportable. Ecrire m'a un peu apaisée.

静子さん、生きていくって、本当に難しいことですね。私は、最近そのことを実感します。母親だったら、また違ったのかもしれません。
でも私は鳩子と歳が離れているし、もう、そんなに長くは一緒にいられないのです。鳩子ならきっとわかってくれる、答えてくれる、そんな甘えがあったのかもしれないですね。私自身は教育のつもりで、なのですが、本人にとっては違ったようです。私の人生をこれ以上奪わないでほしいと涙ながらに訴えられました。彼女のためと思ってしてきたつもりなのに、でもそれは、私のひとりよがりだったのでしょうね……。
でも、今さらどう接していいのか、わからないのです。私は厳しくすることこそが愛情だと信じてきました。そのことが、鳩子を長年にわたって苦しめてきたかと思うと、本当に心の底から情けなくなります。
いつか、あの子とわかり合える日が来るのでしょうか。
今の私には、そんなこと、想像もできないのです。一緒にイタリアに行くなんて、夢のまた夢ですね。せっかく静子さんの暮らしが落ち着かれた頃なのに……。

こんな内容になってしまって、ごめんなさい。けれど、こんなことを相談できる相手は、あなたしかいないのです。今日は、生きるのが本当に辛くなってしまいました。でもこの手紙を書くことで、少し、心が落ち着きました。

静子さん、いつもいつも助けてくださって、本当にありがとう！

心からの感謝を込めて

次回はもっと、明るくて楽しい内容の手紙を書き☒

Merci d'être toujours là pour moi !

Avec toute ma gratitude.

La prochaine fois, je parlerai de choses plus gaies.

C'était de toute évidence une lettre écrite à l'époque où je me suis révoltée.

Elle l'avait peut-être rédigée en pleurant car par endroits l'encre avait bavé. Et l'écriture était irrégulière, ça ne lui ressemblait pas, pas plus que ces pages entièrement remplies, avec de rares sauts à la ligne.

J'ai payé et quitté le restaurant. La nuit était déjà tombée. Le chemin du retour grimpait.

Est-ce que j'en voulais encore à l'Aînée ? Etait-ce pour cela que malgré sa mort, je n'arrivais pas à la pleurer ?

C'était étrange, mais je n'avais pas encore réalisé qu'elle était partie. Je m'attendais à la voir apparaître par surprise au coin de la rue.

De retour à la maison, j'ai continué ma lecture. C'était plus simple de lire les lettres dans l'ordre qui leur avait été attribué par Shizuko.

La deuxième moitié du paquet évoquait surtout nos disputes.

Je voyais l'Aînée vieillir. Elle ne semblait plus se préoccuper d'écrire proprement, son écriture était penchée et irrégulière, il y avait parfois des fautes. Son corps ne s'était pas voûté, mais sa plume s'était flétrie.

Et j'ai réalisé quelque chose qui m'a sidérée.

Je ne lui avais jamais écrit.

Elle non plus, d'ailleurs.

J'ai lu la cent treizième lettre.

Elle était rédigée d'une main très calme, sans fioritures.

Chère Shizuko, cette lettre sera peut-être la dernière.

Je vous écris depuis mon lit d'hôpital.

Sans doute ne reverrai-je jamais Hatoko.

J'ai beau le savoir, j'espère encore entendre ses pas approcher.

Je lui ai menti tout du long.

C'est moi qui l'ai privée de sa mère.

J'ai été incapable d'avoir de bonnes relations avec ma fille puis avec ma petite-fille, c'est incroyable.

C'est sans doute moi le problème.

Parce que je refusais la solitude, j'ai arraché Hatoko à ma fille.

La vérité, c'est qu'elle voulait partir avec Hatoko encore tout bébé.

Mais je ne l'ai pas laissée faire.

Pour commencer, notre boutique elle-même repose sur un mensonge.

Une lignée de calligraphes et écrivains publics… J'ai inventé cela de toutes pièces, en réalité, c'est moi qui ai ouvert la papeterie.

Mais Hatoko y a cru en toute innocence.

Nous n'avons aucune histoire familiale digne de ce nom.

C'est une histoire, un conte de fées de mon invention.

Je ne me sentais pas coupable jusqu'à ce que Hatoko se rebelle.

Mais aujourd'hui, j'aimerais m'excuser du fond du cœur.

Elle refuse même de me dire où elle se trouve exactement.

Si j'étais en forme, je la chercherais dans tout le Japon pour lui demander pardon.

J'aimerais la délier de ce sortilège, lui rendre sa liberté.

Ma mort la délivrera-t-elle ?

Pardon de vous poser cette question, cela n'a aucun sens.

La vie ne va vraiment pas comme on l'entend.

Je n'ai rien réussi.

Une vie, ça passe si vite.

C'est si bref.

Shizuko, profitez de votre existence tant que vous le pouvez et comme vous le voulez.

Il ne me reste plus beaucoup de temps.

Si dans un mois, vous n'avez pas reçu de nouvelle lettre de ma part, c'est que je ne serai plus de ce monde.

Vous êtes mon unique amie, Shizuko.

C'est étonnant que nous ne nous soyons jamais rencontrées.

Votre présence m'a si souvent soutenue.

Quand Hatoko était enfant, je rêvais de voyager avec elle en Italie quand elle serait grande.

Je rêvais d'aller vous rendre visite, à vous et votre famille, de manger de la vraie cuisine italienne et de faire le tour des petites papeteries.

Mais cela n'aura jamais été qu'un rêve.

Se montrer sans fard, c'est difficile.

C'est avec vous, que je n'ai jamais vue, que j'arrive à m'exprimer avec le plus de franchise.

L'heure de la visite du médecin arrive.

Je ne sais comment vous exprimer ce que j'éprouve.

En un mot : grazie !

Merci pour votre longue amitié.

Sous des cieux lointains, je prie pour votre bonheur et celui de votre famille.

Et c'était vraiment la dernière lettre.

J'ai retourné les feuilles de la cent treizième et ultime missive, rédigée au stylo-bille bon marché. L'écriture de l'Aînée y avait creusé des sillons et des bosses pareils à du braille.

Les yeux fermés, je les ai suivis du doigt, effleurant doucement l'envers du papier. Jamais je n'avais touché l'Aînée ainsi. Même après avoir appris qu'elle était tombée malade, je ne lui avais pas une seule fois rendu visite à l'hôpital. Je ne connaissais ni la douceur de sa peau, ni la dureté de ses os.

Ce soir-là, j'ai glissé dans mon lit la dernière lettre qu'elle avait envoyée à Shizuko et j'ai dormi avec. Parce qu'ainsi, je me sentais plus proche d'elle que si j'avais joint les mains devant l'autel

静子さん、これが、最後の手紙になってしまうかもしれません
今、私は病院にいて、病室のベッドで、この手紙を書いています
もう、鳩子には会えないでしょう
会えないと頭ではわかっているのに、それでも、もしかすると、と
足音を期待してしまいます
私は鳩子に、ずっと嘘をついていました
あの子から母親を奪ったのは、私です
私は、自分の娘とも、そしてあろうことか孫とも、
いい関係を築けませんでした
私に、問題があるのでしょう
自分がひとりになりたくないばっかりに、

娘の手から鳩子を引き離したのです
娘は、本当は赤ん坊だった鳩子を連れていこうとしたのです
でも私が、それをさせませんでした
そもそも、お店のことだって、大嘘なんです
先祖代々続いてきた代書屋だなんて、私の勝手な作り話で
実際は、私がはじめた文具店なんです
なのに鳩子は、それを素直な心で信じてくれました
この家に、語り継ぐべき歴史など、あるはずがありません
すべて、私の創造したほら話、おとぎ話なのですから
でも私はそのことに、罪悪感なんて少しもありませんでした
鳩子が反抗するまでは

でも、今は心から鳩子に謝りたい
どこにいるのかすら、詳しくは教えてもらえません
体が丈夫だったら、日本中を探し回って、謝りたいのだ
だからもう、あの子を呪縛から解き放ち、自由にしてあげたい
私が死んだら、あの子は自由になれますか？、
ごめんなさいね、そんなこと、鳩子さんに聞いても、
はじまらないのだ
人生って、本当にままならないものです
私はなにひとつなしえなかった
人生なんて、あっという間です
本当に、一瞬なのです

だから静子さん、あなたの人生を、思いっきり、思う存分、
楽しんでください
おそらく、私はもう長くは生きられません
次の手紙が、一年経っても届かなかったら、その時は
もう私がこの世にはいないものと思ってくださいね
静子さん、あなたは私の無二の親友です
まだ会ったことがないとが、不思議なくらい
私は幾度も、あなたの存在に助けられました
鳩子が小さい頃は、いつか彼女が大きくなったら、
ふたりでイタリアに行くのが夢でした
イタリアに行って、あなたやあなたのご家族に会い、

それから本場のイタリア料理を食べて、そして

小さな文具店を見て回りたかった

でも、夢のままに終わってしまいそうです

素直になる、って難しいものですね

私は、お会いしたことのないあなたに対しての方が、

ずっと正直に心のうちを語れるのですから

そろそろ、診察の時間です

この気持をどう静子さんに伝えたらいいのかわかりませんが、

とにかく、グラツィエ！

長い間お付き合いくださり、ありがとうございました

あなたとあなたのご家族のお幸せを、遠くの空よりお祈り申し上げます

bouddhique. Rien qu'une fois. Si, juste une fois, nous avions dormi ensemble dans le même lit, ma vie et la sienne auraient peut-être été différentes. Mais il ne me restait que les lettres adressées à son amie épistolaire.

Alors que, la veille encore, la météo annonçait de la bruine, le jour venu, il faisait beau. Nous étions le 3 février de l'ancien calendrier, le jour de l'adieu aux lettres.

Pour moi, c'étaient des retrouvailles au terme de plusieurs années d'absence. Dès le matin, de beaux rayons de soleil dorés tombaient du ciel.

Comme à mon habitude, j'ai mis de l'eau à bouillir, préparé du thé vert et frotté le parquet. Puis j'ai emporté un seau d'eau dans le jardin. Les maisons en bois sont nombreuses dans le quartier, si un incendie se déclarait dans l'une d'elles, il se propagerait en un clin d'œil. Donc, pour la cérémonie, il fallait préparer sans faute un seau d'eau et ne jamais s'éloigner du feu, l'Aînée me l'avait rabâché.

Les bourgeons de jacinthes qui pointaient à peine quelques jours plus tôt poussaient désormais à toute allure. Après avoir changé l'eau déposée en offrande devant la stèle épistolaire, je me suis accroupie bien en face et j'ai joint les mains.

Le jardin était laissé à l'abandon. A l'époque où Tante Sushiko tenait la boutique, elle avait retourné la terre pour y planter des légumes et des fleurs, mais depuis mon retour je ne m'en étais pas du tout occupée. Les herbes qui l'avaient envahi durant l'été avaient fané sur pied, c'était un triste spectacle.

Le courrier reçu pour la cérémonie d'adieu remplissait quatre cartons. Je les ai rassemblés près de la véranda et j'en ai sorti les lettres une à une pour en faire un monticule dans un coin du jardin.

Pour commencer, il fallait séparer les cartes postales et les enveloppes, que je vidais pour mettre le papier à lettres à part. Avec des ciseaux, j'ai découpé les timbres en prenant soin de ne pas en abîmer les dents. Parce que même oblitérés, ils peuvent encore avoir une utilité.

Si on en fait don à des associations caritatives, en séparant les timbres japonais et étrangers, ils permettent d'apporter de l'aide à des pays en développement. Quand j'étais petite, c'était à moi que revenait le soin de les découper adroitement.

Puisqu'il s'agit de lettres, on a essentiellement affaire à du papier, mais les matériaux varient tout de même un peu. Ils s'enflamment plus ou moins aisément ; on érige donc le monticule en faisant attention à ne pas concentrer au même endroit le même type de papier. On peut difficilement généraliser, mais les cartes postales illustrées, par exemple, mettent du temps à se consumer.

Pour bien faire démarrer le feu, on mélange çà et là des feuilles mortes sèches au papier. Quand le monticule atteint une certaine taille, on l'allume puis on rajoute les lettres restantes au fur et à mesure.

Je croyais me rappeler que l'Aînée utilisait une pierre à feu, mais comme je ne sais pas m'en servir et que j'ignore où elle est rangée, je me suis contentée de frotter une allumette. J'en avais une pochette, récupérée dans le bar installé dans cette ancienne succursale bancaire où m'avait emmenée le Baron, l'automne dernier.

J'ai d'abord enflammé du papier journal froissé, dont j'ai fait un brandon que j'ai glissé au cœur du tas de lettres. Mais le feu ne voulait pas prendre, il s'est vite éteint.

J'avais déjà fait plusieurs essais infructueux quand le soleil s'est montré derrière le flanc de la colline. Le paysage noyé de brume était teinté de blanc. Une bouffée de parfum suave a flotté, venue de nulle part, peut-être du camélia en fleur.

C'est vrai, ça, pour faire prendre le feu, l'Aînée faisait du vent avec un éventail, cela me revenait. Je suis allée en chercher un à l'intérieur, en passant par la véranda.

Cette fois serait la bonne, ai-je décidé, et j'ai approché une allumette d'un morceau de papier journal. Avec une branchette fourchue, je l'ai enfoncé jusqu'au milieu du tas de lettres puis j'ai remis en forme le monticule, que j'ai éventé avant que le feu s'éteigne. Un seul éventail ne produirait peut-être pas assez de vent, alors j'en avais deux, un dans chaque main, que j'agitais frénétiquement.

Mes éventails claquaient au vent, troublant cette matinée de mars.

Etait-ce parce que je l'avais éventé des deux mains ? Le monticule de lettres a laissé échapper un filet de fumée. Le feu semblait s'être propagé du papier journal à quelques lettres. La fumée s'élevait vers le ciel sans discontinuer. J'avais surmonté le premier obstacle.

Je m'étais assise sur la véranda pour observer le feu un moment en buvant une tasse de thé vert quand Madame Barbara, sur la pointe des pieds, a jeté un coup d'œil dans le jardin.

— Quelle activité de si bon matin ! Tu fais brûler des feuilles mortes ?

— On peut dire ça, ai-je éludé. Si je lui avais parlé d'emblée de l'adieu aux lettres, elle n'aurait sans doute pas compris de quoi il s'agissait.

— Ça sent bon. Tu as mis des patates douces à cuire ?

Madame Barbara humait l'air. Tout de même, il ne me serait pas venu à l'idée de faire cuire des légumes pendant la cérémonie. Mais c'était un grand classique quand on brûlait des feuilles mortes.

— Je n'en ai pas mis pour l'instant, mais pourquoi pas ? ai-je répondu en buvant mon thé à petites gorgées.

Un rossignol chantait quelque part, ses trilles encore maladroits.

— Dis, Poppo, je peux te demander un service ? a demandé Madame Barbara au bout d'un moment, d'un air un peu gêné.

— De quoi s'agit-il ?

— Tu accepterais de faire griller le gâteau à la broche que j'ai à la maison ?

Après un bref silence, j'ai répondu d'un ton enjoué :

— Bien sûr !

Je n'allais pas faire des manières sous prétexte que c'était l'adieu aux lettres, ce n'était pas si différent de feuilles mortes.

— Dans ce cas, on peut aussi mettre des *onigiri* à griller, par exemple ? Je n'ai pas encore pris mon petit-déjeuner.

— Je vous en prie. Apportez tout ce que vous voudrez.

— Comme je suis contente ! Une activité de plein air ! C'est bien comme ça qu'on dit ? J'avais envie d'essayer, juste une fois. Toi non plus, tu n'as pas encore pris ton petit-déjeuner ?

Son entrain grandissait.

— Non. Je pensais manger quand j'aurais fini.

— Eh bien, si on en profitait pour cuisiner au feu de bois ?

— C'est une bonne idée. Avec du papier aluminium, on doit pouvoir faire cuire n'importe quoi.

— Très bien. Alors, je vais apporter tout ce que j'ai chez moi. Grâce à toi, Poppo, ça va être une journée spéciale. Merci.

— Je vous en prie.

Quand je me suis retournée, elle n'était déjà plus là.

La montagne de lettres flambait juste comme il faut, la cérémonie se déroulait sans anicroche.

Madame Barbara a placé tout un tas d'aliments dans le feu, on se serait cru dans un centre d'expérimentation de la cuisine au feu de bois.

Boulettes de riz, gâteau à la broche, pommes de terre, camembert, pâté de poisson frit, baguette... Le mieux, c'était le camembert, un délice.

C'était le fruit du hasard, sans doute avait-il passé juste le temps qu'il fallait sous les braises. La croûte était moelleuse et l'intérieur crémeux à souhait. Nous avons étalé le cœur crémeux sur de la baguette et sur des *onigiri*. Mais la combinaison la plus réussie, à notre grande surprise, c'était avec le pâté de poisson frit.

— Un mariage parfait, a commenté Madame Barbara avec un grand sourire tout en tartinant dessus une bonne dose de camembert.

— Ça irait bien avec un verre de vin blanc, ai-je remarqué innocemment.

— Avec du champagne aussi, non ? a-t-elle répondu avant d'ajouter avec le plus grand sérieux : J'ai à la maison une bouteille de champagne qu'on m'a offerte à Noël. Tu en veux, Poppo ?

— Euh… maintenant ?

— Pourquoi pas, pour une fois ? Et puis c'est une demi-bouteille.

Je n'en étais pas encore revenue qu'elle était déjà là avec le champagne. J'avais beau dire, cela ne m'avait pas empêchée de préparer des coupes. Avec Madame Barbara, l'adieu aux lettres avait pris un air de fête inattendu.

Quand nous avons ouvert la bouteille, le bouchon a sauté avec un plop engageant.

— Et c'est du champagne rosé ! Vous êtes sûre de vouloir vider cette bonne bouteille avec moi ?

— C'est justement avec toi que j'ai envie de la boire.

Le champagne à la belle robe rosée scintillait dans nos verres.

— Santé !

— Que cette journée soit placée sous le signe du bonheur !

Savourer du champagne dehors sous le soleil matinal, c'était fabuleux.

— Comme c'est bon !

— Quel bonheur d'être en vie ! a lancé Madame Barbara avec un brin d'emphase.

Je continuais à alimenter le feu en ajoutant des lettres de temps à autre.

Un feu, c'est étrange. On ne se lasse jamais de le regarder. Des milliers, des centaines de milliers, des millions de mots montaient au ciel, enveloppés dans les flammes. Je les contemplais, songeuse, en mastiquant un morceau de gâteau à la broche tiède.

Je venais de vider ma coupe de champagne quand Madame Barbara m'a demandé d'une voix douce :

— Tu brûles des lettres, Poppo ?

Je ne lui avais jamais parlé de la cérémonie d'adieu.

— Oui, c'est exactement ça.

— Tout ce courrier t'était adressé ?

— Bien sûr que non. Je m'en charge pour d'autres.

Les cent treize missives envoyées par l'Aînée à Shizuko, sa correspondante en Italie, et qui m'étaient revenues, n'avaient pas encore trouvé leur place dans le tas de lettres à brûler. Après bien des hésitations, j'avais préféré les garder encore un peu ; elles étaient retournées dans le sac en papier venu d'Italie.

— Ah bon ? J'étais persuadée que c'était ton courrier. Je me disais que tu avais un succès fou.

— Pourquoi recevrais-je autant de lettres ? Personne ne m'idolâtre.

— Qu'est-ce que tu racontes ? Tu es l'idole de Kamakura.

Je ne voyais pas ce qu'elle entendait par là, alors je me suis tue.

Les flammes nous libéraient de la nécessité de parler. Elles nous invitaient à prêter l'oreille à notre voix intérieure. Le rossignol s'est remis à chanter.

Il était tellement maladroit, le pauvre petit. J'ai fini par en rire.

— Allez, je me lance, a dit Madame Barbara. Tu m'autorises à en ajouter une ?

— Vous voulez dire, une lettre ?

— Oui, a-t-elle répondu avec un hochement de tête virginal.

Elle s'est levée sans bruit et est repartie chez elle. Si j'avais bien vu, elle avait les yeux embués. Peut-être était-ce seulement la fumée qui l'irritait, mais il me semblait bien qu'elle pleurait.

En attendant son retour, une drôle de sensation m'a envahie, comme une impression de déjà-vu. Mais oui, c'était à cause du camembert. L'Aînée y avait fait allusion dans une lettre à Shizuko. Voilà pourquoi j'avais rapproché les deux scènes.

Alors que je n'avais pas su être gentille avec ma grand-mère, je dégustais du camembert en bonne entente avec Madame Barbara, dont le hasard avait fait ma voisine. L'Aînée, quant à elle, s'était ouverte avec franchise à une correspondante qu'elle n'avait jamais rencontrée. Elles se comprenaient.

Mais peut-être était-ce dans l'ordre des choses. Les personnes qui ont des atomes crochus s'entraident, et c'est ainsi qu'on trouve du soutien même quand on ne s'entend pas avec sa famille.

— Voilà ma lettre, a annoncé Madame Barbara en revenant quelques minutes plus tard, une enveloppe marron pâle délicatement tenue entre ses mains. Je l'ai toujours gardée, mais il est temps de lui rendre sa liberté. Parce que c'est sans doute la lettre la plus triste et la plus malheureuse du monde.

— Vous êtes sûre ?

— Oui. J'ai pris ma décision tout à l'heure.

Lorsqu'elle m'a tendu l'enveloppe, un instant, le contenu s'est dessiné en transparence : un morceau de papier et ce qui ressemblait à une boucle de cheveux.

— D'accord. Je vais en prendre soin.

— Merci beaucoup.

La lettre que Madame Barbara avait soigneusement gardée toutes ces années a été réduite en cendres en un rien de temps. Comme si elle n'avait attendu que ce moment.

— Ah, je me sens plus légère. Cela me pesait sans cesse ici, a-t-elle déclaré en effleurant sa poitrine de la paume de la main.

— Madame Barbara, quelle a été la période la plus heureuse de votre vie ? lui ai-je demandé, soudain intriguée.

— Maintenant, bien sûr !

C'est la réponse à laquelle je m'attendais.

— Vous avez raison, le bonheur est dans l'instant présent.

Je ne disais pas cela pour l'imiter. J'étais vraiment heureuse, du fond du cœur.

Si nous sommes voisines, Madame Barbara et moi, ce n'est sûrement pas par hasard, il doit y avoir une raison. Et si nous sommes devenues proches, c'est peut-être parce que l'Aînée, depuis le ciel, tire des fils invisibles.

J'ai si peu donné à l'Aînée.

Mais il n'est peut-être pas trop tard.

A mes côtés, Madame Barbara dégustait du camembert, gaie comme une jeune fille.

PRINTEMPS

Aujourb'hui
les tuliqes
du jarbin
ont flucri.

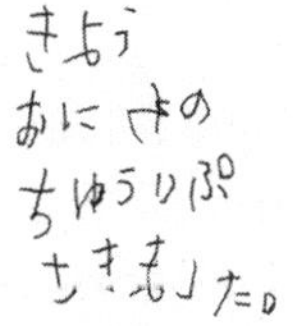

Quand j'ai ouvert la boîte aux lettres, il y avait une lettre à l'intérieur. Elle n'était pas affranchie, elle avait sûrement été déposée là par l'expéditeur.

J'ai tout de suite deviné de qui il s'agissait : QP. L'enveloppe – une feuille de papier à origami pliée sur l'envers – portait, écrit avec des crayons de plusieurs couleurs : *qour qoqo*.

A côté, en plus gros caractères que mon nom, figurait la mention *Confibentiel*.

Les p de Poppo étaient écrits en miroir et le d de Confidentiel était un b. QP, une fillette de cinq ans qui venait d'emménager dans le quartier, était la championne de l'écriture en miroir.

Impatiente, j'ai ouvert l'enveloppe devant la boîte aux lettres. Un parfum suave s'en est échappé. Le texte, en grosses lettres, s'étalait sur du papier d'emballage de chocolat.

Au verso s'alignaient de vigoureuses tulipes dessinées au marqueur rouge et vert. C'était une lettre qu'on avait envie de relire encore et encore. Chaque fois que j'y revenais, une foule de tulipes fleurissaient dans ma poitrine aussi.

J'ignorais pourquoi, mais QP n'avait pas de maman. Son père tenait un café, tout seul.

J'étais passée devant en me promenant un samedi, peu après midi, et je m'étais arrêtée pour y déjeuner. Le café venait à peine d'ouvrir, j'étais la seule cliente. La petite main qui aidait au service était QP.

QP, bien entendu, a un vrai prénom.

Mais son père l'appelle ainsi et elle-même se surnomme QP. Même sa lettre était signée QP, en miroir bien entendu. L'origine de ce surnom se devinait aisément. Elle ressemblait comme deux gouttes d'eau au baigneur de la marque Kewpie.

C'était la troisième lettre qu'elle m'écrivait. Bien sûr, je les avais toutes gardées.

J'étais tellement heureuse que je lui ai répondu dès l'après-midi, tout en surveillant la boutique.

J'ai utilisé une mini-lettre. C'est un format peu connu mais très pratique : le papier à lettres et l'enveloppe ne font qu'un, et l'affranchissement est bon marché. En plus, le timbre est déjà imprimé sur le papier.

J'ai commencé par écrire le nom de QP sur l'endroit de la feuille.

Elle habite au-dessus du café. Moi aussi j'habite à la papeterie Tsubaki, et c'est le cas pour beaucoup d'autres commerces de Kamakura où la boutique occupe une partie de la maison : on travaille là où l'on vit. C'est peut-être pour ça que la vie est douce ici.

Comme QP, j'ai écrit *Confidentiel* sur l'enveloppe.

Comment connaissait-elle cette formule qui demande que l'enveloppe soit ouverte par son destinataire et personne d'autre ? Tous ses courriers en étaient estampillés ; c'était peut-être un de ses mots favoris.

Pour qu'elle puisse les déchiffrer, à côté des caractères chinois pour *Confidentiel*, j'ai écrit en hiragana, en tout petit. Ensuite, j'ai retourné la feuille.

Tout d'abord, avec sept crayons de couleur, j'ai dessiné un grand arc-en-ciel au milieu. Quand je lui écrivais, j'avais toujours envie d'utiliser des couleurs vives.

J'ai écrit le corps du texte par petits blocs, dans les vides, comme on le fait sur une carte à offrir.

Ma chère petite QP,

Merci pour ta lettre. Elle m'a fait très plaisir. Ton dessin de tulipes était très joli !

C'est bientôt la rentrée à l'école maternelle, je crois. J'espère que tu te feras plein d'amis. Viens me rendre visite bientôt, d'accord ?

Nous pourrons lire des albums et faire des dessins ensemble.

Il fait encore frais le matin et le soir, attention à ne pas t'enrhumer. Je retournerai déjeuner au café de ton papa bientôt. J'ai envie de te revoir.

Poppo

Mes lettres à QP avaient tout de lettres d'amour. Jamais je n'aurais imaginé avoir, moi aussi, une amie épistolaire ; j'en étais ravie. Ça me donnait l'impression d'être un peu plus proche de l'Aînée.

La feuille de la mini-lettre, quand on la plie en trois, est exactement de la largeur d'une

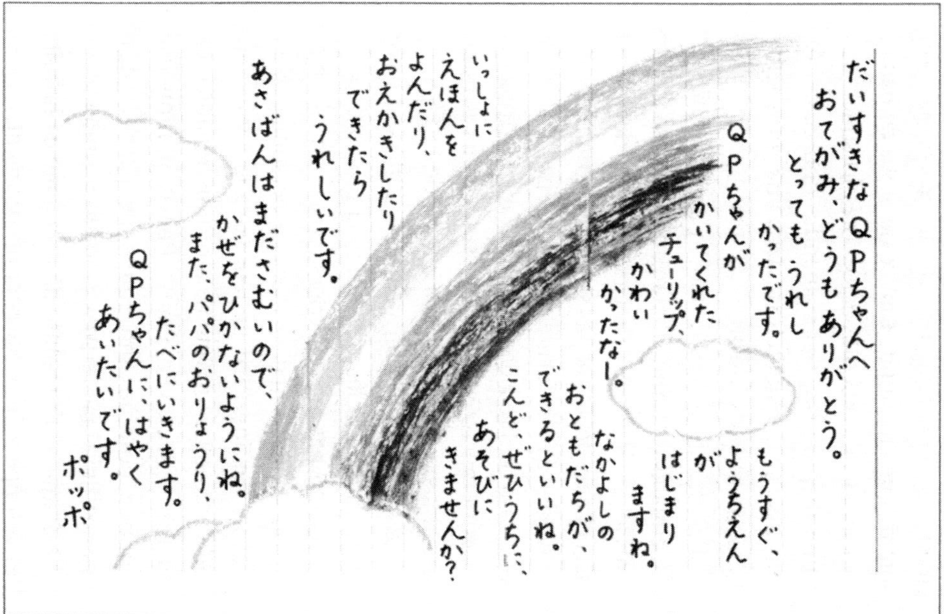
だいすきなＱＰちゃんへ
おてがみ、どうもありがとう。
とってもうれしかったです。
ＱＰちゃんがかいてくれたチューリップ、かわいかったなー。
もうすぐ、ようちえんがはじまりますね。
なかよしのおともだちが、できるといいね。
こんど、ぜひうちに、あそびにきませんか？
いっしょにえほんをよんだり、おえかきしたりできたらうれしいです。
あさばんはまださむいので、
かぜをひかないようにね。
また、パパのおりょうり、たべにいきます。
ＱＰちゃんに、はやくあいたいです。
ポッポ

enveloppe. Pour finir, on colle les trois côtés pour obtenir une enveloppe tout ce qu'il y a de banal.

J'avais déjà encollé deux côtés lorsque, prise d'une inspiration, j'ai suspendu mon geste. On peut glisser quelque chose dans une mini-lettre, du moment que c'est fin.

J'ai cherché autour de moi : j'avais de mignons autocollants en forme d'animaux. J'ai pesé la lettre après les avoir glissés à l'intérieur. C'était de justesse, mais elle ne dépassait pas vingt-cinq grammes.

Après avoir fermé l'enveloppe, j'ai collé dessus un timbre à deux yens. Avant, l'affranchissement était fixé à soixante yens, mais il fallait désormais compter avec la hausse de la TVA.

Le soir, après la fermeture, j'ai glissé l'enveloppe dans la boîte aux lettres la plus proche. Je n'y postais pas mes courriers professionnels, mais puisqu'il s'agissait d'un message personnel, pourquoi ne pas lui offrir un lent voyage ? Voir cette boîte aux lettres me rappelait immanquablement ma rencontre avec Panty. Panty, paniquée et trempée comme une soupe ce jour-là, était aujourd'hui l'une de mes précieuses amies.

Lorsque je l'ai lâchée dans la fente de la boîte, l'enveloppe a émis un léger bruissement.

Bon voyage !

J'avais l'impression qu'une partie de moi-même partait au loin. Une lettre, on se fait toujours un plaisir de l'attendre.

Pourvu qu'elle arrive à bon port !

Un matin, quelques jours plus tard.

— Dis-moi, Poppo, aurais-tu du lait condensé chez toi ?

C'était la voix de Madame Barbara. Cela faisait plusieurs jours que le printemps approchait à grands pas. Devant la boutique, les moineaux piaillaient gaiement.

— On m'a offert de belles fraises, mais je n'ai plus de lait concentré.

— Un instant, s'il vous plaît, je vais vérifier.

Je me suis dépêchée d'aller inspecter le réfrigérateur.

— J'en ai ! Je vous l'apporte tout de suite.

— Merci. Je te prépare quelques fraises en remerciement, d'accord ?

Nos conversations entre voisines étaient de plus en plus fluides. Vu des airs, c'était comme si nous vivions ensemble, sous le même toit.

Quelques minutes plus tard, nous avons fait l'échange des fraises et du lait concentré par-dessus la haie.

— Poppo, tu ne mets pas de lait condensé sur les fraises ?

— Non, je les mange écrasées avec du lait et du miel.

— Eh bien alors, je te l'emprunte sans scrupule.

— Je vous en prie.

Je ne me souvenais pas d'avoir acheté du lait concentré ; sans doute datait-il du temps de Tante Sushiko. Quand j'étais petite, il n'était pas vendu en tube, comme maintenant, mais en boîte de conserve. Avec un ouvre-boîte, on perçait deux trous dans le couvercle, par lesquels on faisait couler le contenu. A l'époque, je n'avais pas le droit de manger des gâteaux, sous prétexte que cela m'aurait donné des caries, mais le lait condensé ne m'était tout de même pas interdit.

Quand la boîte était presque vide, l'Aînée en ôtait le couvercle et la posait directement sur le poêle. Au bout d'un moment, le lait brunissait pour former du caramel. J'adorais ça.

Cette image qui me revenait brusquement m'a fait monter les larmes aux yeux. J'avais quelques très rares souvenirs agréables avec l'Aînée, sucrés comme du caramel.

Le plaisir pris à déguster de juteuses fraises de bon matin et à me réjouir de l'approche du printemps n'a guère duré. Dans l'après-midi, j'ai reçu une terrible commande d'écrivain public.

C'était une lettre de rupture qu'on me demandait de rédiger.

— Pour résumer, vous voulez mettre fin à votre relation avec la personne concernée, c'est bien ça ?

— On peut dire ça, oui, a répondu Madame X d'un ton insouciant en décalage avec le fond de sa demande.

Normalement, je commence par demander aux clients d'écrire leur nom et leur adresse, mais cette cliente-là avait placidement refusé. J'en étais donc réduite à l'appeler Madame X.

— Si possible, j'aimerais que ce soit fait d'ici demain. A vrai dire, j'aurais presque envie de lui envoyer une lettre de malédiction rédigée avec mon sang, mais bon, je m'abîmerais le bout des doigts... Elle ne le mérite pas, cette bonne femme. Je veux couper les ponts de manière irrévocable.

Rien dans son expression ne laissait deviner une rancune accumulée au fil des ans. Au contraire, la femme que j'avais sous les yeux respirait la joie de vivre.

— C'était une amie ? ai-je demandé sans avoir l'air d'y toucher, en l'observant.

Sans la moindre information, comment rédiger une lettre de rupture ?

Mais au fond de moi, j'hésitais. J'avais l'impression que je devrais refuser cette commande. Participer au bonheur des gens, c'est une fierté pour un écrivain public. Je me demandais s'il était bien nécessaire d'écrire une lettre blessante pour son destinataire.

Mais le travail, c'est le travail.

Puisque je n'exerçais pas mon activité de façon bénévole, je pouvais aussi me contenter de satisfaire Madame X, ma cliente. Ces deux points de vue contradictoires s'affrontaient bruyamment en moi.

— Si vous saviez, c'était ma meilleure amie. On nous appelait les deux sœurs. Mais plus maintenant. Je ne veux plus jamais voir sa tête. Rien que d'y repenser, je me sens mal, a-t-elle rétorqué en haussant le ton.

Dans ma tasse de thé, une fleur de cerisier ondoyait joliment. Qu'aurait fait l'Aînée dans un cas pareil ? J'avais l'impression qu'elle aurait refusé sèchement en remettant la dame à sa place, mais il me semblait aussi qu'elle aurait pu accepter froidement avant de rédiger la lettre avec détachement. Je l'ai interrogée, encore indécise :

— Vous êtes déjà parties en voyage ensemble ?

Le visage de Madame X s'est illuminé d'un coup :

— Si vous saviez, on a voyagé dans le monde entier. Parce que, honnêtement, c'était dix mille fois plus amusant avec elle qu'avec mon mari. Mais cette bonne femme, c'est une sorcière. Elle m'a menti. C'est inexcusable. Je vais donc couper les ponts à tout jamais. Je ne veux plus jamais la voir, ni avoir de ses nouvelles. Tout ce que je souhaite, c'est qu'elle me laisse en paix.

Madame X semblait très déterminée, ne montrait pas la moindre hésitation. C'était moi qui doutais.

— Vous ne regretterez pas votre lettre ? Vous en êtes sûre ?

Parce que les mots restent. Une fois que l'autre aurait lu sa lettre, plus aucun retour en arrière ne serait possible.

— Oui. Vous devez trouver ça puéril, à mon âge, de vouloir rompre avec quelqu'un, mais c'est comme ça quand on est adulte, vous savez. C'est le bon côté de l'âge. Rien ne nous oblige à fréquenter quelqu'un si on n'en a pas envie, n'est-ce pas ? Les hommes tergiversent, pèsent le pour et le contre, mais les femmes sont libres. Elles peuvent choisir elles-mêmes leurs amies. Se forcer à fréquenter quelqu'un qu'on déteste, c'est une source de tension et ça fatigue les deux parties. Voilà ce que je veux éviter. Parce que je suis adulte.

En effet, elle n'avait peut-être pas tort.

— Mais comment faire quand on n'aime pas quelqu'un qui nous aime ?

— Vous voulez dire, quand l'inclinaison n'est pas partagée ? C'est évidemment une relation condamnée d'avance, puisqu'elle ne fonctionne qu'à sens unique. Si l'un des deux se force, il arrive toujours un moment où ça déraille, où la souffrance s'installe. C'est pour ça que quand l'attirance n'est pas réciproque, il ne faut surtout pas s'engager, a assené Madame X avant de reprendre avec encore plus de véhémence : Je ne veux pas passer le reste de ma vie à me mentir. Pour moi, il y a deux types de mensonges. Ceux qu'on se fait à soi-même et ceux qu'on fait aux autres. Cette bonne femme, elle a toujours vécu en se mentant à elle-même. Et ça, à mes yeux, c'est impardonnable. Si elle me détestait, elle n'avait qu'à me le dire franchement. C'est pour ça que je vais couper net le cordon.

— Vous allez couper net ?

— Exactement. Quand on rompt, il faut le faire d'un coup, sans hésiter. Ça n'a aucun sens de garder des liens, même lâches. Parce qu'en rompant net, on souffre moins, l'un comme l'autre. Mais ce serait cruel de le faire moi-même. C'est pour cela que je fais appel à vous, une tierce personne. Vous êtes bien un écrivain public professionnel ?

L'écouter m'avait donné envie d'accepter cette commande.

— A vrai dire, j'hésitais un peu. Je me demandais si c'était bien à moi d'écrire une lettre aussi importante. Mais maintenant, je me dis que oui. Avez-vous des exigences particulières concernant la rédaction ?

Une fois ma décision prise, il ne me restait plus qu'à faire sérieusement mon travail. Je vivais de ma plume d'écrivain public. Dans ses lettres à Shizuko, son amie en Italie, l'Aînée avait laissé entendre qu'elle me rendait ma liberté, qu'elle acceptait que j'échappe à ce fardeau. Peut-être, en effet, n'étions-nous pas en réalité une grande lignée d'écrivains publics. Mais j'étais née dans le foyer d'un écrivain public, et ça, c'était une vérité incontestable. J'avais ce métier dans le sang.

— Bref, je souhaite que vous lui fassiez comprendre que ma décision est irrévocable. Je suis contente que vous acceptiez de vous en charger. Je peux bien vous le dire maintenant, vous êtes le cinquième écrivain public que je vois. Tous les autres ont refusé dès qu'ils ont entendu le mot « lettre de rupture ». Vous avez su m'écouter et je vous en suis reconnaissante. Merci.

Madame X s'est poliment inclinée devant moi. Au début, il m'avait semblé avoir affaire à une femme âgée plutôt banale. Mais cette impression avait évolué au fil de la conversation. En se mentant à elle-même, elle aurait sûrement pu continuer à fréquenter son amie. Mais cette Madame X refusait un tel mensonge. Sans doute pensait-elle que continuer cette relation mensongère ne leur apporterait rien à l'une ni à l'autre. Cela prouvait la force de leur lien, que seule une rupture brutale pouvait briser. Le seul fait de rencontrer, au cours de sa vie, une ou deux personnes avec qui on pouvait nouer une telle amitié était déjà en soi un miracle.

— Allez-y à coups de hache, s'il vous plaît, a-t-elle lancé en riant.

— Carrément à coups de hache ?

— Oui, il faudra bien ça pour nous séparer.

— Je vais faire de mon mieux !

Madame X s'était levée, elle m'a tendu la main. Tiens, c'était la première fois que je serrais la main à un client dans ce contexte. Sa poignée de main était ferme, cela m'a surprise. Puisque j'avais accepté sa commande, j'écrirais la plus belle des lettres de rupture, je me le suis juré.

Avant de partir, elle m'a laissé l'adresse et le nom de la destinataire. Quant à celui de l'expéditrice, à inscrire sur l'enveloppe, elle souhaitait que ce soit « celle qui fut ta sœur ». C'était une jolie femme, avec des fossettes aux joues quand elle souriait.

Malgré tout, il s'agissait d'une lettre de rupture. J'en avais déjà rédigé une, celle du Baron pour refuser le prêt qu'on lui demandait. Mais cela n'avait rien de comparable. Cette lettre avait pour but de mettre fin à une amitié.

Madame X partie, j'étais en train de laver sa tasse dans l'arrière-boutique quand j'ai commencé à avoir des regrets.

Avec le recul, c'était comme un envoûtement. J'avais accepté cette commande ensorcelée par ses paroles, je ne voyais pas d'autre explication. J'avais comme un mauvais pressentiment. Et si je connaissais une nouvelle panne d'inspiration… Je ne voulais pas revivre cette souffrance.

J'étais vraiment nulle d'avoir accepté sans résister une commande aussi terrible. Quelle idiote je faisais ! Je m'étais moi-même passé la corde au cou. Madame X m'avait clairement demandé de poster la lettre d'ici demain. Ça ne me laissait guère de temps.

Evidemment, la papeterie Tsubaki, plutôt calme d'ordinaire, était prise d'assaut par les clients ce jour-là, un vrai cauchemar. Même le vieux téléphone noir qui restait muet d'habitude ne cessait de sonner et les livreurs défilaient les uns après les autres.

Quand j'ai enfin pu me poser un instant, il faisait déjà sombre dehors. J'ai regardé la pendule : cinq heures et demie. Les jours avaient bien rallongé.

J'étais en train de fermer la boutique quand j'ai entendu une bicyclette s'arrêter dans mon dos. Je me suis retournée : c'était le père de QP. Le panier avant de son vélo était plein à ras bord de légumes et QP, coiffée d'un casque, occupait le siège pour enfant à l'arrière. Elle était endormie.

Il a sorti une enveloppe de la poche de son blouson.

— Bonsoir ! Ma fille a insisté pour venir poster ce courrier, mais vous nous avez pris sur le fait.

— Je vous remercie.

— Elle voulait absolument glisser elle-même l'enveloppe dans votre boîte aux lettres, mais elle s'est assoupie, a-t-il dit en lui tapotant les joues.

— Ne la réveillez pas, elle a l'air de si bien dormir.

Elle devait faire un rêve agréable, car elle avait un air heureux.

— Elle se fait une joie d'échanger des lettres avec vous. Mais ça ne vous ennuie pas qu'elle vous écrive aussi souvent ? Vous n'êtes pas obligée de lui répondre, a-t-il murmuré d'un air embarrassé.

— Pas du tout, c'est un vrai plaisir de lui écrire. Vraiment, merci de toujours venir m'apporter ses lettres.

Le père de QP ressemblait un peu à un acteur qu'on voyait parfois dans des petits rôles au cinéma ou à la télévision.

— A une prochaine fois, alors.

— Oui, je viendrai déjeuner.

Cela ne devait pas toujours être facile d'élever un enfant tout seul. Qu'était-il arrivé à sa femme ? Nous n'étions pas assez proches pour que je me permette de lui poser la question.

Il est parti, gravissant la côte à bicyclette. J'ai fait un petit signe de la main à leurs silhouettes qui s'éloignaient. J'ai jeté un regard au ciel maintenant sombre : la lune brillait. Elle me rappelait les paupières baissées de QP profondément endormie.

Incapable d'attendre, j'ai ouvert la lettre sur-le-champ. QP avait utilisé un des autocollants de pandas que je lui avais donnés la dernière fois, cela m'a fait plaisir. Etre à croquer, c'était sans doute une expression faite pour elle.

Mais l'heure n'était pas à la rêverie.

La lettre de rupture. J'avais une lettre de rupture à écrire d'ici demain. Impossible de dire « c'était trop difficile, je n'y suis pas arrivée », cela aurait été indigne d'un écrivain professionnel. Puisque j'avais accepté cette commande, je devais l'honorer, quoi qu'il m'en coûte ; j'y arriverais, quitte à me traîner par terre, à faire le poirier ou à cracher du sang.

Après avoir lu la lettre de QP, je suis rentrée et j'ai fermé la porte à clé.

J'avais eu tellement de travail dans la journée que je n'avais pas pris le temps de déjeuner. A la réflexion, je n'avais rien avalé depuis les fraises de Madame Barbara ce matin. En temps normal, je serais sortie sans hésiter, avec juste mon portefeuille à la main, mais ce soir-là, préoccupée par cette lettre à écrire, je n'avais pas envie d'aller dîner quelque part. Mais je n'arriverais pas non plus à travailler le ventre vide.

Je devais bien avoir quelque chose à me mettre sous la dent. J'ai passé en revue les placards. Si ma mémoire était bonne, un sachet de nouilles instantanées traînait quelque part. J'ai fini par le trouver et j'ai mis une casserole d'eau à chauffer. Il restait des œufs au frigo. Mais je n'avais pas de ciboule. Je cherchais un condiment à ajouter quand j'ai eu une idée. Dans le jardin, il devait y avoir du persil du Japon planté par l'Aînée.

Les nouilles instantanées, agrémentées d'un œuf battu et de persil, étaient étonnamment savoureuses. C'était peut-être grâce au filet d'huile pimentée ajouté en dernier. Comme j'avais faim, j'ai avalé toute la soupe.

J'aurais bien pris un café pour m'aiguiser les neurones, mais je n'en avais pas à la maison, alors j'ai préparé du thé vert bien fort. Je n'avais qu'une chose à faire. Je le savais. Mais j'étais incapable de me concentrer. J'ai fait la vaisselle et récuré l'évier, ce qui aurait très bien pu attendre.

L'important, pour cette commande, c'était le papier. Cette lettre avait pour objectif de couper les ponts. Elle devait donc être rédigée sur du papier solide, qui ne se déchirerait pas facilement. Pour exprimer la détermination de Madame X, je voulais du papier robuste – en exagérant, quelque chose qui survivrait même à un incendie.

C'était le parchemin qui remplissait le mieux ces critères. On le considère comme du papier mais, en réalité, à la différence du papier fabriqué à partir de fibres végétales, c'est une peau de bête très finement étirée. On croit souvent qu'il s'agit d'une peau de mouton, mais pas toujours : on utilise aussi la peau d'autres bêtes comme la chèvre, le veau, le chamois ou le porc ; entre tous, le vélin en peau de veau mort-né est le plus luxueux. Le parchemin a une longue histoire qui remonte à l'Antiquité et, jusqu'à l'apparition du papier, il était utilisé pour coucher les textes sacrés ou officiels, principalement en Europe.

Pour écrire sur du parchemin, on utilise de l'encre ferrique. C'est de la noix de galle réduite en poudre et mélangée avec des sels de fer, une mixture stabilisée avec du vin rouge ou du vinaigre, et qui remet au goût du jour l'encre du Moyen Age. Pour finir, on incorpore de la gomme arabique, pour lui donner de la consistance. L'encre fraîche paraît pâle à l'écriture, mais elle fonce avec le temps.

C'était la première fois que j'utilisais de l'encre ferrique. Puisqu'on ne peut pas s'en servir avec un stylo-plume, j'ai pris une plume d'oie à l'extrémité taillée. Jusqu'à l'apparition de la plume métallique dans la deuxième moitié du XVIIIe siècle, on a écrit à la plume d'oie pendant près d'un millénaire.

J'ai aligné sur la table le parchemin, l'encre ferrique, la plume d'oie et un crayon à papier.

Quand j'ai regardé l'heure, il était presque dix heures du soir. Si je ne m'y mettais pas bientôt, je ne finirais pas à temps. Il n'était pas question d'écrire la lettre de rupture directement sur le parchemin, je devais d'abord rédiger un brouillon au crayon à papier sur une autre feuille. Mais je n'arrivais toujours pas à me décider pour le texte.

Sans m'en rendre compte, je m'étais mise à mordre mon crayon. J'avais la bouche pleine du goût propre aux crayons à papier, une saveur froide de chocolat pas sucré. J'ai depuis toujours cette manie de mordiller un crayon quand je réfléchis.

Je rêvassais quand soudain l'envie m'a prise de relire les lettres de QP. Elles étaient aux antipodes d'une lettre de rupture. Avec celle d'aujourd'hui, j'en avais maintenant quatre. Je les ai relues dans l'ordre. Elles étaient courtes et peu nombreuses, j'ai eu vite fini. J'ai repris ma lecture depuis le début. Je fuyais purement et simplement la réalité.

Elle écrivait vraiment en miroir. La boucle du P était à gauche et le J se transformait en L. Puisqu'on appelait ça l'écriture en miroir, je me suis dit que j'allais essayer de la lire dans un miroir.

La lettre de QP à la main, je me suis dirigée vers le cabinet de toilette. J'ai allumé la lumière et, la feuille entre mes deux mains levées à hauteur de la poitrine, je me suis postée devant la glace.

popo

Jɘ t'ɐimɘ

signɘ̀ OP

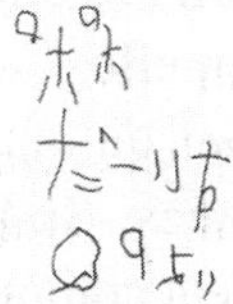

Mais oui ! Voilà ce que je devais faire.

J'ai bondi hors du cabinet de toilette pour retourner à mon bureau. J'ai pris le crayon pour écrire le syllabaire en miroir.

J'ai recommencé, encore et encore. J'ai d'abord utilisé du papier blanc et quand je me suis sentie à l'aise, j'ai essayé à la plume d'oie sur un petit morceau de parchemin. Le parchemin est précieux et chaque feuille coûte cher, je n'avais pas droit à l'erreur. En plus, je n'en avais qu'un nombre limité en stock.

La fine plume d'oie n'était pas évidente à manier. Honnêtement, c'était un peu difficile d'écrire avec. Mais je n'avais pas le choix.

Pendant que je m'entraînais à écrire en miroir, le contenu de la lettre m'est peu à peu apparu.

En écoutant Madame X aujourd'hui, je n'avais pu m'empêcher de sentir sa profonde affection pour son amie. J'avais perçu deux élans totalement contradictoires qui s'affrontaient en elle.

Ce lien qu'on appelle l'amitié les avait étroitement unies. Si Madame X n'y mettait pas un terme, leur complicité se prolongerait sans fin, par la force de l'habitude. Cette lettre de rupture était un moyen de rendre sa liberté à l'autre, je l'avais compris. A travers l'écriture en miroir, je voulais exprimer la face cachée de ce sentiment.

M'exercer à écrire à l'envers m'avait pris plus de temps que je ne l'imaginais. Les aiguilles de l'horloge indiquaient déjà plus de deux heures du matin. L'Aînée m'avait toujours répété que le diable se cachait dans les missives écrites la nuit, mais je n'avais pas le choix. Et puis, c'était une lettre de rupture : un soupçon de diablerie était peut-être le bienvenu.

Au point où j'en étais, je voulais que ma lettre soit parfaite. Le coup de hache devait être vigoureux, sans quoi le lien subsisterait.

J'ai délicatement trempé la plume d'oie dans le pot d'encre ferrique. Je savais ce que j'allais écrire.

Merci pour tous ces bons moments passés ensemble.
Je suis heureuse de t'avoir rencontrée.
J'en suis profondément reconnaissante.
Mais si nous arrêtions de nous mentir ?
Je veux garder intact le souvenir de ces moments heureux.
Ceci est une lettre de rupture.
Nous ne nous reverrons plus.
Tu sais pourquoi, n'est-ce pas ?
Ecoute ta voix intérieure.
Je t'ai aimée.
Et je t'aime encore.
Mais je te déteste.
Je te hais.
Il est trop tard pour revenir en arrière.
Vivre en accord avec soi-même est difficile.
Parfois, cela demande de mentir.
Mais je ne veux pas que tu te mentes á toi-même.
J'aimerais que tu sois sincère.
Je te le dis une dernière fois : merci.

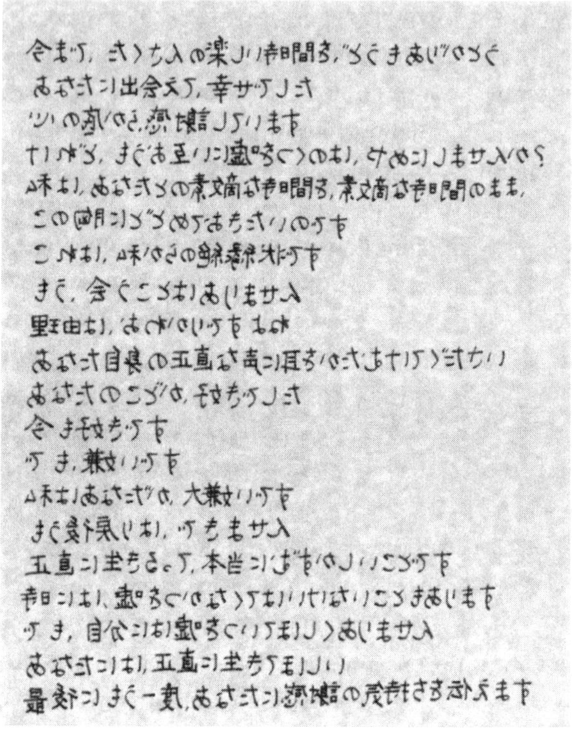

Après avoir écrit le nom de la destinataire, j'ai reposé la plume d'oie.

Les caractères étaient pâles, comme dilués dans des larmes. Mais ils fonceraient au fur et à mesure que les particules de fer contenues dans l'encre s'oxyderaient au contact de l'air. Une fois qu'ils ne pourraient plus s'assombrir davantage, ils tourneraient au marron, une couleur pleine de sérénité. Exactement comme les sentiments de Madame X, ai-je songé.

Quand j'ai baissé les yeux vers mes doigts, j'ai vu que le majeur de ma main droite, qui avait tenu la plume d'oie, était maculé de noir. J'allais prendre une douche et me nettoyer les mains, après quoi je me mettrais au lit. On était déjà presque demain.

Le lendemain matin, j'ai pris doucement la lettre de rupture installée aux premières loges de l'autel bouddhique pour la relire. Un simple coup d'œil au contenu faisait frissonner. C'était une lettre impensable. Sa destinataire risquait de la trouver dérangeante ; cela ne ferait que lui conférer plus de poids. C'était le seul moyen d'exprimer l'envers de la pensée de Madame X.

C'est devant le miroir, alors que je faisais une ultime vérification, que j'ai fini par découvrir une erreur, au tout dernier moment. Un cri m'a échappé. Ma voix était parvenue aux oreilles de Madame Barbara, apparemment, j'avais crié fort sans m'en rendre compte.

— Ça va ?

— Oui, pas de problème, ai-je répondu autant pour elle que pour moi.

A la quatrième ligne en partant de la fin, la virgule après « parfois » n'était pas en miroir. Mais il n'y avait pas de quoi s'affoler. Sur du parchemin, une erreur était facilement rattrapable, soit en grattant l'encre avec une lame, soit en la faisant disparaître avec du jus d'orange.

Comme j'avais peur de trouer la feuille en la grattant, j'ai décidé d'aller acheter du jus d'orange à la supérette. Une fois la virgule corrigée, je roulerais le parchemin pour l'envoyer.

Tout rouleau de moins de trois centimètres de diamètre et quatorze centimètres de long pouvait être posté comme une lettre ordinaire. Je l'enverrais enveloppé de papier sulfurisé, avec l'adresse sur une étiquette attachée à l'une des extrémités par du fil de fer, elle ne risquerait pas de se détacher.

J'avais fait de mon mieux, j'en étais convaincue.

Mais jamais je n'aurais imaginé recevoir une autre commande du même genre.

Cela faisait quelques minutes que j'avais ouvert la boutique, de retour du bureau de poste devant la gare où j'avais posté la lettre de rupture, quand une femme en kimono a fait son apparition à la papeterie Tsubaki. Pour commencer, elle a passé en revue les rayonnages, je pensais donc qu'elle était venue acheter des articles de papeterie. Mais au bout d'un petit moment, elle m'a annoncé d'un ton gêné qu'elle voulait me demander un service.

— Encore ? me suis-je écriée d'une drôle de voix.

Qu'on me confie un travail d'écrivain public deux jours de suite était déjà rare, mais voilà qu'en plus, cette belle femme en kimono me demandait une *lettre de rupture*.

Peut-être avait-elle appris par Madame X qu'à la papeterie Tsubaki, on rendait ce genre de service. Mais puisque celle-ci avait voulu garder l'anonymat, je pourrais difficilement en savoir plus. Après tout, il pouvait s'agir d'une simple coïncidence. Qui sait, peut-être les lettres de rupture étaient-elles à la mode, sans que j'en sache rien ?

— Avec qui souhaitez-vous rompre ? lui ai-je demandé en observant sa réaction.

Elle devait avoir une petite trentaine d'années. Son kimono la vieillissait peut-être un peu.

— Avec mon maître de thé, a-t-elle répondu d'une voix un peu nasale plutôt sexy. Le maître avec qui j'étudie depuis le lycée, et qui m'insulte aujourd'hui. C'était autrefois quelqu'un de gentil, mais son comportement est bizarre depuis un moment. Je me fais traiter de laideron, de cruche, de bonne à rien… Au début je n'ai rien dit, c'est quand même mon maître de thé, et puis j'aime bien les leçons, mais…

De sombres souvenirs lui revenaient-ils, la femme en kimono, tête baissée, s'est discrètement tamponné les yeux avec son mouchoir.

— J'ai pris sur moi, je n'y pouvais pas grand-chose si le maître était blessant. Mais après, ses calomnies ont commencé à porter sur mon mari et mon enfant. L'idée qu'il pouvait arriver quelque chose à mon fils m'a ôté le sommeil… En réalité, j'aimerais déménager loin d'ici. Mais entre le travail de mon mari et l'école du petit, ce n'est pas faisable. Et puis j'aime Kamakura, je n'ai pas envie de partir rien que pour ça. Je me suis confiée à une amie et elle a suggéré que c'était aussi un peu de ma faute. D'après elle, avec ce genre de personnes, il faut protester clairement, ne pas les laisser croire qu'on est sous leur coupe.

Après l'avoir écoutée, je lui ai demandé avec un peu de gêne :

— Ce maître de thé, est-ce un homme ?

Peut-être se sentait-il attiré par cette jolie femme en kimono, me disais-je. Cela pouvait expliquer sa jalousie envers sa famille.

— Non, c'est une femme. J'ai arrêté de suivre ses leçons pendant quelque temps. Mais alors, elle s'est mise à me harceler par mail, à me demander pourquoi je ne venais plus. Je suis au bord de la dépression. Et puis voilà qu'elle m'envoie sans raison des cadeaux luxueux. Alors je t'en supplie, Poppo, aide-moi !

Cette dernière phrase m'a fait relever la tête. Pendant quelques secondes, la belle en kimono et moi sommes restées les yeux dans les yeux. Son regard me rappelait vaguement quelqu'un.

— C'est toi, Mai ?

— Tu m'as enfin reconnue ! s'est exclamée ma cliente en kimono, autrement dit Mai.

— Mais, c'est vraiment toi ?

— Oui, c'est bien moi ! Je me demandais si tu allais me reconnaître tout de suite, j'avais le cœur battant, mais non. J'étais ennuyée, comment faire si tu ne te rendais compte de rien jusqu'à la fin ?

— Pardon !

J'étais vraiment sidérée, les mots me manquaient. Elle s'était exprimée d'une manière si posée, j'étais persuadée qu'elle était plus âgée que moi. Mai et moi, nous étions ensemble à l'école primaire ; elle m'a tendu la main quand je n'arrivais pas à me faire des amis, tellement j'étais effacée.

— Tu sais, j'ai encore le badge avec mon nom que tu avais calligraphié, m'a lancé avec une familiarité soudaine la beauté en kimono si cérémonieuse jusqu'à présent.

— Quoi ? Quel badge ?

— Tu as oublié ? Tu en avais fait pour tout le monde, a-t-elle dit en le sortant de son sac à main. Regarde !

Il portait son nom, écrit au marqueur : *Onodera Mai*.

— J'avais une écriture horrible, je n'arrivais même pas à calligraphier proprement mon nom. Du coup, quand tu l'as fait pour moi, j'étais super contente. Je rêvais d'avoir une aussi belle écriture, un jour… Je l'ai toujours gardé.

— Il a au moins vingt ans, ce badge.

— Oui, mais je l'ai précieusement conservé.

Mai a enserré avec beaucoup de tendresse le badge entre ses deux mains, qu'elle a levées à hauteur de sa poitrine. Si je me souvenais bien, à partir du collège, elle avait fréquenté un établissement privé à Yokohama.

— Comme ça, tu es mariée et tu as un enfant ?

Nous avions vécu presque autant d'années, mais sur des chemins totalement divergents.

— Mon fils va déjà à l'école.

— C'est pas vrai ?

Ce qui signifiait que moi aussi, je pourrais très bien avoir un enfant qui irait à l'école avec son cartable sur le dos.

Ce n'était pas simplement parce qu'elle avait changé que je ne l'avais pas reconnue. Lorsque j'avais vu cette jolie femme en kimono, l'idée qu'elle pourrait avoir le même âge que moi ne m'avait même pas effleuré l'esprit.

— Et alors, cette lettre de rupture ?

J'espérais un peu qu'elle avait inventé cette histoire pour me surprendre.

— Je suis venue te demander de l'écrire pour moi. L'autre jour, il y avait une réunion des anciens élèves de l'école et on a parlé de toi. Quelqu'un disait que tu étais de retour. Du coup, comme cette histoire avec mon maître de thé me tracassait, j'ai décidé de venir t'en parler. Ta famille a toujours écrit des lettres, non ?

En effet, j'avais moi aussi reçu l'annonce de la réunion des anciens élèves. Mais avec le passé qui était le mien, il n'était pas question que j'y aille, j'avais répondu par la négative.

— Très bien, je vais m'occuper de ta lettre, ai-je répondu en regardant Mai droit dans les yeux.

A l'école, elle m'était venue en aide un nombre incalculable de fois. C'était à mon tour de lui rendre la pareille.

Tout de même, comme les gens changent ! Quand nous étions écolières, Mai était si délurée qu'elle faisait parfois pleurer les garçons. Dire qu'elle était devenue une jolie jeune femme qui portait des kimonos !

— Et donc, tu prends des leçons de cérémonie du thé, c'est génial !

Mon exclamation l'a fait pouffer de rire.

— Tu sais, je t'enviais tellement, m'a-t-elle avoué un peu timidement.

— Tu rigoles ? J'étais sombre et renfermée, je n'avais pas d'amis et je ne faisais pas d'effort pour m'en faire, j'étais nulle.

— Ce n'est pas faux. Mais tu avais de bonnes manières pour une écolière et tu connaissais plein de mots compliqués. Et tu avais beau être une enfant, tu étais très distinguée, je rêvais d'être comme toi. En plus, tu écrivais drôlement bien.

— C'était bien mon seul atout.

Je n'étais bonne qu'en calligraphie, je décrochais toujours le premier prix.

— Qu'est-ce que tu racontes ? Il y avait des garçons amoureux de toi en secret.

— Mais non, ce n'est pas possible, ai-je protesté.

— Tu n'as pas changé, Poppo, je suis rassurée, a rétorqué Mai d'un ton pénétré.

J'avais forcément changé depuis l'école primaire. Mais peut-être parlait-elle de ce qui fait ce que nous sommes, ce moi immuable, quoi qu'on y fasse.

— Oh, pardon, j'ai oublié de te servir une tasse de thé.

Impressionnée par la grâce de cette jolie femme en kimono, j'avais complètement oublié le thé que je servais toujours.

— Ne t'en fais pas. Je reviendrai bientôt, de toute façon. Dis-moi plutôt, tu veux bien t'occuper de ma lettre de rupture ? J'ai essayé à plusieurs reprises de l'écrire moi-même, mais je ne sais pas comment m'y prendre.

Elle a joint les mains devant son visage en signe de supplication.

— A votre service, madame ! ai-je dit en minaudant un peu, avec une courbette.

Nous avons échangé nos coordonnées.

— Merci ! a-t-elle crié avant de repartir d'un pas vif.

Lorsqu'elle a ouvert la porte, une bourrasque s'est engouffrée dans la boutique.

— Le printemps est là, a-t-elle murmuré en flairant le vent.

Les cerisiers n'allaient pas tarder à fleurir. Le ciel avait un sourire rose tendre.

J'ai rédigé la lettre de rupture de Mai le soir même. Puisqu'elle était adressée à un maître de thé, il fallait faire preuve de la plus grande politesse. Donc, le pinceau était recommandé.

Cette lettre de rupture, je souhaitais qu'elle ressemble le plus possible à Mai.

La veille, j'avais écrit dans la souffrance, mais le texte de la lettre commandée par Mai m'est venu plutôt facilement. Grâce à la lettre de rupture de Madame X, j'avais de l'entraînement, en quelque sorte. C'est vraiment difficile à écrire, une lettre destinée à couper les ponts. Le but n'est pas de blesser le destinataire, ni de s'attirer sa rancune. C'est peut-être quand les mots d'une lettre de rupture vous viennent naturellement qu'on est un véritable écrivain public.

J'ai préparé l'encre avec soin, pour faire le vide en moi. Je l'ai dosée pour qu'elle soit de la couleur des yeux de Mai. Mai au cœur droit, toujours honnête et sincère. Mai qui parlait aux gens en les regardant dans les yeux.

Quand on y pense, on ne se voit pas en entier. On voit sans peine ses mains ou ses orteils, mais pour regarder son dos ou ses fesses, on a besoin d'un miroir. Les autres nous voient beaucoup mieux. Du coup, on a beau se visualiser de telle ou telle façon, les gens nous voient peut-être différemment. Je m'en faisais la réflexion en repensant à notre conversation de l'après-midi.

L'encre était prête, d'un noir presque de jais. C'était la couleur idéale pour exprimer la volonté de Mai. J'y ai trempé mon pinceau, laissant bien la pointe s'en imprégner.

Puis j'ai rédigé le texte d'une traite, comme transportée. Pendant ce bref laps de temps, Onodera Mai, c'était moi.

Ce matin, c'est le parfum suave des fleurs de daphné qui m'a réveillée.

Le printemps va bientôt éclore dans une profusion de fleurs.

Voilà plus de dix ans que j'étudie à vos côtés.

Au début, mon ignorance était telle que je peinais même à boire le thé correctement, et plus d'une fois je n'ai pu me relever tant mes jambes étaient engourdies par les longues heures passées assise les talons sous les fesses.

Vous avez toujours guidé avec bienveillance la novice que j'étais et, bien des fois, votre indulgence m'a sauvée.

Dans les moments de joie comme de peine, suivre vos leçons et vous rencontrer m'a apporté du réconfort ; sur le chemin du retour, j'arrivais à relever la tête, le sourire aux lèvres.

Ma rencontre avec l'univers du thé est celle qui a le plus enrichi ma vie.

Je voyais dans vos propos parfois durs une preuve d'affection, et j'y puisais du courage.

Mais il m'est dorénavant difficile de continuer à suivre vos leçons.

J'aurais aimé vous l'annoncer en personne mais hélas, je suis souffrante et ne peux me déplacer.

Pardonnez-moi, je vous en prie, mon impolitesse à vous annoncer cela par écrit.

Nous avons dégusté en famille votre récent cadeau, un sukiyaki de bœuf de Matsuzaka.

Cette viande était un véritable délice.

Mon fils, en pleine croissance, goûtait pour la première fois de sa vie à de telles saveurs.

Merci pour cette attention.

Mais, à ma grande honte, nous sommes une famille simple : un père employé, une mère au foyer et un élève de l'école primaire qui grandit à vue d'œil.

Nous ne sommes pas en mesure de vous rendre la pareille pour tous les somptueux cadeaux que vous nous envoyez et j'en suis gênée.

Je suis triste de ne plus pouvoir assister à vos leçons hebdomadaires, mais j'espère faire vivre vos enseignements partout où j'irai.

Prenez bien soin de vous.

Avec mes meilleurs vœux de santé et de bonheur.

今朝沈丁花の甘い香りで目が覚めました
もうすぐ春爛漫となりますね
お茶のお稽古をはじめてから早いもので十年以上に
なります
最初は右も左もわからずお茶をいただくのにも
苦労しました 長時間の正座に足がしびれ立ち
上がれなくなってしまったことも一度や二度では
ありません
そんな若輩者の私を絶えず温かく見守ってくださった
先生のお優しさにどれだけ救われたことでしょう
嬉しい時も辛い時もお茶のお稽古に通い先生と
お会いすることでふわりと心がほぐれ帰り道には

空を見上げて笑うことができました
お茶の世界に出会えたことが人生最大の収穫と
思っております
時には先生からの厳しいお言葉も愛情と信じて
励んできました
ですがこれ以上お稽古に通うことは難しくなってしまった
のです
本来ですとお目にかかってご挨拶しなければならないの
ですがあいにく体調を崩してしまい伺うことが
かないません
大事なことをこのような形でお伝えすることになって
しまったご無礼どうかお許しくださいませ

先日お送りいただいた松坂牛のお肉は　家族三人
すき焼きにしていただきました
さすがA5ランクのお肉ですね
食べ盛りの息子にとっては人生初の味わいだったようです
たくさんのお心遣い本当にありがとうございました
ただお恥ずかしいのですが　夫はサラリーマン　私は専業
主婦　息子は食べ盛りの小学生です
あのような贅沢なお品を次々にちょうだいしても
なにひとつ先生にお返しすることができず心苦しい
限りなのです
毎週のように通っていたお茶のお稽古にうかがえなく
なるのは淋しいことですが　お稽古で教えていただいた

学びを今後より広い世界で実践していこうと
思っております
どうかくれぐれもお体にはお気をつけてお過ごし
ください
先生がいつまでもお元気でそして幸せでありますように

A l'instant où j'ai reposé mon pinceau, un énorme soupir m'a échappé.

C'était comme un battement d'ailes, celui de Mai qui s'éloignait de son maître de thé. Je n'avais aucune certitude, mais avec cette lettre, cette femme cesserait de la harceler, me semblait-il.

Le lendemain matin, après l'avoir relue, j'ai plié la lettre. Je l'ai enveloppée dans une feuille blanche pliée en trois, les extrémités rabattues en forme de triangle, dans la tradition des missives d'antan.

Au moment de la glisser dans la feuille blanche, j'y ai ajouté une fleur d'étoile des Incas du jardin, symbole de la tristesse d'une séparation en langage des fleurs. J'ai empaqueté le tout dans une feuille du même papier, sur laquelle j'ai écrit l'adresse de la destinataire.

Pour finir, j'ai ajouté, après le nom du maître de thé, la mention *mimotoni,* « près de vous », une formule raffinée aujourd'hui tombée en désuétude mais qui autrefois était utilisée pour le courrier. Puisque la lettre était destinée à un maître de thé, il me semblait de mise de faire preuve de la plus grande politesse.

Il ne me restait plus qu'à écrire le nom et l'adresse de Mai au dos, puis à coller un timbre, et ce serait terminé.

Le timbre devait être humecté avec des larmes de chagrin pour une lettre triste, et avec des larmes de joie pour une lettre gaie. C'est ce que m'avait appris l'Aînée, je m'en souvenais. Mais je n'y arrivais pas encore. Je recourais aux quelques gouttes d'eau suspendues au bec du robinet.

— Poppo, je pourrais te demander un service ?

Je faisais une petite pause après avoir briqué le parquet comme chaque matin lorsqu'une voix est montée de chez ma voisine.

— Oui, un instant, je vous prie !

Je me suis dépêchée d'avaler les miettes du scone que je venais d'entamer, avant de vite me lever pour ouvrir la fenêtre. Dans le ciel s'étirait un magnifique nuage de traîne laissé par un avion, aussi rectiligne que s'il avait été tracé à la règle.

— Tu pourrais venir un moment, s'il te plaît ? a mystérieusement chuchoté Madame Barbara en m'invitant de la main.

J'ai abandonné sur place les chaussettes en laine que je portais par-dessus une première paire de chaussettes à cinq doigts, pour enfiler tant bien que mal mes tongs de chez Genbei. J'approchais de la haie de séparation d'un pas mal assuré quand j'ai vu arriver Madame Barbara. Elle marchait en crabe, le haut du corps raide. Se serait-elle fait un torticolis ? Je m'inquiétais quand elle a dit timidement, le rouge aux joues :

— Je suis désolée, mais tu es la seule à qui je peux demander cela.

C'était trois fois rien : elle voulait que je ferme les boutons dans le dos de son pull.

— Pardon de te déranger alors que tu es occupée, s'est-elle excusée.

— Je vous en prie, je suis libre comme l'air toute l'année, ai-je répondu en fermant les boutons un par un.

Qu'est-ce qu'il était mignon, son pull ! D'un design original, noir avec dans le dos des boutons ronds aux couleurs différentes : rouges, bleus et blancs.

— Il est joli, votre pull, quelle marque est-ce ? ai-je demandé en fermant le dernier bouton, tout en bas.

— Qu'est-ce que tu racontes, il a un demi-siècle, ce pull ! Ma mère le portait pour sortir l'hiver.

Comme il faisait vraiment démodé, j'ai changé les boutons il n'y a pas très longtemps. Tu vois le marchand de boutons en face de la coopérative ?

— Oui, je vois, mais son nom m'échappe.

— J'ai juste cousu des boutons achetés là-bas. Avant, j'arrivais à les fermer moi-même mais aujourd'hui j'ai paniqué. Je n'arrive plus à passer les bras dans mon dos !

— Ce n'est vraiment rien, n'hésitez pas à m'appeler quand vous avez besoin de mes services, ai-je dit en ôtant délicatement un cheveu tombé entre ses omoplates.

C'était un cheveu fin comme de la soie d'araignée, d'une belle couleur argentée.

— Merci ! Je te prendrai au mot, je ferai appel à toi sans hésiter, a lancé Madame Barbara d'un ton enjoué. Mais dis-moi, Poppo, as-tu quelque chose de prévu ce week-end ?

— Pas spécialement.

Il commençait à faire doux, j'envisageais d'aller à la mer pour ratisser la plage, à la recherche des trésors charriés par les vagues. Mais je pouvais très bien reporter à la semaine suivante.

— Dans ce cas, si on pique-niquait sous les cerisiers en fleur ? a-t-elle proposé.

— Un *hanami*, quelle bonne idée ! C'est vrai, ce sera bientôt la pleine floraison. Où voulez-vous aller ?

Le premier endroit qui me venait à l'esprit, c'était Dankazura. Une promenade sous les cerisiers en fleur le soir, aux premiers jours du printemps : avec l'Aînée, c'était ça, notre *hanami*. Alors que ce souvenir me revenait, Madame Barbara a dit :

— Je pensais le faire chez moi.

— Vraiment ?

— Bien entendu, chacun devra mettre la main à la pâte. Comme il est invisible d'ici, tu l'ignores sans doute, mais j'ai dans mon jardin un magnifique cerisier. J'ai envie de le montrer à tout le monde. Il est aussi vieux que moi, alors qui sait jusqu'à quand il va continuer à fleurir…

— Mais non…

— N'aie pas l'air si triste, Poppo. Chaque vie finit par toucher à son terme, un jour.

Tout de même, j'espérais bien que Madame Barbara vivrait encore longtemps. Je voulais qu'elle reste ma voisine pour toujours.

— Je me fais une joie de ce *hanami*, ai-je répondu.

— Je te comprends, quand on voit toutes ces fleurs, on est heureux d'être en vie. Tu amèneras plein d'amis, d'accord ?

— On va être si nombreux que ça ? Mais moi, je n'ai pas tellement d'amis.

Pour tout dire, ma meilleure amie était Madame Barbara, que j'avais sous les yeux.

Je retire ce que j'ai dit. Parce que les amis, ce n'est pas le nombre qui compte, mais la qualité. Alors, s'il y a des gens avec qui tu as envie de partager ce pique-nique, n'hésite pas à les inviter, a-t-elle insisté.

La première personne qui s'est présentée à mon esprit était QP.

— Merci.

— Autrefois, quand il s'agissait d'aller pique-niquer sous les cerisiers en fleur, j'étais partante pour aller loin, mais ces derniers temps, je préfère le faire chez moi. Parce que mon cerisier est le plus beau. Ce sera à vous de vous déplacer et j'en suis désolée, mais j'espère que vous accéderez au caprice d'une vieille femme.

— Vous n'êtes certainement pas une vieille femme, Madame Barbara ! ai-je rétorqué.

— Merci, Poppo, tu es gentille.

Elle a eu un doux sourire. Vraiment, j'aurais pu le jurer devant les dieux et le Bouddha, jamais je ne l'avais considérée comme une vieille femme. Au contraire, je l'enviais d'être plus jeune que moi dans sa tête.

— Panty a proposé de s'occuper de l'organisation, laissons-la faire, a-t-elle repris.

— Oui, elle est efficace même si elle n'en a pas l'air.

— Exactement, et c'est ce qui fait tout son charme.

J'ai levé le visage vers le ciel, le nuage laissé par l'avion s'était dissipé.

— Bon, je vais vous laisser, il faut que j'aille ouvrir la boutique.

— D'accord. Et si je me faisais conduire au Costco de Yokohama ? J'irais acheter des assiettes et tout ce qu'il faut pour le *hanami*.

— A Costco ?

L'association entre Madame Barbara et Costco était quelque peu surprenante.

— Oui, c'est tout près en voiture. Par contre, c'est dangereux parce que je finis toujours par acheter tout un tas de choses inutiles, a-t-elle lancé en repartant vers chez elle.

Dans son dos luisaient, à intervalles réguliers, les boutons rouges, bleus et blancs.

Pif, paf, et encore paf.

Tôt ce dimanche matin, des claquements sonores emplissaient la cuisine.

— Poppo, plus fort ! Mets-y tout ce qui te pèse sur le cœur ! m'a ordonné Panty.

— C'est quoi, le pèse sur le cœur ? a innocemment interrogé QP, harnachée d'un tablier.

Mais je n'avais pas le temps de le lui expliquer.

Le plat d'honneur du *hanami* serait du pain, avions-nous décidé. Quand je lui en avais parlé, QP avait voulu participer et nous étions maintenant rassemblées dans la cuisine de la maison Amemiya. Faire du pain, c'était une première pour elle comme pour moi.

— La saveur du pain dépend en grande partie de l'énergie qu'on met à pétrir la pâte. Alors, concentrez-vous.

A la base, ce n'était que de la farine et de l'eau, mais la masse que j'avais sous les yeux, ce n'était pas de la farine ni de l'eau, c'était une boule élastique.

— On dirait un être vivant, a remarqué QP.

— Et bien vivant ! a dit Panty en approchant son visage tout près de celui de la fillette.

C'était la première fois qu'elles se rencontraient, toutes les deux, mais elles bavardaient comme de vieilles connaissances.

Au bout d'un quart d'heure passé à batailler, pantelante, avec la pâte à pain, Panty m'a enfin donné son feu vert. Moi qui ne faisais pratiquement jamais d'exercice, j'avais les bras et les reins en compote.

— Faire du pain, c'est du sport, ai-je murmuré, à bout de souffle.

— Dis donc, Poppo, tu es plus jeune que moi, allez !

Panty m'a assené une tape dans le dos.

— Oh là là, Poppo ! a renchéri QP sur le même ton.

Je n'imaginais pas que c'était aussi physique, le pétrissage.

Il fallait maintenant laisser reposer la pâte jusqu'à ce qu'elle double de volume.

En attendant, nous avons pris le petit-déjeuner offert par le père de QP. Alors qu'il aurait pu se contenter d'apporter la part de sa fille, il avait eu la gentillesse de préparer un petit-déjeuner pour trois, qu'il avait livré le matin même en amenant la fillette.

— Oh ! Des sandrichs ! s'est écriée Panty dès qu'elle a ouvert le paquet enveloppé de papier d'aluminium.

— Hein ? Des quoi ?

J'ai cru avoir mal entendu.

— Comment ça, Poppo, tu ne connais pas les sandrichs *onigirazu* ? Ça a un succès fou en ce moment, a dit Panty, et QP a renchéri joyeusement :

— Poppo ne connaît pas les sandrichs !

— Je ne me tiens pas tellement au courant des tendances. C'est si connu que ça ? ai-je demandé.

Elles m'ont répondu d'y goûter d'abord. Ce que nous avions sous les yeux, c'étaient des *onigiri* rectangulaires, ou des sandwichs faits avec du riz, bref, quelque chose qui aurait pu déjà exister mais était nouveau.

J'en ai attrapé un à deux mains et j'ai croqué dedans : il était fourré à l'œuf et à la viande hachée sautés.

La bouchée suivante était au confit d'algue *konbu*. A côté, des feuilles de colza assaisonnées à la sauce de soja avec des morceaux de pâte de poisson frite. Il y avait aussi de fines lamelles de *takuwan*, du daikon mariné qui croquait sous la dent.

— C'est délicieux ! Et on profite de plein de saveurs en une seule fois ! me suis-je exclamée, stupéfaite.

— Puisque je te dis que le sandrich, c'est l'invention du siècle !

Panty s'exprimait avec autant de fierté que si c'était elle qui l'avait inventé.

— Avec le sandrich, pas besoin de baguettes, et surtout, les enfants arrivent à manger proprement sans s'en mettre partout. Pour les sorties scolaires, il n'y a pas mieux.

QP devait adorer ça car depuis tout à l'heure, elle mangeait en silence, sans prendre part à la conversation. Avec une boulette de riz normale, on n'avait pas le plaisir de goûter à tant de saveurs différentes. Et quand on avait fini, c'était rangé en un tour de main.

Après le repas, nous buvions tranquillement une infusion de kumquat au miel quand QP a montré du doigt l'autel bouddhique en demandant :

— C'est qui, ça ?

— L'une est l'Aînée et l'autre ma tante Sushiko, lui ai-je expliqué.

QP a enchaîné avec une autre question :

— C'est qui, l'Aînée ?

— Euh… c'est ma grand-mère.

— Et ta maman ?

— Je n'ai pas de maman.

— Elle est partie au ciel ?

— Eh bien, comme je ne l'ai jamais vue, je ne sais pas, mais je pense qu'elle n'y est pas encore. Et ta maman à toi ?

Poser la question maintenant me paraissait naturel.

Panty s'est levée sans bruit pour aller laver les saladiers et les cuillères entassés dans l'évier, peut-être par égard pour QP et moi.

— Ma môman, elle est au ciel, a annoncé la fillette, avant d'ajouter : Quand je suis triste, je me serre fort comme ça en disant « serré serré ».

De ses bras croisés, elle a enlacé son propre corps. Elle avait les yeux fermés, les paupières serrées fort.

— Essaie toi aussi, Poppo, m'a-t-elle proposé, les yeux toujours fermés.

Moi aussi, je me suis serrée fort dans mes bras en disant, comme elle, « Serré serré ».

Ma mère m'avait eue alors qu'elle n'avait pas encore vingt ans.

C'était Tante Sushiko qui me l'avait appris, en cachette de l'Aînée. Ma mère et ma grand-mère s'étaient toujours entendues comme chien et chat. Du plus loin que je me souvienne, il n'y avait pas une seule photo d'elle dans la maison.

Comme je ne l'avais pas connue, elle ne me manquait pas. Je n'avais même jamais eu envie de la rencontrer. Mais si elle était encore en vie, peut-être ferais-je sa connaissance un jour.

— C'est bon, tu peux arrêter. Tu ne te sens plus triste, hein ?

En entendant QP, j'ai doucement rouvert les yeux. La fillette a tendu la main vers moi et m'a caressé la tête à plusieurs reprises. C'était une caresse très douce, comme celle d'une mère à sa fille.

Quand sa môman lui manquait, QP surmontait-elle toujours sa tristesse ainsi ? Je l'aurais bien prise dans mes bras quand j'étais à ses côtés, mais c'était sans doute deux choses différentes. De toute évidence, la tendresse de sa môman avait quelque chose d'unique.

La vaisselle terminée, Panty a annoncé qu'avec le reste de farine, elle allait faire des pancakes. Et moi, je m'occuperais de la crème chantilly et du bacon à servir en accompagnement.

Main dans la main, QP et moi sommes parties faire les courses. Nous avons pris le bus devant le Kamakura-gû, jusqu'à l'avant-dernier arrêt avant la gare, pour aller au supermarché Union sur l'avenue Wakamiya-ôji, le plus proche de chez moi.

J'ai demandé à QP si elle voulait quelque chose, mais non, ce qu'elle voulait, c'était vite rentrer. Elle m'a pris la main pour m'entraîner vers la sortie. Je me suis dépêchée d'attraper de la crème fraîche et du bacon et de payer.

Le bus du retour est arrivé pile au bon moment, c'était une chance. Il commençait à faire doux et les touristes se faisaient progressivement plus nombreux à Kamakura.

Quand nous sommes rentrées, la pâte à pain avait pas mal levé.

— Quand la pâte se repose, elle ronfle, des fois ? a demandé QP.

— Elle ronflait fort tout à l'heure, a répondu Panty sans ciller.

Je l'ai effleurée de la paume de la main : elle avait la tiédeur de la peau. Comme il valait mieux la laisser reposer encore un peu, je l'ai à nouveau délicatement recouverte d'un linge humide.

— Bonne nuit ! Dors bien, ai-je à mon tour chuchoté à la pâte à pain vivante.

Tandis que la pâte reposait, QP et moi avons préparé la crème chantilly. Dans un saladier refroidi avec des glaçons, on bat la crème à toute vitesse au fouet, encore une manœuvre qui demande de la force physique.

Pendant ce temps, Panty a fait cuire toute une série de pancakes. Fins et irréguliers, ils étaient visiblement faits maison, ce qui les rendait encore plus appétissants. C'est alors que la voix de Madame Barbara a retenti :

— Bonjour !

Panty, qui ne s'attendait sûrement pas à entendre cette voix, était pétrifiée, sa spatule à la main.

— Bonjour ! a crié QP à sa place.

Madame Barbara et elle n'avaient pas encore fait connaissance.

— Oh, quelle jolie petite voix !

Madame Barbara a tout de suite réagi à la présence de la fillette.

— Bonjour ! Nous sommes en train de préparer des pancakes, ai-je expliqué.

— Il a l'air de vouloir faire beau, tant mieux !

Panty s'était enfin manifestée.

— Vous n'avez pas besoin que je vous aide ? a demandé Madame Barbara.

— Tout va bien, ne vous faites pas de souci, a répondu Panty avec entrain.

— Alors, je vous attends à midi, comme prévu.

— D'accord ! ai-je lancé.

QP, qui nous écoutait, m'a dit à l'oreille, d'un air pénétré :

— C'est ta voisine ?

— Oui, c'est une voisine avec qui je m'entends très bien, elle s'appelle Madame Barbara. Je te la présenterai après, d'accord ?

Si mon amie la plus âgée était Madame Barbara, la plus jeune, c'était QP.

J'ai regardé l'heure. Il nous restait moins de deux heures avant le début du pique-nique.

La pâte à pain, quand elle avait levé, devait être débullée et remise à reposer un peu avant d'être façonnée et cuite.

Du four est sorti un énorme pain de campagne bien doré. L'entaille en forme de croix au centre, QP et moi l'avions faite ensemble, avec un couteau.

A partir de onze heures, il a commencé à y avoir du remue-ménage autour de la maison et, à onze heures et demie, il y avait déjà pas mal de monde. Lorsque nous avons transporté le pain, la crème chantilly, le bacon et le reste chez Madame Barbara, par-dessus la haie du jardin, le Baron avait pris la direction des opérations et faisait installer des coussins tout le long de la véranda. Je ne l'avais pas revu depuis notre tournée des sept divinités du bonheur de Kamakura au jour de l'An.

Chacun avait apporté quelque chose et sur la table, les victuailles s'alignaient en rangs serrés. Outre les grands classiques – croquettes panées et yakitoris de chez Toriichi, rosbif de la boucherie Hagiwara, saucisses de chez Bergfeld –, il y avait aussi du poisson à foison : du maquereau mariné, des sushis de chinchard et des alevins de sardine bouillis. Pour le dessert, il y avait des spécialités de Kamakura, du *fu-manjû* de chez Fuhan et de la gelée *agari-yôkan* de chez Matsukadô.

Nous étions une douzaine d'habitants de Kamakura et la glace a été vite rompue. Au fil de la conversation, on se découvre toujours des connaissances communes, c'est ça, Kamakura.

J'ai entraîné QP par la main et nous avons pris place sur des coussins. Pour commencer, nous avons trinqué à la Yorocco – une bière brassée à

Zushi – pour moi, et à la limonade chaude préparée par Madame Barbara pour QP.

Comme il était imposant, cet arbre ! C'était un magnifique cerisier pleureur, on aurait dit que des fils de lumière tombaient du ciel.

QP le contemplait elle aussi, le regard grave.

— Quel âge a-t-il ? ai-je demandé à Madame Barbara.

— Mon père l'a planté pour fêter ma naissance, paraît-il. Donc, nous avons le même âge, lui et moi, m'a-t-elle répondu, un doux sourire aux lèvres.

Ces fleurs de cerisier, c'était elle, en quelque sorte : distinguées et élégantes, on se sentait en paix à leur côté.

Dans l'air printanier encore un peu frais, j'ai savouré ma bière, les yeux rivés sur l'arbre.

A mieux y regarder, toutes les fleurs n'étaient pas de la même couleur, elles étaient plus ou moins foncées. Certaines étaient encore en bouton tandis que d'autres avaient déjà perdu leurs pétales. Chacune s'épanouissait à son propre rythme.

Les fleurs n'étaient pas le seul attrait de ce cerisier. Son tronc noir et noueux, ses branches semblables à de fines cordes, les feuilles qui commençaient à pointer çà et là, tout était beau. J'avais l'impression que si je lui ouvrais mon cœur, l'arbre s'ouvrirait aussi à moi. Je m'approcherais de lui et je l'enlacerais tendrement de mes bras.

Au printemps dernier, j'étais aussi à Kamakura. Mais je n'étais pas en état d'admirer les cerisiers en fleur, loin de là. Aujourd'hui j'étais ici, à partager un *hanami* avec mes voisins. Ce petit rien me rendait heureuse.

Je contemplais le cerisier, la tête dans les nuages, quand le vieux monsieur distingué assis à côté de moi m'a proposé du vin blanc.

— C'est un riesling d'Alsace, un vin biologique très spécial.

Ce vieil homme dont les paroles coulaient comme les eaux majestueuses d'un fleuve, était-ce l'amoureux de Madame Barbara ? J'ai avalé ma dernière gorgée de bière et il a rempli mon verre.

Tout en savourant les saveurs riches du vin blanc, son parfum de fût, j'ai goûté aux nombreux plats. Les croquettes panées de chez Toriichi étaient à la viande de poulet et non de porc. On en mangeait souvent chez les Amemiya, quand l'Aînée était trop occupée pour préparer le dîner.

Notre pain maison était délicieux. Salé juste comme il faut, il était si savoureux qu'il n'avait pas besoin de beurre ni de confiture.

Le pique-nique battait son plein lorsque Panty a pris la parole :

— Chers amis, puisque nous sommes réunis, profitons-en. Chacun va se présenter à tour de rôle en quelques mots, pour dire dans quel quartier il habite et ce qu'il fait dans la vie.

Comme on a commencé par sa gauche, mon tour est très vite arrivé. Un peu nerveuse, je me suis levée pour me présenter :

— Je suis la voisine de Madame Barbara, Amemiya Hatoko de la papeterie Tsubaki. Je suis née et j'ai grandi à Kamakura, mais jusqu'à l'année dernière je voyageais à l'étranger. En plus de tenir la papeterie, je suis aussi écrivain public. N'hésitez pas à venir me trouver si nécessaire. Merci.

Normalement, je n'aime pas me présenter mais, l'alcool aidant peut-être, les mots m'étaient venus sans trop de mal. Après moi, c'était au tour de QP.

— J'ai emménagé à Kamakura avec mon papa. J'ai cinq ans. Mon plat préféré, c'est l'œuf dur à la mayonnaise. Merci !

Sans la moindre trace de timidité, elle s'était parfaitement présentée, pleine d'assurance. Tout le monde l'a applaudie bien fort.

C'est quelques minutes plus tard, quand est arrivé le tour de Panty, qu'a retenti un tohu-bohu d'acclamations.

Après avoir expliqué, entre autres, qu'elle enseignait dans une école primaire, elle a soudain fait une annonce :

— Au fait, je vais bientôt me marier !

Immédiatement, elle a enchaîné :

— Et voici mon futur mari, là-bas !

C'était incroyable, mais elle montrait du doigt le Baron.

Après un bref silence, un tonnerre de félicitations a retenti.

Le Baron rougissait à vue d'œil. Devant ce couple inattendu, je me suis demandé si ce n'était pas une plaisanterie. Un poisson d'avril, peut-être ? Mais non, à voir leur expression, ce n'était pas le cas.

Une fois que tout le monde a eu fini de se présenter, je me suis approchée de Panty pour lui souffler :

— Félicitations !

J'avais une tonne de questions à lui poser, mais d'abord je lui ai présenté mes vœux de bonheur.

— Merci ! Je te dois une fière chandelle, Poppo !

— Pourquoi ? Je n'ai rien fait.

— Mais si, ce fameux jour, c'est parce que j'ai pu récupérer ma lettre que ma vie a changé. Si elle était arrivée entre les mains de son destinataire, je ne sais pas ce que je serais devenue. J'aurais peut-être fini par épouser un homme que je n'aimais pas.

Panty ne buvait pas une goutte d'alcool, a priori, mais elle avait l'air un peu soûle, allez savoir pourquoi.

— Oui… Mais le Baron, quelle surprise ! Je ne m'étais aperçue de rien. Depuis quand êtes-vous ensemble ?

J'avais le cœur battant, moi aussi. Ça faisait longtemps que je n'avais pas parlé d'amour.

— Tu te souviens de la tournée des sept divinités ? Ce jour-là, à cause de la pluie, on s'est séparés devant le sanctuaire Hachiman. C'est un peu après ça que c'est arrivé. Mais le tout début, c'est quand je t'ai rencontrée au bar.

— Au bar ?

J'étais perdue, ça ne me rappelait rien.

— Tu sais, le jour où il avait tellement plu à l'approche d'un typhon. Tu étais venue au bar avec des bottes en caoutchouc.

— Ah oui, je m'en souviens. C'est vrai, ce jour-là j'étais avec le Baron.

— C'est ça. Moi, je trouvais que l'homme qui t'accompagnait était vraiment bien, ça m'avait rendue un peu jalouse.

— Ah bon ! Le jour de la tournée des sept divinités, c'était donc la deuxième fois que tu le voyais. Après, vous êtes allés ensemble aux sources thermales d'Inamuragasaki, non ?

— Si ! En cours de route, on a parlé d'un tas de choses. Et avant de pouvoir dire ouf, j'étais tombée amoureuse. On dirait bien que j'ai un faible pour les hommes forts !

— Alors, c'est toi qui as fait le premier pas ? ai-je demandé, et Panty a acquiescé, les yeux brillants comme une jeune fille.

— Poppo, la vie nous réserve bien des surprises ! a-t-elle commenté d'un air convaincu.

C'était vrai. Inversement, si on pouvait tout prévoir, ça manquerait de piquant.

— Quoi qu'il en soit, reçois tous mes vœux de bonheur.

J'avais encore du mal à imaginer Panty et le Baron mariés, mais peut-être formeraient-ils un couple bien assorti. Il était beaucoup plus âgé qu'elle et il avait déjà été marié autrefois, ils buteraient sans doute sur tout un tas d'obstacles. Mais il n'y a pas de plus grand bonheur que de rencontrer l'être aimé et de vivre avec lui.

— C'était un beau *hanami*, n'est-ce pas ? ai-je lancé à Madame Barbara pendant que nous rangions en fin de journée.

Presque tout le monde était parti. QP, peut-être fatiguée d'être entourée d'adultes, s'était endormie sur un coussin. Nous triions les déchets et rassemblions la vaisselle sale sans faire de bruit pour ne pas la réveiller.

— A mon âge, chaque journée est une aventure, avec son lot d'événements passionnants, a murmuré Madame Barbara comme pour elle-même tandis qu'elle collectait les baguettes jetables usagées.

— C'était une journée fabuleuse, à boire du bon vin en admirant un magnifique cerisier !

Je me sentais comme enveloppée dans un voile rose pâle tout brillant.

Nous avions devant nous le cerisier pleureur en fleur. La nuit commençait à tomber, imperceptiblement. Le ciel, tout en vaporeuses strates de rose et de bleu nuit, avait les couleurs d'un cocktail de luxe.

— Ces derniers temps, je ne sais pas pourquoi, trop de bonheur me rend triste, a dit Madame Barbara.

— Aujourd'hui, j'étais vraiment contente d'être née à Kamakura. Et je suis heureuse de vous avoir pour voisine. Merci.

En temps normal, on n'a pas toujours l'occasion de formuler la gratitude qu'on éprouve, c'était une bonne occasion.

— Moi aussi, je suis ravie d'avoir pu me faire une jeune amie comme toi.

Au même moment, une bourrasque venue de la montagne a secoué les branches du cerisier pleureur. C'était comme le doigt de Dieu qui déposerait une douce caresse sur ma joue.

C'est environ deux semaines plus tard que j'ai été invitée à une sortie en amoureux.

— J'aimerais vous demander un service.

Le père de QP m'avait sollicitée d'un air grave. Sur le coup, je me suis demandé ce qu'il voulait. C'était un samedi après-midi, j'étais allée chez lui prendre un déjeuner tardif après avoir fermé la papeterie Tsubaki.

— J'aimerais que vous m'accompagniez pour une mission de reconnaissance, a-t-il dit en sortant la monnaie de la caisse.

— Une mission de reconnaissance ?

La formule était inattendue.

— C'est un peu gênant… J'aimerais savoir quel genre de curry on sert ailleurs. Mais tout seul, j'ai du mal à pousser la porte des endroits un peu chics. Du coup, je me demandais si vous accepteriez de m'accompagner pour ces missions de reconnaissance… A Kamakura, il y a pas mal de restaurants spécialisés dans le curry, n'est-ce pas ? Moi aussi, je songe à miser sur ce plat.

En effet, ce jour-là encore, j'étais la seule cliente. C'était sans doute en partie une question d'emplacement. Mais ce café tel qu'il était n'avait pas d'avenir.

— D'accord. On va écumer les restaurants de curry de Kamakura pour disséquer leur carte. Ensuite, vous pourrez préparer le meilleur de tous les currys !

Un an plus tôt, j'aurais sans doute refusé, par timidité. J'avais déjà du mal avec mon propre commerce, je n'aurais pas pu l'aider. Mais plus maintenant. J'aurais peiné à expliquer concrètement ce qui avait changé, mais c'était un fait.

— Merci ! Vous m'ôtez une épine du pied.

Il s'est incliné devant moi.

— C'est chouette, hein, papa ! Tu vas pouvoir sortir en amoureux avec Poppo !

QP, qui nous avait écoutés, cachée derrière la caisse, se réjouissait pour son père.

— Ce n'est pas une sortie en amoureux !

Il avait beau essayer de lui faire entendre raison, la fillette ne voulait pas en démordre. A force, j'ai fini par avoir l'impression, moi aussi, que c'était un vrai rendez-vous amoureux ; j'en étais toute gênée.

Caraway est un établissement ancien qui a pignon sur rue et Oxymoron a la cote chez les jeunes. En poussant jusqu'à Hase, il y a Woof Curry et, dans un autre genre, le pain fourré au curry de chez Russia-tei. Rien qu'à Omachi, il y a pas mal de restaurants où manger un vrai curry indien une fois par semaine. J'avais un peu de mal à retenir tous ces noms.

Quand j'en ai reparlé au père de QP quelques jours plus tard, nous avons décidé de commencer par Oxymoron. C'était l'établissement qui l'intriguait le plus et celui où il osait le moins aller.

— J'ai déjà gravi l'escalier, mais c'était tellement chic comme endroit que je suis reparti sans trouver le courage de pousser la porte.

C'était un dimanche soir et nous étions arrivés juste avant l'heure des dernières commandes, il n'y avait pas trop de monde. Nous étions installés à une table près de la fenêtre, avec une belle vue. QP me faisait face, son père à ses côtés.

Quand on les comparait ainsi, leur ressemblance sautait aux yeux : la distance entre leurs yeux, leurs cils bien fournis, leurs joues si rondes qui donnaient envie d'y déposer une caresse.

— Que prendrez-vous ?

Je les contemplais, rêveuse, quand il m'a tendu le menu.

— Eh bien, aujourd'hui, un curry keema à la japonaise, peut-être ? ai-je murmuré comme pour moi-même. Et vous, Monsieur Morikage ?

Je l'ai appelé par son nom pour la première fois.

QP s'appelait en réalité Morikage Haruna. Mais pour moi, c'était QP et rien d'autre.

— Bonne question. Comme c'est la première fois, je vais commencer par le plat le plus classique, le curry au poulet. Et pour QP…

— Une crème renversée ! a crié celle-ci.

— Chut ! Ne parle pas si fort. Tu m'as promis d'être sage aujourd'hui.

Grondée par son père, la fillette a baissé la tête sans protester, c'était attendrissant.

— Je vais partager mon riz avec toi, et après, tu auras ta crème renversée. D'accord ? Promis ?

QP a acquiescé en hochant fermement la tête.

Pendant que nous attendions la commande, elle a sorti des feuilles de papier à origami de son petit sac à dos et s'est lancée dans des pliages.

— Elle a l'habitude d'attendre depuis qu'elle est toute petite.

Monsieur Morikage a caressé avec force la tête de sa fille qui se débattait avec ses origamis, le regard sérieux. Elle continuait à faire ses pliages sans se soucier de lui.

C'était parce que son père lui caressait ainsi la tête que l'autre jour, elle m'en avait fait autant. Après m'avoir appris sa technique du « serré serré » quand on était triste, lorsque j'avais lentement rouvert les yeux, elle m'avait caressé la tête.

Monsieur Morikage a demandé une petite assiette pour QP, dans laquelle il a déposé une partie de son riz, sans le curry. Je lui ai donné du mien aussi. Nous avons posé au milieu de la table le plat de crudités – coleslaw de chou rouge, haricots marinés et carottes râpées – à partager.

Une fois tout le monde prêt, nous nous sommes souhaité bon appétit. Il n'y avait plus qu'une autre table occupée par un jeune couple. Les rayons du soleil couchant pénétraient par la fenêtre, presque éblouissants.

Le curry keema à la japonaise, que je redécouvrais, était toujours aussi bon. Bien piquant, riche en épices, il vous ouvrait les chakras.

— Vous voulez goûter au mien ? ai-je proposé à Monsieur Morikage en lui tendant mon assiette.

— Volontiers.

Il en a pris une cuillerée, puis, en cachant sa bouche derrière sa main gauche, il m'a invitée à me servir dans son assiette.

— Si vous voulez du mien...

— Juste une bouchée, alors.

J'ai prélevé un peu de son curry au poulet. Lui savourait sa cuillerée, comme pour en analyser les saveurs, et prenait des notes dans son carnet.

QP paraissait apprécier les carottes râpées, elle n'arrêtait pas d'en manger.

D'habitude, je venais seule, je passais commande pour moi seule, je mangeais toute seule, je payais et je repartais sans avoir quasiment parlé à personne. Cela me semblait normal. Mais là, nous étions trois, je partageais mon curry avec QP et son père. Les saveurs étaient sûrement les mêmes, mais ce curry mangé en agréable compagnie me remplissait l'estomac différemment.

Il restait dans le plat quelques haricots marinés que personne n'osait prendre. C'était du gâchis, alors je les ai mangés. Pendant ce temps, Monsieur Morikage a sorti un mouchoir avec lequel il a tamponné la bouche de QP.

— Tu me fais mal !

Elle a détourné la tête.

— Laisse-moi faire, il faut bien te nettoyer.

Il avait tourné vers lui le visage de la fillette, qu'il débarbouillait avec son mouchoir ; il était le sérieux incarné. Les voir tous les deux a dû pincer un endroit d'habitude endormi de mon cœur, car quelque chose se bousculait dans ma poitrine.

Non non non, ce n'est pas le moment de pleurer, ai-je songé, mais quand QP a dit, maintenant, à toi, papa, et a frotté de toutes ses forces la bouche de son père avec son mouchoir, ma résistance a été vaincue.

Pour qu'ils ne remarquent rien, je me suis tournée discrètement vers la fenêtre et j'ai fait semblant de regarder le ciel rougeoyant de l'autre côté de la vitre.

Le soleil couchant, à force de jeter ses feux, paraissait sur le point de se consumer en cendres. Comme je n'avais pas imaginé que je pleurerais, je n'avais pas de mouchoir sur moi. J'ai tant bien que mal tiré sur la manche de ma chemise pour essuyer mes larmes. J'avais bien fait de mettre une chemise à manches longues.

Je ne pouvais m'empêcher de superposer à ce spectacle ma relation avec l'Aînée. Alors que je m'efforçais de faire remonter mes bons souvenirs avec elle, les mauvais jouaient des coudes pour s'imposer, pressés de leur barrer la route. J'enviais QP et son père, qui exprimaient librement leur affection.

Le dessert est enfin arrivé. Le jeune couple était parti sans que je m'en aperçoive, il ne restait plus que nous.

— Ma crème renversée !

QP semblait vraiment adorer ça, car elle y a enfoncé sa cuillère avec fougue, les yeux brillants.

— Alors ? C'est bon ? lui ai-je demandé et elle a acquiescé avec un grand sourire.

Elle en avait avalé les deux tiers quand soudain, elle a relevé la tête pour nous regarder tour à tour, son père et moi. Puis elle a pris une nouvelle cuillerée de crème renversée, qu'elle a lentement tendue vers son père.

— Papa, ouvre la bouche !

Ensuite, elle a tendu la cuillère dans ma direction pour m'en donner à moi aussi :

— Poppo, ouvre la bouche !

En réalité, elle aurait sans doute préféré tout manger à elle seule. A cette pensée, mon cœur s'est de nouveau ému de sa gentillesse sans artifice.

— C'est bon ? a-t-elle demandé.

J'ai hoché la tête en prenant sur moi de toutes mes forces. C'était du gâchis d'avaler cette cuillerée, j'aurais aimé la garder toujours en bouche.

— Merci. C'est délicieux.

La crème renversée douce et sucrée était comme l'incarnation de QP.

J'avais l'intention de partager la note, mais Monsieur Morikage a tout payé, soi-disant pour me remercier de l'avoir accompagné.

Je lui ai dit merci, mais c'est lui qui m'a remerciée.

Sans surprise, un dimanche soir après dix-huit heures, la rue Komachi-dôri était peu fréquentée, presque déserte. Nous nous étions naturellement mis chacun d'un côté de QP et nous marchions tous les trois, main dans la main.

— Ne prenez pas ça trop au sérieux, mais aujourd'hui, c'est vraiment ma première sortie en amoureux, a soudain lancé Monsieur Morikage.

Stupéfaite, je n'ai pas pu m'empêcher de me tourner vers lui.

— Pardon, ce n'est pas une chose à dire à la légère.

— Non, ce n'est rien. Entre filles aussi, on dit souvent ça.

J'avais envie de marcher lentement. QP m'avait pris la main sans la moindre hésitation. Je voulais la garder dans la mienne.

— Et si nous allions prendre un café ? Je vous l'offre, pour vous remercier du curry.

— Merci, a-t-il répondu.

Sa voix a résonné doucement à mes oreilles.

Au café au coin de la rue, nous avons commandé deux cafés que nous avons bus en terrasse. Un pousse-pousse est passé devant nous, sa journée terminée. Je ne voulais pas lâcher la main de QP : j'avais payé de la main droite, et je tenais ma tasse de la même main. Sans doute Monsieur Morikage voulait-il faire de même : il tenait sa tasse de la main gauche. Son annulaire s'ornait d'une fine bague.

— Je reviens sur ce que je vous disais, a-t-il dit en prenant une gorgée de café. Je pensais ne plus jamais sortir avec une femme.

Il parlait tout bas, comme s'il n'y avait personne à ses côtés pour l'écouter. Je me suis concentrée sur sa voix.

— La mère de QP nous a brutalement quittés. J'étais complètement perdu. Je ne pensais qu'à une chose, chaque jour, quitter cette vie avec ma fille. J'étais anéanti, je passais mes journées dans le noir, à ne rien faire. Quand j'y repense, ça me fait froid dans le dos, j'avais complètement capitulé en tant que père.

Un jour, quand j'ai posé les yeux sur elle, elle était en train de téter un tube de mayonnaise. Elle en avait partout, son visage était couvert de mayonnaise. Ce jour-là, j'ai repris mes esprits. J'ai compris que je ne pouvais pas continuer comme ça.

Comme sa mère est morte un peu avant son deuxième anniversaire, elle n'en a aucun souvenir. Mais aujourd'hui encore, elle s'endort avec un tube de mayonnaise serré contre la poitrine. On dirait qu'elle a remplacé sa mère à sa façon. Alors qu'un si jeune enfant s'efforçait tant bien que mal de reprendre le dessus, j'ai compris que moi, son père, je ne pouvais pas me laisser aller. Du coup, j'ai décidé de réaliser le rêve que nous avions, ma femme et moi.

— Votre rêve ?

— Oui, elle voulait qu'on tienne un café ensemble, un jour.

— Elle venait de Kamakura ?

— Non, nous n'avons aucune racine ici. Mais notre première sortie en amoureux, c'était à Kamakura. On avait beaucoup aimé. On a beau être près de Tokyo, l'atmosphère est radicalement différente, n'est-ce pas ? Du coup, on s'était dit qu'on y vivrait un jour, quand on aurait des enfants.

— Je vois. Votre femme a succombé à une maladie ?

J'avais hésité à lui poser une question si personnelle. Mais je préférais savoir.

— Elle a été poignardée dans le dos en pleine rue. Alors qu'elle était partie faire des courses avec la petite.

— Je suis désolée.

J'avais honte d'avoir posé la question à la légère.

C'était donc pour ça que quand nous étions allées au supermarché, QP était si pressée de repartir. Elle n'avait peut-être aucun souvenir conscient, mais son corps avait mémorisé sa terreur. Le souvenir du visage de QP qui serrait ma main si fort que c'en était douloureux m'a déchiré la poitrine.

— Il n'y a pas de mal. C'est la réalité. Et c'est du passé, maintenant.

Ce n'est pas qu'on accepte mieux lorsqu'on peut comprendre, mais quelle échappatoire Monsieur Morikage pouvait-il trouver à sa colère, lui qui avait perdu brutalement son épouse bien-aimée par la faute d'un inconnu, alors qu'elle n'avait rien fait de mal ?

QP, assise entre nous, commençait à somnoler.

— Et si on marchait un peu ? a proposé Monsieur Morikage en se levant.

— Porte-moi !

La main de la fillette s'est faufilée hors de la mienne, elle tendait maintenant les deux bras vers son père. Comme il s'apprêtait à faire passer son sac à dos sur le ventre, je le lui ai pris.

— Merci, a-t-il dit, puis il s'est relevé avec QP sur son dos.

Il s'est mis en marche en direction du passage à niveau.

— Combien pèse-t-elle ?

— Une quinzaine de kilos, je dirais.

Elle avait l'air tout endormie, installée sur le dos de son père. Chaque fois qu'elle commençait à glisser, il s'arrêtait pour raffermir sa prise.

Les voir ainsi me rappelait quelque chose.

Au passage à niveau, pendant qu'un train passait, j'ai dit à Monsieur Morikage :

— J'aimerais aller quelque part, vous voulez bien m'accompagner ? C'est tout près.

— Bien sûr.

Nous avons franchi le passage à niveau pour prendre la direction de Kita-Kamakura. La nuit était tombée, quelques étoiles scintillaient dans le ciel. Les cerisiers, leurs fleurs envolées, étaient parés d'un beau feuillage.

— Nous y sommes.

— Le temple Jufuku-ji ? C'est la première fois que je viens ici.

— Ça fait longtemps que je ne suis pas venue. C'est le temple fondé par Masako.

— Masako ?

— Le grand personnage historique, Hôjô Masako. Ma grand-mère l'appelait par son prénom, ça m'est resté.

« L'Aînée » ne lui aurait sans doute rien évoqué, j'ai préféré dire « grand-mère ».

Depuis le portail principal, une allée dallée menait en pente douce jusqu'au portail intérieur. Jusque-là, l'entrée était libre.

— C'est un bel endroit. On se sent purifié.

De chaque côté de l'allée s'alignaient des arbres touffus, leurs racines recouvertes de mousse soyeuse. Je n'ai pas résisté à l'envie de m'arrêter pour prendre une grande respiration. Les jeunes pousses à peine écloses, au bout des branches, m'apparaissaient comme une myriade de bougies allumées. Les feuilles vert tendre illuminaient l'obscurité.

Monsieur Morikage s'est lentement dirigé vers le portail intérieur, QP sur son dos. Je les suivais, un pas en arrière.

— Tout à l'heure, quand je vous ai vu prendre QP sur votre dos, cela m'est soudain revenu.

Il m'écoutait en silence.

— C'est ma grand-mère qui m'a élevée. Elle était très stricte. Je n'ai presque que des mauvais souvenirs d'elle. Mais tout à l'heure…

A ma grande surprise, je pleurais. J'ai continué quand même.

— Cela m'est revenu. Elle aussi m'a portée sur son dos. C'était ici.

A peine ces quelques mots prononcés, je me suis effondrée.

Pourquoi pleurais-je ainsi ? Je ne le comprenais pas moi-même. Mais les larmes me montaient aux yeux sans relâche, débordaient de mes paupières, coulaient sur mes joues.

— Tenez, si vous voulez. Il est peut-être un peu sale, mais bon...

Monsieur Morikage m'a tendu un mouchoir. C'était celui qui avait servi à essuyer la bouche de QP un peu plus tôt. Une légère odeur de curry s'en dégageait.

En regardant bien, il portait ses initiales dans l'un des coins : QP. Brodées à l'envers, de façon à ce que les lettres soient en miroir. Monsieur Morikage était vraiment un papa très gentil.

— Sans doute votre grand-mère n'avait-elle que sa sévérité pour vous exprimer son amour.

Il avait sûrement raison. Mais cela avait laissé en moi des traces indélébiles.

Je me suis relevée et nous sommes repartis vers le portail intérieur. Au creux de ma main se trouvait le mouchoir de QP, tout humide de larmes.

Une fois arrivés devant le portail intérieur, j'ai tourné sur moi-même :

— D'ici, la vue est imprenable.

Une odeur de nuit flottait. Une odeur puissante, celle de l'haleine d'êtres vivants. Ici, c'était le lieu préféré de l'Aînée à Kamakura.

— Je vais vous prendre sur mon dos, ai-je soudain entendu dire Monsieur Morikage.

QP, descendue du dos de son père, se tenait sur ses deux jambes. Les yeux grands ouverts, elle contemplait l'horizon. Ce fameux jour, je devais avoir à peu près son âge. J'étais peut-être même plus jeune.

— Cela pourrait faire remonter d'autres souvenirs.

— Ça va, j'en ai retrouvé suffisamment comme ça.

— Mais non, c'est l'occasion. Et puis, c'est pour vous remercier de m'avoir accompagné aujourd'hui.

J'ai soudain repris mes esprits. Pour commencer, savait-il combien je pesais ? Déjà que ce n'était pas facile de marcher en portant sur son dos QP qui ne faisait que quinze kilos.

Mais Monsieur Morikage, accroupi, m'attendait.

En voyant sa silhouette de dos, un éclair m'a traversée : et si je me laissais faire ?

— Ne vous forcez pas, je vous en prie, quelques pas suffiront.

J'ai laissé aller le haut de mon corps contre son dos et, quelques secondes plus tard, mon champ de vision s'est élargi d'un coup.

Ce jour-là aussi, certainement, j'avais pesé lourd. Malgré tout, pour me montrer le paysage, l'Aînée avait parcouru l'allée avec moi sur son dos. C'était exactement la vue que j'avais contemplée autrefois.

— Ne vous prenez pas la tête, a murmuré Monsieur Morikage en continuant à me porter, sa voix prête à se fondre dans la nuit printanière.

— Pardon ?

Les feuillages écoutaient silencieusement notre conversation.

— Ce que je veux dire, c'est qu'on n'échappe pas aux regrets. J'aurais dû faire ceci, je n'aurais pas dû dire cela. Moi non plus, je n'arrêtais pas d'y repenser.

Mais un jour, j'ai compris. Ou plutôt, c'est ma fille qui me l'a appris.

Plutôt que de rechercher ce qu'on a perdu, mieux vaut prendre soin de ce qui nous reste. Et puis… a-t-il ajouté. Si quelqu'un vous a porté sur son dos, la prochaine fois, à vous de le faire pour quelqu'un d'autre. Moi aussi, ma femme m'a souvent soutenu. C'est pour ça que maintenant, je peux le faire à mon tour. Et ça, c'est déjà bien.

Peut-être pleurait-il, je ne voyais pas son visage. QP avait à la main des fleurs sauvages qu'elle avait cueillies je ne sais où.

— Merci. Ce souvenir suffira peut-être à me soutenir toute une vie.

Je voulais le leur dire, à lui, et à l'Aînée qui n'était plus de ce monde.

De retour à la maison après avoir quitté Monsieur Morikage et sa fille, j'ai préparé du *kyô-bancha*.

J'ai sorti trois tasses dans lesquelles j'ai versé le thé brûlant. Des nuages de vapeur d'eau s'en élevaient, tout légers.

J'en ai posé une devant la photo de l'Aînée, une autre devant celle de Tante Sushiko, puis j'ai fait tinter le bol chantant et j'ai joint les mains.

Je ne les reverrais plus jamais, ni l'une ni l'autre. J'avais nourri le vain espoir qu'un jour nous serions réunies et que je pourrais me racheter. Mais c'était impossible, je l'avais compris aujourd'hui, grâce à Monsieur Morikage. Je devais moi aussi aller de l'avant, dans un monde privé de l'Aînée.

Je me suis assise devant ma tasse de thé. Ce soir encore, la lumière du couloir de chez Madame Barbara luisait d'une lueur orangée. Les hortensias bourgeonneraient bientôt, c'était la saison.

En fin de compte, Madame Barbara n'avait pas coupé ses hortensias. Les fleurs fanées de l'année dernière étaient restées sur pied, semblables à des globes terrestres.

Ma première tasse de thé finie, j'ai apporté mon écritoire sur la table.

J'en ai sorti mon stylo-plume.

Un Waterman, un cadeau de l'Aînée pour mon entrée au lycée. C'est Lewis Edson Waterman, un courtier en assurances new-yorkais, qui a inventé le porte-plume à réservoir d'encre, c'est-à-dire le stylo-plume. Le mien était un Man 100, une édition commercialisée pour le centenaire de cette invention.

La beauté austère de son corps noir souligné de doré m'a arraché un soupir. Mais j'évitais de m'en servir, je n'aurais su dire depuis quand. Pourtant, on disait bien que c'était en l'utilisant régulièrement qu'un stylo-plume gardait une belle plume. J'avais beau le savoir, je lui avais tourné le dos, je l'avais longtemps délaissé.

— Pardon, me suis-je excusée en caressant tendrement le stylo au creux de ma main.

A force de le frotter, il a peu à peu tiédi. Peut-être avait-il froid, j'ai soufflé dessus pour le réchauffer.

Pourvu qu'il se réveille de ce long sommeil. En priant, j'ai ôté le capuchon. La plume dorée brillait.

C'était impossible. Mais j'avais beau l'examiner, il ne restait pas une goutte d'encre dessus.

Puisque je n'avais pas le souvenir de l'avoir nettoyée, cela ne pouvait être que l'Aînée qui s'en était occupée.

Mon stylo-plume avait-il attendu tout ce temps que je le reprenne en main, apaisée ?

J'ai ouvert la bouteille d'encre bleu-noir pour le remplir.

Les mots qui étaient restés prisonniers, pieds et poings liés, cherchaient à se libérer. Grâce à Monsieur Morikage, sûrement. Il avait fait passer un souffle d'air chaud sur mes mots pris dans la glace.

Je voulais écrire une longue lettre, mais pas à n'importe qui. A l'Aînée.

Chère mamie,

Au bout du compte, pas une seule fois je n'ai pu t'appeler ainsi.

Mais il m'est arrivé, au fond de moi, de te nommer tendrement mamie.

Chaque année, au printemps, nous allions admirer les cerisiers en fleur le long de l'allée Dankazura qui mène au sanctuaire Hachiman.

Tu marchais toujours les yeux levés vers les fleurs, sans prêter attention à moi.

A quoi pensais-tu dans ces moments-là ?

Tu marchais, un pas devant moi, et j'étais incapable d'effleurer ta main.

Mais c'était pareil pour toi, n'est-ce pas ?

Tu as écrit de nombreuses lettres à Shizuko en Italie.

Tu lui parlais de moi.

J'y ai découvert une femme qui m'était inconnue.

Tu pensais sans cesse à moi.

Tu t'interrogeais, tu souffrais, tu avais du chagrin.

Et moi qui croyais que tu n'en étais pas capable… j'avais tort.

Tu n'as cessé de t'interroger, de souffrir et d'avoir du chagrin.

Sous le masque de l'Aînée, tu livrais contre la vie la même bataille que moi, mais mon manque d'expérience m'empêchait d'imaginer en toi une femme désemparée.

Ces derniers temps, je retrouve la saveur du caramel que tu me préparais souvent.

Tu sais, ce caramel que tu faisais en posant la boîte de lait concentré sur le poêle.

T'en souviens-tu ? Honnêtement, je l'avais oublié. Mais, par une drôle de coïncidence, le souvenir m'en est revenu.

Depuis, sa saveur ne quitte plus mon palais et parfois, quand je vais mal, son goût sucré me réconforte.

A l'hôpital aussi, tu n'as cessé d'attendre ma venue.

J'étais persuadée que tu ne voulais plus jamais me revoir.

C'est par une journée d'hiver que tu t'es éteinte.

Quand Tante Sushiko m'a prévenue, je me suis précipitée à la gare de Kamakura.

Mais, prise d'une peur soudaine, je n'ai pas été capable de faire un pas de plus.

Je savais bien que ce n'était qu'un faux-fuyant.

Mais je ne pouvais pas croire à un monde privé de toi.

Je ne voulais pas accepter ta mort.

Aujourd'hui, je me le reproche.

J'aurais dû recueillir tes cendres de mes mains.

Si nous nous étions dit adieu comme il faut, j'aurais peut-être échappé à ces sentiments ambivalents.

Pardon.

C'est pour te demander pardon que je t'écris cette lettre.

A Kamakura, c'est bientôt la saison des hortensias.

Mais les hortensias ne sont pas seulement des fleurs aux jolis pétales (des sépales, en réalité), comme je l'ai découvert.

C'est la voisine, Madame Barbara, qui me l'a appris.

Elle n'a pas coupé les fleurs cet été, ses hortensias sont restés sur pied tout l'hiver.

J'avais toujours trouvé les fleurs d'hortensia fanées terriblement tristes. Mais non. Elles aussi sont belles et fraîches. Les feuilles, les branches, les racines et même les endroits grignotés par les insectes, tout est beau, je l'ai compris.

De la même façon, il me semble qu'entre nous pas une seule saison n'a été superflue. Je veux le croire.

Tout à l'heure, sur le chemin du retour, Monsieur Morikage m'a demandé de sortir avec lui.

C'est le père de ma petite amie épistolaire.

Peut-être vais-je, comme toi, choisir d'élever un enfant qui n'est pas le mien.

Le jardin du temple Jufuku-ji était beau, tu sais.

Tu m'as portée sur ton dos alors que je pleurnichais, pour me montrer ce jardin.

Le souvenir de ton dos tiède, revenu de très loin, m'a fait pleurer.

Merci.

Ce mot que je n'ai pas su te dire, je te le donne aujourd'hui.

Tu répétais toujours :

L'écriture, c'est le reflet d'une vie.

Mon écriture n'est pas encore aboutie.

Mais c'est la mienne, sans le moindre doute.

Je l'ai enfin trouvée.

Soyez heureuses, Tante Sushiko et toi, au paradis.

Hatoko

A Madame Amemiya Kashiko

Post-scriptum :

Je suis devenue écrivain public, comme toi.

Et ce sera mon métier pour la vie.

Dès que j'ai reposé le stylo-plume, je me suis sentie vidée, comme la marée reflue d'un coup. J'ai laissé la lettre étalée sur la table et je suis allée vers le canapé comme une somnambule. Je me suis endormie tout de suite.

おばあちゃん

結局、一度たりともあなたをそう呼ぶことはできませんでした。

でも、心の中では、たまにそんなふうに親しみを込めて呼びかけたこともあります。

毎年春になると、段葛を八幡様に向かって歩きながら、お花見をしましたね。

あなたは、いつも私のことなど振り向きもせず、一心に桜の花を見上げていました。

あの時、何を考えていたのですか？

半歩先を歩くあなたの手に、そっと触れることはできませんでした。

でも、それはあなたも一緒だったのですね。

イタリアの静子さんに、あなたはたくさんの手紙を書いて送っていた。

その中には、私のことが赤裸々に綴られていました。

そこには、私の知らないあなたがいた。
あなたは、いつもいつも、私のことを気にかけてくれていました。
悩んだり、傷ついたり、悲しんだり。
そんなこと、あなたはしない人だと思っていたのに……、でも、
そうじゃなかった。
あなたはいつも悩んで、傷ついて、悲しんでいた。
先代というお面の下には、私と似た、人生に悪戦苦闘する、
ひとりの頼りない女性がいたということを、未熟な私は
想像すらしませんでした。
最近、あなたが昔よく作ってくれた、キャラメルの味を思い出します。
ストーブの上に練乳を缶ごとのせて作ってくれた、例のあれです。
覚えていますか？　私は正直、忘れていました。でも、ひょんな
きっかけで思い出したのです。

以来、キャラメルは、ずっと私の口の中にあって、時々落ち込んだ時などに、甘い味で私を励ましてくれるのです。
あなたは、病院に入院してからも、ずっと私が来るのを待っていたのですね。
私はてっきり、あなたはもう二度と私の顔など見たくないのだと思っていました。
あなたが動かなくなったのも、冬の日でした。
スシ子おばさんから連絡をもらった私は、すぐに、鎌倉の駅まで駆けつけました。
けれど急に怖くなってしまい、そこから先へは一歩も進めなくなってしまったのです。
言い訳に過ぎないのは、わかっています。
でも、あなたがいない世界など、信じられなかった。

あなたが死んでしまうなんて、認めたくなかったのです。
でも、そのことを今は悔やんでいます。
あなたの骨を、私のこの手で拾ってあげればよかった。
きちんと会ってお別れをしていれば、こんな宙ぶらりんな気持ちには
なっていなかったのかもしれません。
ごめんなさい。
そのことだけを伝えたくて、今、手紙を書いています。
もうすぐ、鎌倉は紫陽花の季節を迎えます。
でも、紫陽花は、花（正確にはガクですが）だけが美しいのでは
ないと知りました。
お隣に住むバーバラ婦人が、教えてくれたのです。
バーバラ婦人は、夏になっても紫陽花の花を切らず、そのまま冬を
越しました。

私は、しおれた紫陽花をずっとみすぼらしいものだと思って生きてきました。
でも、そうではなかった。その、枯れた姿がまた、清々しくて美しいのです。
そして花だけでなく、葉っぱも枝も、根も、虫にくわれた跡さえ、
すべてが美しいということを知りました。
だからきっと、私たちの関係にも、無駄な季節など一切なかったと
思うのです。思いたいのです。
さっき、モリカゲさんから帰り道に交際を申し込まれました。
私の文通相手の、お父さんです。
もしかすると、私もまた、あなたと同じように、自分が産んでいない
子どもを育てるという道を選ぶかもしれません。
壽福寺のお庭、きれいでしたよ。
ぐずる私をおんぶして、あなたはあのお庭を見せてくれたのですね。
あなたの背中の温もりを、久しぶりに思い出して涙が出ました。

ありがとう。
あの時伝えられなかった言葉を、贈ります。

あなたは、常々言っていました。
字とは、人生そのものであると。
私は、まだこんな字しか書けません。
でも、これは紛れもなく私の字です。
やっと書けました。
天国では、スシ子おばさんと共に、どうか幸せに暮らしてください。

鳩子より

雨宮かし子様

追伸。

私も、あなたと同じ代書屋になりました。

そしてこれからも、代書屋として生きていきます。

Dans mon rêve, je me tenais sur un pont.

L'Aînée était à côté de moi. Je n'avais pas besoin de voir son visage pour savoir que c'était elle.

Sur le pont étaient rassemblées d'autres personnes que je connaissais.

Etait-ce QP que je tenais par la main ? Et à côté d'elle, Monsieur Morikage, sans doute ?

Madame Barbara était également là, ainsi que Tante Sushiko.

Le Baron et Panty portaient des marinières assorties.

Derrière moi se tenaient Mai et sa famille. Il y avait aussi Madame Calpis et sa petite-fille, Mademoiselle Kokeshi.

Et puis, bien que je ne la connaisse pas, une femme qui me semblait très familière, un peu à l'écart. Ma mère, peut-être. C'était sûrement elle, celle qui m'avait mise au monde.

Le pont était celui qui enjambe la Nikaidô, tout près de la maison. La rivière murmurait, comme si elle chantonnait.

Alors, quelqu'un a poussé un petit cri en montrant du doigt la surface de l'eau.

Au même instant, une faible lueur a fendu la pénombre.

C'était une luciole. C'est vrai, tous les ans, des lucioles dansent au-dessus de la rivière.

Une petite foule vient les contempler depuis le pont.

Ah ! s'est écrié quelqu'un.

La luciole virevoltait avec grâce, pleine de légèreté.

Chacun observait les fins traits de lumière en silence. C'était tout, mais je me sentais très heureuse.

Quand je me suis réveillée, pendant un instant, j'ai eu du mal à démêler le rêve de la réalité.

J'avais l'impression d'avoir déjà vu les lucioles depuis le pont avec l'Aînée, ou peut-être pas. Ça n'avait pas d'importance. Dans mon cœur persistait la faible lueur qui avait illuminé la pénombre.

J'écrirais à ma mère, un jour. Il me semblait que c'était le souhait de l'Aînée. Sans doute était-il encore temps.

De l'autre côté de la fenêtre, le ciel blanchissait déjà.

Peut-être qu'au sanctuaire Hachiman, les fleurs de lotus des étangs Genpei allaient bientôt s'épanouir.

J'ai plié ma lettre à l'Aînée restée sur la table et je l'ai glissée dans une enveloppe.

Les oiseaux bavardaient gaiement, comme s'ils picoraient les vestiges de la nuit.

Achevé d'imprimer en Espagne par

CPI
BLACK PRINT

Juillet 2021

Dépôt légal : juin 2021